RECLAM-BIBLIOTHEK

DAS ERSTE MAL

„Ich hab' es mir aufgehoben" für ein einzigartiges, wunderschönes, fantastisches Mädel. Bist Du es? Mußt mich (25/179 und sehr symp.) ja nicht gleich heiraten! Freundschaft? Bingo! ✉BPH4772

Viele Anthologien versprechen literarische Höhepunkte. Nicht alle darf man beim Wort nehmen. Diese schon: Ausgewählt aus der abendländischen Literatur, von ihren Anfängen bis heute, weckt sie Leselust auf lyrische, dramatische und narrative Inszenierungen erster sexueller Vereinigung. Sappho, Boccaccio, Flaubert, Kafka, Malerba, Grass, Thomas Brussig, Doris Dörrie … – sie widmen sich dem Zögern, Zweifeln und Aufschieben, dem Umwerben und Verführen, dem Nachgeben und schließlich der ersten leidenschaftlichen Hingabe.

Es geht um geglückte erste Male und um verhinderte, um verliebte, ungewollte, homo- und heteroerotische, unvergessene, symbolische und viele weitere erste Male in der Literatur. Nicht immer kommt der entscheidende Moment so klipp und klar wie im Alten Testament daher: *Und Adam erkannte sein Weib Eva, und sie ward schwanger und gebar den Kain* (Gen. 4,1).

Das erste Mal

Höhepunkte der Weltliteratur

Herausgegeben von Trudel Meisenburg
und Janett Reinstädler

RECLAM VERLAG LEIPZIG

Mit 8 Abbildungen

ISBN 3-379-01660-8

Reclam-Bibliothek Band 1660
1. Auflage, 1999
Reihengestaltung: Hans Peter Willberg
Umschlaggestaltung: Kay Krause und Alexander Fleischmann, Leipzig
Gesetzt aus Meridien/Univers
Satz: Peter Conrad, Brandis
Druck und Bindung: Ebner Ulm
Printed in Germany

Inhalt

Führe mich in Versuchung

Führe mich in Versuchung

Man kann allem widerstehen, außer der Versuchung.
(Oscar Wilde)

Christian Felix Weisse: Die Unschuld

Mutter.

Ja, liebes Kind, bisher hab ich dich selbst bewacht:
Nun bist du sechzehn Jahr, nun nimm dich selbst in Acht!
Flieh aller falschen Schäfer List:
Sie sagen dir, wie schön du bist,
Wie sehr ihr Herz von dir entzündet ist!
Doch darfst du ihnen niemals traun,
Und schwören sie, auf ihren Schwur nicht baun;
Denn wenn man ihnen nur den mindsten Kuß erlaubt,
So ist uns schon die Unschuld halb geraubt!

Tochter.

So, Mutter? giengs euch so? ey warum sagtet ihr
Mir dieses nicht schon längst: was kann ich nun dafür,
Daß sie mir halb geraubet ist?
Denn Damon hat mich, welche List!
Zehnmal, ja hundertmal geküßt.
Schön ists: o wär es doch erlaubt!
Wie schön muß es erst seyn, wenn man sie ganz uns raubt!
Sagt Mutter, wie mans macht; sonst schweig ich etwan still,
Wenn Damon kömmt, und mir sie rauben will.

(1758)

Verein Wahre Liebe

Armin: Ich brauche Jungfrauen. Aber eine Beziehung mit 'ner Jungfrau lange instand zu halten ist leider nicht möglich.
Ilona: Ja klar, irgendwann ist sie keine Jungfrau mehr.
Armin: Die Frauen haben ja meist mit mir Schluß gemacht! Die gehen in die Disco, wenn ich Taxi fahren muß.

Ilona: Nail, warum wollen Sie denn keine Jungfrau?
Nail: Das ist mir einfach zu stressig. Allein die Arbeit, die ich in die reinstecke.
Ilona: Wie, das ist doch keine Arbeit.
Nail: Die müßten ja viel jünger sein als ich, weil eine, die älter ist, habe ich in meinem Leben noch nicht kennengelernt. So fängt das Elend schon mal an.
Ilona: Wie sieht das denn praktisch mit einem unschuldigen Mädchen aus?
Nail: Ich unterhalte mich, geh' mit ihr aus, eventuell. Aber ich will auf keinen Fall der erste sein.
Dirk: Also, wie der Nail über Sex gesprochen hat, das tut schon weh.
Nail: Du bist nicht mein Richter.
Ilona: Daniela, ihr seid alle im Verein »Wahre Liebe wartet«?
Daniela: Verein hört sich so nach Kaninchenzüchter an. Die freizügige Sexualität hat mich erschreckt.
Ilona: Also, Sie wollten nicht Trophäe an einer Gürtelschnalle sein.
Daniela: Ich hatte vorher 'ne Beziehung, da hab' ich zum Glück nicht viel von mir hingegeben.
Ilona: Michael, Jungs prahlen doch gern, wen sie alles umgenietet haben.
Michael: Ich lebe sexuell sauber, clean, enthaltsam. Unser Lebensstil ist ja verrufen. Jungfrauen brauchen eine Lobby.
Nail: Na, ich will nicht warten, bis ich dreißig bin, bis ich meinen ersten Sex hab'. Meine Güte, nachher kratz' ich mit 28 ab, toll! Ich heirate nicht die Katze im Sack, ich will schließlich nur einmal heiraten.
Armin: Also, ich würde jedenfalls gerne 'ne Jungfrau heiraten, aber bis zur Hochzeit täte ich auch nicht warten wollen.

(30. Juni 1998, 15.00 Uhr, RTL)

Claire Bretécher: Bio-Dynamik

Macht's gut
n' Abend
Die Alte hat wirklich keinen Schimmer...
Bloß weil sie sich nicht um mein Kind kümmern will und weil's zu ihrer Zeit Mode war, soll ich mir mit der blöden Chemie die Gesundheit ruinieren.
Unverantwortlich!

(1983)

Bertolt Brecht: Sehet die Jungfraun

Sehet die Jungfraun
und sehet die Blüte!
Seht sie am Morgen
im herrlichen Mai!
Betet zu Gott,
daß er sie behüte
Ist sie gepflückt,
dann ist sie vorbei.

(1928)

William Shakespeare: Weg damit!

Parolles: Sinnt Ihr über die Jungfrauschaft?
Helene: Ja. Ihr habt so einen Anstrich vom Soldaten an Euch; erlaubt mir eine Frage: Der Mann ist ein Feind der Jungfrauschaft; wie können wir sie gegen ihn verschanzen?
Parolles: Haltet ihn draußen.
Helene: Aber er stürmt; und unsere Jungfrauschaft, wenn auch tapfer in der Verteidigung, ist doch nur schwach. Lehrt uns irgend einen kriegerischen Widerstand.
Parolles: Es gibt keinen; der Mann legt sich vor Euch, unterminiert Euch und sprengt Euch auf.
Helene: Der Himmel behüte unsre Jungfrauschaft vor solchen Minierern und Aufsprengern! Gibt's denn keine Kriegslist, wie Jungfraun die Männer aufsprengen könnten?
Parolles: Ist die Jungfrauschaft eingesprengt, so ist der Mann um so schneller ausgesprengt: freilich verliert Ihr, indem Ihr ihn wieder aussprengt, durch die Bresche, die Ihr lassen müßt, Eure Festung. Es ist nicht der Politik des Naturstaates gemäß, die Jungfrauschaft zu wahren. Verlust der Jungfrauschaft ist vernünftiger Zuwachs, und es wurde nie eine Jungfrau geboren, wo nicht zuvor eine Jungfrauschaft verloren ging. Das, woraus Ihr gemacht seid, ist Stoff, um Jungfrauen daraus zu machen. Für eine

verlorene Jungfrauschaft können zehn gewonnen werden; immer behalten, ist sie immer verloren: 's ist eine zu frostige Gesellschaft; weg damit!

Helene: Ich will noch ein wenig bei ihr aushalten, und stürb' ich darum als Jungfrau.

Parolles: Dafür läßt sich wenig sagen; es ist gegen das Gesetz der Natur. Die Partei der Jungfrauschaft nehmen, heißt seine Mutter anklagen; und das wäre offenbare Empörung. Wer sich erhängt, ist eine Jungfrau; die Jungfrauschaft mordet sich selbst und sollte an Heerstraßen begraben werden, fern von allem geweihten Boden, als eine verzweifelte Frevlerin gegen die Natur. Die Jungfrauschaft brütet Maden, ganz wie der Käse; zehrt sich auf bis auf die Rinde und stirbt so, ihren eignen Hunger stillend. Außerdem ist die Jungfrauschaft launisch, stolz, müßig, gemacht aus Eigenliebe, der Sünde, die im Gesetz am meisten verpönt ist. Behaltet sie nicht; Ihr könnt dabei nur verlieren. Weg damit! in zehn Jahren macht sie zehn aus sich, und das ist ein hübscher Zins; und das Kapital hat dabei nicht verloren; weg damit!

Helene: Aber wie verliert man sie denn, Herr, nach seinem eignen Gefallen?

Parolles: Laßt mich sehen; schlimm freilich, gefällt ihr der, dem sie nicht gefällt. 's ist eine Ware, die durchs Lagern allen Glanz verliert. Je länger aufbewahrt, desto weniger wert. Fort mit ihr, so lange sie verkäuflich ist; nutzt die Zeit der Nachfrage. Die Jungfrauschaft trägt, wie eine alte Hofdame, eine Haube, die aus der Mode ist; reich gekleidet, aber unkleidsam: gerade wie Nadel und Zahnstocher, die jetzt kein Mensch mehr trägt. Eure Datteln sind besser in Euren Pasteten und Suppen, als das Datum auf Eurem Gesicht; und Eure Jungfrauschaft ist wie eine unsrer französischen gedörrten Birnen, sie sehen schlecht aus und schmecken trocken; 's ist eine gedörrte Birne; sie war besser in früherer Zeit, aber nun ist's eine gedörrte Birne: wollt Ihr was damit?

(1602/03)

Bemühe Dich keusch zu bleiben!
Das beste Mittel dazu sind
Leibesübungen.
Sport und Spiel, Schwimmen und Wandern
neben ernster Arbeit machen es
Dir leicht, enthaltsam zu bleiben.
Enthaltsamkeit ist nicht schädlich.

Joachim Ringelnatz: Vergebens

Ein männlicher Briefmark erlebte
Was Schönes, bevor er klebte.
Er war von einer Prinzessin beleckt.
Da war die Liebe ihn ihm erweckt.

Er wollte sie wiederküssen,
Da hat er verreisen müssen.
So liebte er sie vergebens.
Das ist die Tragik des Lebens!

(1912)

Bertolt Brecht: Tue es nicht

Baals Dachkammer. Sternennacht. Am Fenster Baal und der Jüngling Johannes. Sie sehen Himmel.

Baal: Wenn man nachts im Gras liegt, ausgebreitet, merkt man, daß die Erde eine Kugel ist und daß wir fliegen und daß es auf dem Stern Mücken gibt, die Parasiten haben.
Jüngling: Weißt du was von Astronomie?
Baal: Nein. *Pause.*
Jüngling: Ich habe eine Geliebte, die ist das süßeste Weib, das es gibt.
Baal: Wie ist sie?
Jüngling: Braun und herrlich. Sie hat onyxglänzende Augen, ganz rein, und eine bräunliche, helle Stirne, mit so zarten Kanten, daß sie durchschimmernd scheinen, einen erdbeerroten Mund, ein schlankes Hälschen, volle dunkle Haare und sehr zarte Glieder, wahrscheinlich, und eine braune glatte Haut. Aber das ist nicht das Wesentliche, sie hat ein lebendiges Herz, das sieht man noch in Händen zucken und pulsen, und sie wird rot, wenn ich lache, und lacht wie eine Taube so gurrend, ganz im Kehlkopf hin-

ten, und ihr Lächeln ist eine kleine Verwirrung, und sie schämt sich, wenn sie etwas Liebes gesagt hat.

Baal: Ist sie unschuldig?

Jüngling: Wunderbar, es gibt viele Grade von Unschuld. Nicht? Aber sie ist manchmal wie Feuer. Und man würde sich brennen, wollte man es zudecken.

Baal: Ist es wegen des Feuers?

Jüngling: Ja! Ich liege Nächte lang wach, denn ich meine manchmal, sie will »es«. Wir könnten uns noch mehr sein. Manchmal sehe ich sie nachts auf einen Katzensprung. Da zittert sie in meinen Armen, aber ich kann »es« nicht tun, sie ist siebzehn.

Baal: Sie kann das Alter schon haben, aber tue es nicht. Es ist so schöner. Du kannst ihr die Hand berühren oder sie um die Hüfte fassen.

Jüngling: Das wage ich nicht.

Baal: Dann tue es nicht, setze dich mit ihr ins Gras und streichle ihr den Arm. Mit neunzehn soll die Liebe noch geistig sein. Fühlst du ihre Kniee manchmal, die sicher sehr dünn sind und graziös und dazu neigen, zu taumeln und einzuknicken? Das ist alles genug, und der dünne Stoff vermehrt den Genuß. Stelle dir vor, daß sie weiße Wäsche trägt über den braunen Gliedern, ein schneeweißes Hemd, das ihr Kostbarstes sorgsam und keusch einhüllt. Du mußt dich selbst zu einer Hülle für sie machen, daß nichts Schmutziges sie befleckt, denn wenn du sie genommen hast, bleibt nichts von ihr als ein Haufen Fleisch, der immer begehrt.

Jüngling: Du sagst nur, was ich immer fühle. Ich meinte, es sei Feigheit; ich sehe, du hältst die Vereinigung auch für schmutzig.

Baal: Schäme dich, wie kannst du das meinen. Nur Schmutzfinken tun das. Wer schmutzige Hände hat, dem ist alles Schmutz. Es gibt keinen schöneren Genuß als den Körper eines jungen Weibes. Er darf nicht besudelt werden. Er ist wild und geschmeidig wie der Leib eines Tigers und doch sanft und schmeichelnd, voller Wonne und ganz herrisch. Wenn du die jungfräulichen Hüften umspannst, zuckt warmes Leben in deinen Händen, und in der Angst und Seligkeit der Kreatur wirst du zum Gott. Im Tanz durch Höllen, hopp! und gepeitscht durch Paradiese, hopp! Ihr zittert, aber das ist Kraft, und du weißt nicht, bist du's oder ist es sie. Wie zwei Bäume die Wurzeln durcheinanderschieben, so verstricken sich eure Glieder, ihr versteckt euch eins im andern. Du weißt nicht, wessen Herz schlägt, wenn du's fühlst, und was wie Kampf um Leben und Tod ist, ist die innigste Umarmung.

Jüngling: Aber das Gesetz verbietet es und die Eltern.

Baal: Wenn du ihnen gehorchen kannst, gehorche. Denn die Qual ist furchtbar, die daraus erwächst, aber die Liebe muß alle Schranken durchreißen und auf sich tragen. Wie der Strom das Wehr durchdonnert, sprengt, und auf massigen Schultern mit sich trägt. Sieh, ihr junger schmaler Leib windet sich einmal in Schmerz, und die köstlichen Hüften zucken vor Wehen. Es muß aus ihr heraus unter Qual, was sie mit Wollust empfing, und ihr Leib zerfällt, und sie wird matt auf den Tod. Darum ist es kein Spiel, und auch darf es niemand verbieten, denn es ist eine Sache eines jeden Menschen selbst, und er kann sterben daran. Aber die Liebe ist wundervoll und für alle Geschlechter gleich herrlich. Sie ist, wie wenn man in eine Orange beißt, daß der Saft einem in die Zähne schießt.

Jüngling: Deine Zähne sind wie die eines Tieres: graugelb, massiv, unheimlich.

Baal: Und die Liebe ist, wie wenn man seinen nackten Arm in kühlem Teichwasser schwimmen läßt, mit Tang zwischen den Fingern, wie die süße Qual, vor der der trunkene Baum knarrend zu singen anhebt, auf dem der wilde Wind reitet, wie ein schlürfendes Ertrinken im Wein an einem heißen Tag, und ihr Leib rinnt einem wie sehr kühler Wein in alle Lücken und Falten, und die Kraft kracht in den Gelenken, und die Wucht des Anpralls, der nachgegeben wird, ist wie Fliegen gegen Sturm, und es nimmt einem den Atem und preßt einen zusammen, daß die Kraft inwendig noch steigt und übermächtig wird und explodiert, und ihr Leib wälzt sich wie kühler Kies über dich. Aber die Liebe ist auch wie eine Kokosnuß, die gut ist, solange sie frisch ist, und die man ausspeien muß, wenn der Saft ausgequetscht ist und das Fleisch überbleibt, welches bitter schmeckt.

Jüngling: Du meinst also, ich soll »es« tun, wenn es so selig ist?

Baal: Ich rate dir: Hüte dich davor.

(1919)

Frank Wedekind: Ilse

Ich war ein Kind von fünfzehn Jahren,
Ein reines unschuldsvolles Kind,
Als ich zum erstenmal erfahren,
Wie süß der Liebe Freuden sind.

Er nahm mich um den Leib und lachte
Und flüsterte: O welch ein Glück!
Und dabei bog er sachte, sachte
Den Kopf mir auf das Pfühl zurück.

Seit jenem Tag lieb ich sie alle,
Des Lebens schönster Lenz ist mein;
Und wenn ich keinem mehr gefalle,
Dann will ich gern begraben sein.

(1893)

Nibelungenlied: Heldenhochzeit

Das Kampfspiel ward so heftig, daß rings die Burg erklang.
Dem Wirt bei seinen Gästen ward die Weile viel zu lang.

Er dacht': »Ich läge sanfter der schönen Frauen bei.«
Er wurde des Gedankens nicht mehr im Herzen frei,
Von ihrer Minne müsse ihm Liebes viel geschehn.
Da begann er freundlich Frau Brunhilden anzusehn.

Vom Ritterspiel die Gäste bat man abzustehn:
Mit seinem Weibe wollte zu Bett der König gehn.
Vor des Saales Stiege begegneten da
Sich Kriemhild und Brunhild; noch in Güte das geschah.

Da kam ihr Ingesinde; sie säumten länger nicht:
Ihre reichen Kämmerlinge brachten ihnen Licht.
Es teilten sich die Recken in beider Kön'ge Lehn.
Da sah man viel der Degen hinweg mit Siegfrieden gehn.

Die Helden kamen beide hin, wo sie sollten liegen.
Da dachte jedweder mit Minnen obzusiegen
Den minniglichen Frauen: des freute sich ihr Mut.
Siegfriedens Kurzweil die wurde herrlich und gut.

Als Siegfried der Degen bei Kriemhilden lag
Und er da der Jungfrau so minniglich pflag
Mit seinem edeln Minnen, sie ward ihm wie sein Leben:
Er hätte nicht die eine für tausend andre gegeben.

Ich sag' euch nicht weiter, wie er der Frauen pflag.
Nun hört diese Märe, wie König Gunther lag
Bei Brunhild der Frauen; der zierliche Degen
Hätte leichtlich sanfter bei andern Frauen gelegen.

Das Volk hatt' ihn verlassen zumal, so Frau als Mann:
Da ward die Kemenate balde zugetan.
Er wähnt', er solle kosen ihren minniglichen Leib:
Da währt' es noch gar lange, bevor sie wurde sein Weib.

Im weißen Linnenhemde ging sie ins Bett hinein.
Der edle Ritter dachte: »Nun ist das alles mein,
Wes mich je verlangte in allen meinen Tagen.«
Sie mußt' ob ihrer Schöne mit großem Recht ihm behagen.

Das Licht begann zu bergen des edeln Königs Hand.
Hin ging der kühne Degen, wo er die Jungfrau fand.
Er legte sich ihr nahe: seine Freude die war groß,
Als die Minnigliche der Held mit Armen umschloß.

Minnigliches Kosen möcht' er da viel begehn,
Ließe das willig die edle Frau geschehn.
Doch zürnte sie gewaltig: den Herrn betrübte das.
Er wähnt, er fände Freude, da fand er feindlichen Haß.

Sie sprach: »Edler Ritter, laßt euch das vergehn:
Was ihr da habt im Sinne, das kann nicht geschehn.
Ich will noch Jungfrau bleiben, Herr König, merkt euch das,
Bis ich die Mär erfahre.« Da faßte Gunther ihr Haß.

Er rang nach ihrer Minne und zerrauft' ihr Kleid.
Da griff nach einem Gürtel die herrliche Maid,
Einer starken Borte, die sie um sich trug:
Da tat sie dem König großen Leides genug.

Die Füß' und die Hände sie ihm zusammenband,
Zu einem Nagel trug sie ihn und hing ihn an die Wand.
Als er im Schlaf sie störte, sein Minnen sie verbot.
Von ihrer Stärke hätt' er beinah gewonnen den Tod.

Da begann zu flehen, der Meister sollte sein:
»Nun löst mir die Bande, viel edle Fraue mein.
Ich getrau' euch, schöne Herrin, doch nimmer obzusiegen
Und will auch wahrlich selten mehr so nahe bei euch liegen.«

Sie frug nicht, wie ihm wäre, da sie in Ruhe lag.
Dort mußt' er hangen bleiben die Nacht bis an den Tag,
Bis der lichte Morgen durchs Fenster warf den Schein:
Hatt' er je Kraft besessen, die ward an seinem Leibe klein.

(um 1200)

Bertolt Brecht: Zu eng!

Liebe Marie, Seelenbraut:
Du bist viel zu eng gebaut.
Eine solche Jungfernschaft
Braucht nur zu viel Manneskraft.

Ich vergieße meinen Samen
Immerdar schon vor der Zeit:
Wohl nach einer Ewigkeit
Aber lange vor dem Amen.

Liebe Marie, Seelenbraut:
Deine dicke Jungfernhaut
Bringt mich noch zur Raserei:
Warum bist du auch so trei?

Warum soll ich, sozusagen:
Nur weil du lang sitzen bliebst
Grade ich, den du doch liebst
Mich statt einem andern plagen?!

(1920)

Sie will es wissen

»Gut – wer beginnt?«

Emine Sevgi Özdamar: Der hinkende Sozialist

Seitdem ich aus Paris zurückgekommen war, dachte ich immer mehr daran, mich von meinem Diamanten zu befreien. Ich sagte zu mir, du hast dich in Paris in Jordi verliebt, aber deinen Diamanten nicht bei ihm gelassen. Als ich den hinkenden türkischen Sozialisten einmal vor dem Café Steinplatz sah, er überquerte gerade hinkend die Straße, sagte ich zu mir, schlaf mit dem hinkenden Sozialisten, er hinkt, er ist Sozialist, er wird dich danach in Ruhe lassen, er ist Sozialist, er wird keine Angst bekommen, daß du ihn zum Heiraten zwingen willst. Ich dachte, ich müßte das in Berlin schaffen, in Istanbul würde ich den Mut nicht haben. Er kam, setzte sich im Café an den Tisch, an dem ich saß, wir tranken Tee, er fragte mich, was mein Vater für einen Beruf hätte. Ich schämte mich aber vor dem hinkenden Sozialisten, daß mein Vater ein Bauunternehmer war und zu den Kapitalisten gehörte. Deswegen sagte ich: »Er ist ein pensionierter Lehrer.« Im Kino Steinplatz zeigten sie einen Film von dem russischen Regisseur Eisenstein, »Alexander Newsky«. Er fragte mich: »Gehen Sie auch rein?«

Ich saß im Kino und dachte nur, wie ich es schaffen könnte, mich heute abend von meinem Diamanten zu befreien. Der Film war alt, er riß ein paarmal, und im Kino gingen kurz die Lichter an, bis man den Film wieder geklebt hatte. Auch die Tonspur war zerkratzt, aber ich hörte sowieso nicht dem Film, sondern nur den drohenden Sätzen in meinem Kopf zu: Du Nutte, wenn du dich nicht heute abend von deinem Diamanten befreist, wirst du dich nie retten, dann wirst du als Jungfrau heiraten und dich als Jungfrau einem Mann verkaufen. Ich machte Pläne im Kopf, wie ich den hinkenden Sozialisten dazu bringen könnte, mich heute abend von meinem Diamanten zu befreien. Der Film war zu Ende, die Lichter gingen an, die Studenten gingen langsam raus und zündeten sich Zigaretten an. Der hinkende Sozialist wartete vor der Kinotür und fragte mich, ob er mich zu einer Tasse Tee einladen dürfe. Dann ging er mit mir in ein anderes Café, Café Kranzler, dort saßen tagsüber ältere, deutsche Frauen und Witwen, keine politischen Studenten. Wir setzten uns, ich schaute in sein Gesicht und dachte, der Arme weiß gar nichts von meinem Plan. Im Café hing eine große Uhr, die ich oft anschaute, weil ich hoffte, die letzte U-Bahn zu verpassen. Aber schon bevor die letzte U-Bahn weg war, fragte er mich: »Ich habe zu Hause eine Flasche Rakı aus der Türkei, wollen Sie mit mir etwas Rakı trinken?« So liefen wir in Richtung seiner Wohnung. Er hinkte und war langsam, ich ging langsam neben ihm her. Heute abend werde ich mich von dem Diamanten befreien. Armer Mann, er weiß nichts davon. Wir saßen in seiner Wohnung am Tisch, tranken Rakı, und ich wußte nicht, wie ich anfangen sollte. Er fragte mich, was mein Ideal wäre. Ich sagte: »Ich will Schauspielerin werden.« – »Haben Sie schon gespielt?« – »Ja, schon als ich zwölf Jahre alt war. In einem Stück habe ich eine ältere englische Frau gespielt, dabei habe ich das Kleid meiner Mutter getragen.« Er stand plötzlich auf und sagte: »Wie schade, als so junges Mädchen eine alte Frau spielen zu müssen.« Er küßte meine Wangen, als ob er Mitleid mit mir hätte. Ich lachte, und er sagte: »Armes junges Mädchen« und küßte meinen Mund. Ich saß auf einem Sessel, er zog mich hoch, stand vor mir und mußte seinen kurzen Fuß strecken, damit er gerade stand. Er küßte mich lange, sein Fuß blieb genauso lange gestreckt und knickte dann plötzlich zur Seite. »Du hast mich schwindlig gemacht.« Mit seinen Händen auf meiner Taille lief er hinkend mit mir in Richtung Bett. Ich lachte und fühlte, daß mein Lachen ihn verführte. Durch das Lachen kam kein falsches Wort aus meinem Mund, ich lachte weiter, als er mich und sich auszog. Dann schlief er sofort mit mir. Es tat sehr weh, ich zitterte und sagte zu ihm: »Ich bin noch Jungfrau, ein bißchen Geduld.« Er setzte sich aufs Bett und sagte: »Ich schlafe nicht mit Jungfrauen. Ich dachte, du bist eine erfahrene Frau.« – »Heute nacht ist meine letzte Chance«, sagte ich, »morgen habe ich diesen Mut nicht mehr.« – »Nein«, sagte er, »Jungfrauen schlafen mit einem Mann, und dann zwingen sie ihn zum Heiraten.« In türkischen Zeitungen gab es oft solche Nachrichten: »Er nahm ihr ihr Gold weg, jetzt muß er zum Standesamt.« Ich sagte: »Ich will nicht heiraten, ich will mich von der Jungfernhaut befreien.« »Nein«, sagte er, »wir schlafen hier als Bruder und Schwester bis zum Morgen« und legte zwischen uns ein Kopfkissen. Das Kopfkissen erinnerte mich an Ehebruchsgeschichten in der Türkei. Ein Mann schläft mit seiner Geliebten in einem Hotelzimmer, seine Frau folgt ihm, kommt mit der Polizei zum Hotel, die Polizei macht die Zimmertür auf, die Fotografen kommen herein, aber der Ehemann hatte ein Kopfkissen zwischen sich und seine Geliebte gelegt. So konnte er vor Gericht sagen: »Aber Herr Richter, zwischen uns gab es ein Kopfkissen.« Ob ein Kopfkissen für das Gesetz wirklich eine solche Rolle spielte, wußte ich nicht, vielleicht war alles eine Zeitungslüge. Der hinkende Sozialist aber konnte das Kopfkissen nicht lange zwischen uns lassen, er zog es weg, ich zitterte weiter, er war sehr aufgeregt und schlief immer wieder mit mir. Danach stand er jedes Mal auf, ging hinkend zum Waschbecken und wusch sich. Ich sollte mich auch waschen und ein kleines Stück Seife in meine Vagina stecken. »Die Seife tötet die Samen«, sagte er. Am Morgen stand ich auf, um zur Arbeit zu gehen, und fand kein Blut im Bett. »Ich habe mit dir sechsmal geschlafen, du warst keine Jungfrau.« Mit dem Morgenbus fuhr ich zur Arbeit ins Hotel Berlin, es war noch früh, und ich wusch mich im Hotel lange unter einer Dusche. Durch das heiße Wasser stand der Duschraum im Nebel. Ich schaute meine Hände, Beine, Brüste im Nebel an, und dort im Nebel verstand ich, daß ich meinen Diamanten schon in Paris bei Jordi gelassen hatte, ich war schon seit Paris, ohne es zu wissen, eine Frau gewesen.

(1998)

Marguerite Duras: Echolos

Der elegante Mann ist aus der Limousine gestiegen, er raucht eine englische Zigarette. Er betrachtet das junge Mädchen mit dem Männerhut und den Goldschuhen. Er geht langsam auf sie zu. Man sieht, er ist verschüchtert. Er lächelt nicht, zunächst. Zunächst bietet er ihr eine Zigarette an. Seine Hand zittert. Es gibt diesen Rassenunterschied, er ist kein Weißer, er muß ihn überwinden, darum zittert er. Sie sagt ihm, sie rauche nicht, nein danke. Mehr sagt sie nicht, sie sagt nicht, lassen Sie mich in Ruhe. Da schwindet seine Angst. Da sagt er ihr, er glaube zu träumen. Sie antwortet nicht. Es lohnt nicht, zu antworten, was sollte sie antworten, sie wartet. Dann fragt er: Von wo kommen Sie denn? Sie sagt, sie sei die Tochter der Lehrerin der Mädchenschule von Sadec. Er denkt nach, und dann sagt er, er habe von dieser Dame, ihrer Mutter, gehört, von ihrem Pech mit dem Landkauf in Kambodscha, so ist es doch, nicht wahr? Ja, so ist es. Er wiederholt, er finde es wunderbar, sie auf dieser Fähre zu sehen. So früh am Morgen, ein so schönes junges Mädchen, Sie ahnen ja nicht, wie unerwartet das ist, ein weißes Mädchen in einem Eingeborenenbus.

Er sagt, der Hut stehe ihr gut, sehr gut sogar, das sei ... originell ... ein Männerhut, warum eigentlich nicht? Sie sei so hübsch, sie könne sich alles erlauben.

Sie sieht ihn an. Sie fragt ihn, wer er sei. Er sagt, er sei aus Paris zurückgekehrt, wo er studiert habe, auch er wohne in Sadec, direkt am Fluß, das große Haus mit den großen Terrassen und den blaugekachelten Balustraden. Sie fragt ihn, was er sei. Er sagt, er sei Chinese, seine Familie stamme aus Nordchina, aus Fou-Chouen. Erlauben Sie mir, Sie nach Saigon zu fahren? Sie ist einverstanden. Er sagt zum Chauffeur, er solle das Gepäck des jungen Mädchens aus dem Bus holen und im Auto verstauen.

Chinese. Er gehört zu jener Minderheit von Geschäftsleuten chinesischer Abstammung, die den gesamten Grundbesitz des Volkes in der Kolonie verwalten. Er ist derjenige, der an diesem Tag den Mekong in Richtung Saigon überquert hat.

Sie steigt in das schwarze Auto ein. Der Wagenschlag schließt sich. Eine kaum spürbare Angst ist plötzlich da, eine Mattheit, das Licht auf dem Fluß wird trüb, eine Spur nur. Eine sehr leichte Taubheit, ein Dunst, überall.

Ich werde nie mehr im Eingeborenenbus reisen. Von jetzt an werde ich eine Limousine haben, die mich ins Gymnasium bringt und zurück ins Pensionat. Ich werde in den elegantesten Lokalen der Stadt zu Abend speisen. Und ich werde immer alles bereuen, alles, was ich tue, alles, was ich lasse, alles, was ich nehme, das Gute wie das Schlechte, werde den Bus vermissen, den Busfahrer, mit dem ich lachte, die Betel kauenden alten Frauen auf den hinteren Plätzen, die Kinder in den Gepäcknetzen, die Familie in Sadec, die Schrecken der Familie in Sadec, ihr geniales Schweigen. [...]

Es geschah sehr schnell an jenem Tag, einem Donnerstag. Er holte sie täglich vom Gymnasium ab, um sie ins Pensionat zurückzubringen. Und einmal kam er an einem Donnerstagnachmittag ins Pensionat. Er nahm sie mit im schwarzen Automobil.
Es ist in Cholen. Gegenüber den Boulevards, die das Chinesenviertel mit dem Zentrum von Saigon verbinden, diesen großen Straßen im amerikanischen Stil, durchfurcht von Straßenbahnen, Rikschas, Bussen. Es ist früh am Nachmittag. Sie ist dem vorgeschriebenen Spaziergang der Pensionatsschülerinnen entwischt.
Es ist eine Wohnung im Süden der Stadt. Modern, auf die Schnelle möbliert, würde man sagen, mit Möbeln im Modern style. Er sagt: Ich habe die Möbel nicht ausgesucht. Es ist dunkel in diesem Raum, sie bittet nicht, die Jalousien hochzuziehen. Sie ist ohne ein bestimmtes Gefühl, ohne Haß, auch ohne Abscheu, dann ist vermutlich schon Begehren im Spiel. Sie kennt es noch nicht. Sie hat sofort

eingewilligt, mitzukommen, als er sie am Abend zuvor darum bat. Sie ist da, wo sie hingehört, hierherversetzt. Sie empfindet eine leichte Angst. Es scheint tatsächlich, daß dies nicht nur ihren Erwartungen entspricht, sondern dem, was genau in ihrem Fall geschehen muß. Sie nimmt sehr aufmerksam das Äußere der Dinge wahr, das Licht, den Lärm der Stadt, von dem das Zimmer überflutet wird. Er, er zittert. Er sieht sie zunächst an, als erwarte er, daß sie zu sprechen beginne, aber sie sagt nichts. Also rührt auch er sich nicht, er zieht sie nicht aus, er sagt, er liebe sie wie wahnsinnig, er sagt es ganz leise. Dann schweigt er. Sie erwidert nichts. Sie könnte erwidern, daß sie ihn nicht liebe. Sie sagt nichts. Plötzlich weiß sie, jetzt, in diesem Augenblick, weiß sie, daß er sie nicht versteht, daß er sie nie verstehen wird, daß er außerstande ist, solche Verderbtheit zu verstehen. Und all die Umwege zu machen, um sie einzuholen, das schafft er nie. Sie muß es wissen. Sie weiß es. Angesichts seiner Unwissenheit weiß sie plötzlich: Er hat ihr schon auf der Fähre gefallen. Er gefällt ihr, die Sache hing einzig und allein von ihr ab. Sie sagt zu ihm: Ich würde es vorziehen, wenn Sie mich nicht liebten. Doch selbst wenn Sie mich lieben, möchte ich, daß Sie tun, was Sie üblicherweise mit Frauen tun. Er sieht sie entsetzt an, er fragt: Ist es das, was Sie wollen? Sie sagt ja. Hier in diesem Zimmer hat er zu leiden begonnen, zum erstenmal, er leugnete es nicht mehr. Er sagt ihr, er wisse bereits, daß sie ihn nie lieben werde. Sie läßt es ihn aussprechen. Zuerst sagt sie, sie wisse es nicht. Dann läßt sie es ihn aussprechen.

Er sagt, er sei allein, auf grausame Weise allein mit seiner Liebe zu ihr. Sie sagt ihm, auch sie sei allein. Sie sagt nicht womit. Er sagt: Sie sind mir hierher gefolgt, wie Sie irgend jemandem gefolgt wären. Sie antwortet, das könne sie nicht wissen, sie sei noch nie jemandem in ein Zimmer gefolgt. Sie sagt, sie wolle nicht, daß er mit ihr rede, sie wolle, daß er tue, was er üblicherweise mit Frauen tut, die er in seine Wohnung mitnimmt. Sie fleht ihn an, es so zu tun.

Er hat ihr das Kleid vom Leib gerissen, er wirft es zu Boden, er reißt den kleinen weißen Baumwollslip weg und trägt sie nackt zum Bett. Und dann dreht er sich zur anderen Bettseite und weint. Und sie, langsam, geduldig, holt ihn zu sich zurück und beginnt ihn auszukleiden. Mit geschlossenen Augen tut sie es. Langsam. Er schickt sich an, ihr zu helfen. Sie bittet ihn, es nicht zu tun. Laß mich machen. Sie sagt, sie wolle es tun. Sie tut es. Sie zieht ihn aus. Als sie ihn darum bittet, verändert er die Lage seines Körpers im Bett, doch sachte, leicht, wie um sie nicht zu wecken.

Seine Haut ist von prachtvoller Zartheit. Der Körper. Der Körper ist mager, kraftlos, ohne Muskeln, er könnte krank gewesen sein, nun auf dem Wege der Genesung, er ist unbehaart, ohne ein Zeichen von Männlichkeit mit Ausnahme des Geschlechts, er ist sehr schwach, er scheint der Willkür von Kränkungen ausgeliefert zu sein, leidend. Sie sieht ihm nicht ins Gesicht. Sie sieht ihn nicht an. Sie berührt ihn. Sie berührt die Zartheit seines Geschlechts, seiner Haut, sie liebkost seine goldgelbe Farbe, das unbekannte Neuland. Er stöhnt, er weint. Er ist in einer erbärmlichen Liebe.
Und weinend tut er es. Zuerst ist der Schmerz da. Dann wird dieser Schmerz genommen, wird umgewandelt, langsam herausgerissen, der Lust zugeführt, mit ihr vereint. [...]

Ich wußte nicht, daß man dabei blutet. Er fragt, ob es mir weh getan habe, ich sage nein, er sagt, daß er glücklich darüber sei. Er wischt das Blut ab, er wäscht mich. Ich schaue ihm zu. [...]
Der Lärm der Stadt ist sehr laut, in der Erinnerung ist er wie der zu laut eingestellte Ton eines Films, ohrenbetäubend. Ich erinnere mich genau, das Zimmer ist dunkel, wir reden nicht, es ist umgeben vom anhaltenden Tosen der Stadt, einbezogen in die Stadt, in das Gedröhn der Stadt. An den Fenstern gibt es keine Scheiben, nur Stores

und Jalousien. Auf den Vorhängen sieht man die Schatten der Leute, die in der Sonne auf dem Gehsteig vorübergehen. Diese Menschenmengen sind immer gewaltig. Die Schatten sind gleichmäßig gestreift durch die Sprossen der Jalousien. Das Klappern der Holzschuhe hämmert gegen den Kopf, die Stimmen sind gellend, Chinesisch ist eine Sprache, die geschrien wird, so wie ich mir immer die Wüstensprache vorstelle, es ist eine unglaublich fremde Sprache.

Draußen geht der Tag zur Neige, man hört es am Lärm der Stimmen und der immer zahlreicher werdenden, immer heftiger sich vermischenden Schritte. Es ist ein Vergnügungsviertel, das seinen Höhepunkt in der Nacht erlebt. Und die Nacht beginnt jetzt mit dem Sonnenuntergang.

Das Bett ist von der Stadt durch das Gitter der Jalousien, durch den Baumwollvorhang getrennt. Kein festes Material trennt uns von den anderen. Die anderen wissen nichts von unserer Existenz. Wir aber nehmen etwas von der ihren wahr, die Gesamtheit ihrer Stimmen, ihrer Bewegungen, wie eine Sirene, die einen gebrochenen Heulton ausstößt, kläglich, echolos.

(1984)

Mary McCarthy: Das höchste Gut

Ganz zu Anfang, im dunklen Treppenhaus, war Dottie recht sonderbar zumute. Da schlich sie nun, erst zwei Tage nach Kays Hochzeit, zu einem Zimmer hinauf, das ausgerechnet Haralds ehemaligem Zimmer gegenüberlag, wo mit Kay das gleiche passiert war. Ein beklemmendes Gefühl – wie früher, wenn die Clique zur gleichen Zeit ihre Tage bekam. Man wurde sich auf das eigentümlichste seiner Weiblichkeit bewußt, die wie die Gezeiten des Meeres der Mond regierte. Seltsame, belanglose Gedanken gingen Dottie durch den Kopf, als der Türschlüssel sich im Schloß bewegte, und sie sich zum erstenmal allein mit einem Mann in dessen Wohnung befand. Heute war Mittsommernacht, die Nacht der Sonnenwende, da die Mädchen ihr höchstes Gut darbrachten, damit es reiche Ernte gebe. Das wußte sie von ihren folkloristischen Studien für den ›Sommernachtstraum‹. Ihr Shakespeare-Lehrer war sehr an Anthropologie interessiert. Die Mädchen mußten im ›Frazer‹ über die alten Fruchtbarkeitsriten nachlesen, und daß in Europa die Bauern noch bis vor kurzem zu Ehren der Kornjungfrau große Feuer anzündeten und sich dann in den Feldern paarten. Das College, dachte Dottie, als die Lampe anging, war fast zu reich an Eindrücken. Sie fühlte sich vollgepfropft mit interessanten Gedanken, die sie nur Mama, aber keinesfalls einem Mann mitteilen konnte. Der hielte einen wahrscheinlich für verrückt, würde man ihm, wenn man gerade seine Jungfrauenschaft verlieren sollte, von der Kornjungfrau erzählen. Selbst die Clique würde lachen, wenn Dottie gestand, daß sie ausgerechnet jetzt Lust auf ein langes, gemütliches Gespräch mit Dick hatte, der so wahnsinnig attraktiv und unglücklich war und so viel zu geben hatte.

Freilich würde die Clique nie im Leben glauben, daß sie, Dottie Renfrew, jemals hierhergekommen sei, in ein Dachzimmer, das nach Bratfett roch, zu einem Mann, den sie kaum kannte, der kein Hehl aus seinen Absichten machte, der mächtig getrunken hatte und sie ganz offensichtlich nicht liebte. So kraß ausgedrückt, konnte sie es selbst kaum glauben, und der Teil ihres Ichs, der ein Gespräch wünschte, erhoffte wohl immer noch Aufschub, wie beim Zahnarzt, wo sie sich jedesmal über alles mögliche unterhielt, um den Bohrer noch einmal abzuwehren. Dotties Grübchen zuckte. Was für ein verrückter Vergleich! Wenn die Clique das hören könnte!

Und dennoch, als *es* geschah, war es gar nicht so, wie die Clique oder selbst Mama es sich vorgestellt hätten, überhaupt nicht schmierig oder unästhetisch, obwohl Dick betrunken war. Er war äußerst rücksichtsvoll, entkleidete sie langsam und sachlich, als nehme er ihr nur den Mantel ab. Er tat ihren Hut und Pelz in den Schrank und machte dann das Kleid auf. Der konzentrierte Ernst, den er den Druckknöpfen widmete, erinnerte sie an Papa, wenn er Mama für eine Party zuhakte. Sorgfältig zog er ihr das Kleid über den Kopf, musterte erst das Firmenetikett und dann Dottie, ob sie auch zueinander paßten, ehe er es, gemessenen Schritts, zum Schrank trug und sorgfältig auf einen Bügel hängte. Danach faltete er jedes weitere Kleidungsstück zusammen, legte es umständlich auf den Sessel und besah sich dabei jedesmal stirnrunzelnd das Firmenetikett. Als sie ohne Kleid dastand, wurde ihr sekundenlang etwas flau, aber er beließ ihr das Unterkleid, genau wie beim Arzt, während er ihr Schuhe und Strümpfe auszog und Büstenhalter, Hüftgürtel und Hemdhose öffnete, so daß sie, als er ihr mit größter Sorgfalt, um ihre Frisur nicht zu zerstören, das Unterkleid über den Kopf zog, schließlich, nur mit ihren Perlen bekleidet vor ihm stehend, kaum noch zitterte. Vielleicht war Dottie deshalb so tapfer, weil sie so oft zum Arzt ging oder weil Dick sich so unbeteiligt und unpersönlich verhielt, wie man es angeblich gegenüber einem Aktmodell in der Malschule tat. Er hatte sie, während er sie auszog, überhaupt nicht berührt, nur einmal versehentlich gekratzt. Dann kniff er sie leicht in jede ihrer vollen Brüste und forderte sie auf, sich zu entspannen, im selben Ton wie Dr. Perry, wenn er ihre Ischias behandelte.

Er gab ihr ein Buch mit Zeichnungen und verschwand in der Kammer, und Dottie saß im Sessel und bemühte sich, nicht zu lauschen. Das Buch auf dem Schoß, betrachtete sie eingehend das Zimmer, um mehr über Dick zu erfahren. Zimmer konnten einem eine Menge über einen Menschen erzählen. Dieses hatte ein Oberlicht und ein großes Nordfenster, für ein Männerzimmer war es ungemein ordentlich; da war ein Zeichenbrett mit einer Arbeit, die sie brennend gern angesehen hätte, da war ein einfacher langer Tisch, der aussah wie ein Bügeltisch, an den Fenstern hingen braune Wollvorhänge, auf dem schmalen Bett lag eine braune Wolldecke. Auf der Kommode stand die gerahmte Photographie einer blonden,

auffallenden Frau mit kurzem strengen Haarschnitt; wahrscheinlich Betty, die ›Gattin‹. Ein Photo, vermutlich Betty im Badeanzug, sowie einige Aktzeichnungen waren mit Reißzwecken an der Wand befestigt. Dottie hatte das bedrückende Gefühl, daß sie ebenfalls Betty darstellten. Sie hatte sich bisher alle Mühe gegeben, nicht an Liebe zu denken und kühl und unbeteiligt zu bleiben, weil sie wußte, daß Dick das nicht haben wollte. Es war rein körperliche Anziehung, hatte sie sich immer wieder vorgesagt, im Bemühen, trotz ihres Herzklopfens kühl und beherrscht zu bleiben, aber jetzt plötzlich, als sie nicht mehr zurück konnte, war es um ihre Kaltblütigkeit geschehen, und sie war eifersüchtig. Schlimmer noch, ihr kam sogar der Gedanke, Dick sei vielleicht *pervers.* Sie schlug das Buch auf ihrem Schoß auf und sah wieder Akte vor sich, von einem ihr völlig unbekannten modernen Künstler. Was sie erwartet hatte, wußte sie nicht, aber als Dick in diesem Augenblick zurückkam, war es verhältnismäßig weniger schlimm.
Er kam in kurzen weißen Unterhosen, hatte ein Handtuch mit eingewebtem Hotelnamen in der Hand, schlug die Bettdecke zurück und breitete es über das Laken. Er nahm ihr das Buch fort und legte es auf einen Tisch. Dann hieß er Dottie, sich auf das Handtuch legen, forderte sie wieder mit freundlicher, dozierender Stimme auf, sich zu entspannen; während er eine Minute lang, die Hände in die Hüften gestützt, dastand und lächelnd auf sie hinunterblickte, bemühte sie sich, natürlich zu atmen, dachte an ihre gute Figur und rang sich ein dünnes Lächeln ab. *»Es wird nichts geschehen, was du nicht willst, Baby.«* Die sanfte Nachdrücklichkeit, mit der die Worte gesprochen wurden, verrieten ihr, wie angstvoll und mißtrauisch sie wohl aussah. »Ich weiß, Dick«, erwiderte sie mit einer kleinen, schwachen, dankbaren Stimme und zwang sich, seinen Namen zum erstenmal auszusprechen. »Möchtest du eine Zigarette?« Dottie schüttelte den Kopf und ließ ihn auf das Kissen zurückfallen. »Also dann?« »Ja. Gut.« Als er zum Lichtschalter ging, durchzuckte sie wieder dort

unten das erregende Pochen, wie schon im italienischen Restaurant, als er sie fragte: »Willst du mit mir nach Hause kommen?« und dabei seinen tiefen, verhangenen Blick auf sie heftete. Jetzt wandte er sich um und sah sie, die Hand am Schalter, wieder unverwandt an; ihre Augen weiteten sich vor Staunen über das merkwürdige Gefühl, das sie an sich wahrnahm: als stünde die Stelle dort im Schutz ihrer Schenkel in Flammen. Sie starrte ihn, Bestätigung heischend, an; sie schluckte. Als Antwort löschte er das Licht und kam, seine Unterhose aufknöpfend, im Dunkel auf sie zu.

Diese Wendung setzte sie einen Augenblick lang in Angst. Sie hatte niemals diesen Teil des männlichen Körpers gesehen, außer an Statuen und einmal, mit sechs Jahren, als sie unverhofft Papa in der Badewanne erblickt hatte, doch sie hegte den Verdacht, es sei etwas Häßliches, dunkelrot Entzündetes, von borstigen Haaren umgeben. Darum war sie dankbar, daß ihr dieser Anblick erspart wurde; sie hätte ihn, meinte sie, nicht ertragen können, und hielt, zurückzuckend, den Atem an, als sie den fremden Körper über sich spürte. »Tu die Beine auseinander«, befahl er; gehorsam öffnete sie ihre Schenkel. Seine Hand drückte sie da unten, reibend und streichelnd; ihre Schenkel öffneten sich immer weiter, und sie gab jetzt schwache stöhnende Laute von sich, fast als wollte sie, daß er aufhöre. Er nahm seine Hand fort, Gott sei Dank, und fummelte einen Augenblick herum. Dann fühlte sie, wie das Ding, vor dem sie sich so fürchtete, in sie eindrang; gleichzeitig verkrampfte sie sich in Abwehr. »Mach dich locker«, flüsterte er. »Du bist soweit.« Es war erstaunlich warm und glatt, aber sein Stoßen und Stechen tat fürchterlich weh. »Verdammt«, sagte er, »sei locker. Du machst es ja nur schwerer.« In diesem Augenblick schrie Dottie leise auf; es war ganz in sie eingedrungen. Er hielt ihr den Mund zu, legte ihre Beine um sich und bewegte es in ihr hin und her. Anfangs tat es so weh, daß sie bei jedem Stoß zusammenzuckte und sich ihm zu entwinden suchte, aber das machte ihn anscheinend nur um so entschlossener.

Dann, o Wunder, während sie noch betete, daß es bald vorüber sein möge, fand sie ein gewisses Gefallen daran. Sie begriff, worauf es ankam, auch ihr Körper antwortete jetzt den Bewegungen Dicks, der es langsam und immer wieder in sie hineinstieß und langsam wieder zurückzog, als wiederhole er eine Frage. Ihr Atem ging schneller. Jede neue Berührung, wie das Ritardando eines Geigenbogens, steigerte ihre Lust auf die kommende. Dann, plötzlich, meinte sie, in einem Anfall von anhaltenden, krampfartigen Zuckungen zu vergehen, was sie, kaum war es vorbei, so verlegen machte wie ein Schluckauf. Denn es war, als habe sie den Menschen Dick völlig vergessen. Und er, als hätte er es gemerkt, ließ von ihr ab und preßte dann jenes Ding auf ihren Bauch, gegen den es schlug und stieß. Dann zuckte auch er stöhnend zusammen, und Dottie fühlte etwas Klebrig-Feuchtes an ihrem Leib herabrinnen.
Minuten vergingen. Im Zimmer war es ganz still. Durch das Oberlicht konnte Dottie den Mond sehen. Sie lag da, Dicks Last noch immer auf sich; wahrscheinlich war etwas schiefgegangen – vermutlich ihre Schuld. Sein Gesicht war abgewandt, so daß sie es nicht sehen konnte. Sein Oberkörper quetschte ihr so sehr die Brüste, daß sie kaum Luft bekam. Ihre beiden Körper waren naß, sein kalter Schweiß tropfte auf ihr Gesicht, klebte ihr die Haare an die Schläfen und rann wie ein Bächlein zwischen ihren Brüsten; er brannte salzig auf ihren Lippen und erinnerte sie trostlos an Tränen. Sie schämte sich der Seligkeit, die sie empfunden hatte. Offensichtlich war sie ihm nicht die richtige Partnerin gewesen, sonst würde er irgend etwas sagen. Vielleicht durfte die Frau sich dabei nicht bewegen? »Verdammt«, hatte er gesagt, als er ihr weh tat, in einem so ärgerlichen Ton, wie ein Mann, der sagt: »Verdammt, warum können wir nicht pünktlich essen?« oder etwas ähnlich Unromantisches. Hatte etwa ihr Aufschrei alles verdorben? Oder hatte sie am Schluß irgendwie einen Fauxpas gemacht? Wenn Bücher doch bloß etwas ausführlicher wären; Krafft-Ebing, den Kay

und Helena antiquarisch gekauft hatten und aus dem sie ständig vorlasen, als wäre er besonders komisch, beschrieb nur Scheußlichkeiten, wie Männer, die es mit Hennen treiben, und erklärte selbst dann nicht, wie es gemacht wurde. Der Gedanke an die Blondine auf der Kommode erfüllte sie mit hoffnungslosem Neid; wahrscheinlich stellte Dick jetzt gerade schlimme Vergleiche an. Sie spürte seinen Atem und roch den schalen Alkoholdunst, den er stoßweiße verströmte. Im Bett roch es merkwürdig penetrant, sie fürchtete, sie sei daran schuld.
Ihr kam der gräßliche Gedanke, daß Dick eingeschlafen sei; sie machte ein paar zaghafte Bewegungen, um sich von seinem Gewicht zu befreien. Die feuchte Haut ihrer aneinanderklebenden Körper machte ein leise schmatzendes Geräusch, als sie sich von ihm löste, aber es gelang ihr nicht, ihn abzuwälzen. Da wußte sie, daß er schlief. Wahrscheinlich war er müde, sagte sie sich zu seiner Entschuldigung; er hatte ja so dunkle Schatten um die Augen. Aber im Herzen wußte sie, daß er nicht wie ein Zentner Backsteine auf ihr hätte einschlafen dürfen; es war der endgültige Beweis – sofern es noch eines solchen bedurfte –, daß sie ihm nicht das geringste bedeutete. Wenn er morgen früh beim Aufwachen entdeckte, daß sie verschwunden war, würde er vermutlich heilfroh sein. Oder vielleicht erinnerte er sich dann nicht einmal, wer bei ihm gewesen war; sie ahnte nicht, was er alles getrunken hatte, ehe er sich mit ihr zum Essen traf. Wahrscheinlich war er einfach sternhagelbetrunken. Es gab für sie nur eine Möglichkeit, sich nicht noch mehr zu vergeben, nämlich sich im Dunkeln anzuziehen und heimlich zu verschwinden. Aber vorher mußte sie in dem unbeleuchteten Gang das Badezimmer finden. Dick fing an zu schnarchen, die klebrige Flüssigkeit überzog wie eine Kruste ihren Bauch; sie konnte unmöglich in den Vassar-Club zurückkehren, ohne das vorher abzuwaschen. Dann durchfuhr sie ein Gedanke, der fast schlimmer war als alles andere. Wenn er nun einen Erguß gehabt hätte, während er noch in ihr war? Oder

wenn er eins von diesen Gummidingern benutzt hatte und es zerrissen wäre, als sie zuckte, und er darum sich so schnell aus ihr zurückgezogen hatte? Sie wußte vom Hörensagen, daß die Gummidinger reißen oder undicht sein können, daß eine Frau von einem einzigen Tropfen schwanger werden kann. Entschlossen wand und stemmte Dottie sich, um sich endlich zu befreien, bis Dick den Kopf hob und sie, ohne sie zu erkennen, im Mondlicht anstarrte. Es stimmt also, dachte Dottie unglücklich. Er war einfach eingeschlafen und hatte sie vergessen.

(1954)

Esther Tusquets: Sumpfblüte

Unter dem fiebrigen, sonderbar starren Blick ihrer geweiteten Augen – ich bin nicht sicher, ob sie mich sehen, ob sie überhaupt etwas sehen – zuckt ein angstvoll unwissender Mund, der doch im Schlaf oder in früheren, halb vergessenen Leben ahnungsvoll alles übers Küssen gelernt hat, ein salziger brennender Mund mit aufgesprungenen, leicht spröden Lippen, der in immer neuen Anläufen, wie wilde, zornige, trostlose Brandung, hartnäckig gegen meinen Mund anrennt und daran zerschellt, indes Clara am ganzen Körper fliegt und hemmungslos zuckt und den Kopf auf dem Kissen rollt und mir – ich knie vor ihrem Bett auf dem Boden – mit erstaunlicher Kraft einen Arm um die Taille schlingt und die andere Hand in meinen Hals krallt, meine Schultern, mein Haar, und immer wieder meinen Kopf zu sich heranzieht, an ihren offenen, lechzenden, durstigen, verbrennenden Mund, der mich küßt und dabei, zwischen Kuß und Kuß, dumpf aufstöhnt, wie kein Mensch stöhnt, nicht einmal Tiere, ein heiseres Stöhnen, als käme es vom Meer oder vom Wind in furchtbaren mondlosen Sabbatnächten, in denen die Hexen und bösen geilen Weiber aus dem Süden losgelassen sind und

brünstige schwarze Kater miauen und Schamteile sich lüstern wie wild an Besen reiben. [...]
Clara wirft den Kopf auf dem Kissen herum und fliegt am ganzen Körper, und ich bin mir nicht klar darüber, ist sie sternhagelvoll und high von Alkohol und Haschisch oder steht sie am Rande eines hysterischen Anfalls, oder führt sie, extra für mich – Wein und Droge tuen dabei natürlich das ihre –, ein Stück auf mit einer Falle, und ich bin die einzige Zuschauerin. Darum weiß ich auch nicht recht, soll ich ihr nun Kölnischwasser auf die Stirn träufeln oder Kamillentee aufbrühen oder einen Arzt holen oder soll ich ihr mal tüchtig eines hinten drauf geben. Dabei wird ihr Blick immer starrer und entrückter und das Zittern im ganzen Körper stärker, und lauter wird auch ihr meergleiches, ihr gesteinsgleiches Stöhnen, versetzt mit zusammenhanglosen Worten und immer heftigeren Küssen, obwohl ich auch da nicht weiß, ob dieses Sich-an-mir-Scheuern und Zuschlagen und Ihre-Zähne-und-Lippen-in-meine-Zähne-Schlagen eigentlich Küsse sind, und dazu der betäubende Algen-, Tabak- und Weingeruch, ich finde das alles furchtbar lästig und fehl am Platz und überaus unangenehm – so peinlich teenagerhaft – und weiß dabei doch, daß ich, selbst wenn ihre Hände mich jetzt losließen, schon nicht mehr von ihrer Seite hochkäme, und ihre herben, kratzigen, ach so unbeholfenen oder – weiß der Himmel – so gekonnten Küsse treffen bei mir merkwürdigerweise einen wunden Punkt, und als meine Prinzessin, meine beunruhigende, von einem gefahrvollen fremden Planeten gefallene Prinzessin, mein gesteinsgleiches, meergleiches Mädchen endlich in Tränen ausbricht, in einen Sturzbach nicht mehr aufzuhaltender hysterischer Tränen ausbricht, da gehen auf meinem Schiff – meinem Schiff, denn vielleicht reitet die junge schöne Hexe mit der gierigen Scham ja nicht auf einem Besenstil, sondern steuert auf einem Raumschiff das Unmögliche an – mit ohrenbetäubendem Sirenengeheul und Glockengebimmel alle roten Lichter auf einmal an, und ich ahne, wenn mich auch nur eine von ihren lauwarmen salzigen Tränen

trifft, die da über die runden Wangen meiner blauen Puppe rollen, so ist es um das Schiff mit Mannschaft und Kapitän geschehen. Unheilvolle Gewächse greifen nämlich, uneindämmbar, monströs wuchernd, auf dem Schiff um sich – hat die Fremde sie von ihrem Planeten mitgebracht, oder sind es die Pflanzen, die seit Jahren in meinen eigenen Schächten still wuchsen? –, schießen schon aus Kommandobrücke, Kajüten, Hospital und den langen Gängen, und ich tappe schwerfällig, mühsam wie in einem bösen Traum, einem angsterregenden – einem wonnespendenden – Traum, aus dem ich gar nicht mehr erwachen können will, durch dicke Stengel, von denen ich nicht weiß, sind es Wurzeln oder Äste – und kommen sie aus mir oder aus Clara, und wer von uns wird am Ende Theseus und wer Ariadne –, durch fleischige, saft- oder tautriefende Blätter und durch riesige rote Blüten mit Geruch nach Wein und nach Meer. Den Pullover, vormals Fahne, zieht es nach oben wie die Blütenkrone eines Nachtschattengewächses, das bei Einbruch der Dunkelheit wandert, und meine Hände vergraben sich in ihrer schmalen Taille, werden darin gefangen, angesaugt wie in einem Moor, eine Hand an jeder Seite ihrer Taille, die so atemberaubend fleischlich und leicht feucht ist wie eine Tropenblüte im Sumpf. Ihre kleinen Tatzen – ihre furchtbaren Tatzen wie von einem in die Enge getriebenen hilflosen Kätzchen – haben mich inzwischen losgelassen, weil sie ja genau weiß, aus diesem feinen schneeweißen Sand, der mich hinabzieht, komme ich nicht mehr los, ich habe nicht die geringste Chance, aufzustehen, irgendeinen belanglosen Satz zu sagen, mir eine Zigarette anzuzünden und aus dem Zimmer zu gehen, vielleicht um uns eine Tasse Tee zu holen; sie weiß, das Geturtel der beiden anderen Frauen – die unten im Wohnzimmer schon wieder plaudern – liegt jetzt schon so unüberbrückbar weit von uns, daß alle schwarzen Schwäne aus der Vergangenheit auf dem Weg dahin verenden und alle schwarzen Schwäne gleich welcher Zukunft es schon vorher aufgeben, denn hier und jetzt – in diesem Jetzt – ist nur Platz für ein zaubrisches blaues Mädchen, das auf meinem Besenstiel sitzt, das das Schiff überwuchert hat und mit fleischfressenden Lianen – von denen ich immer noch nicht weiß, ob sie aus mir oder aus ihr wachsen, jedenfalls hat sie sie hervorgelockt –, mit wollüstigen roten Blüten und bodenlosen Sümpfen alles ringsum überzieht, so daß wir beide atemlos versinken, nur für diese ausgezehrte Prinzessin von einem fernen Planeten ist Platz, nur für diese mutterlose, auf ewig zu wenig geliebte Prinzessin, für diese Unzivilisierte mit der nicht erlernbaren, jahrhundertealten Weisheit, für dieses Wesen, das so zerbrechlich und verletzlich ist, daß man ihr zu Hilfe eilen, sie vor sich selber schützen müßte, daß man sie wiegen und schaukeln und mit warmen Liebkosungen keimen lassen muß, daß man sie in die Sonne legen, mit dicken blutigen Filets und Tassen voll zäher Schokolade mit Sahne füttern müßte und ihr gläserweise warme Milch mit Honig einflößen sollte, vielleicht wäre die schönste, jüngste aller Hexen die geeignete Person, vielleicht der Kapitän, der bedauernswerte Kapitän, der zwischen bodenlosen Sümpfen und Mädchenblumen heillos zugrunde geht und jetzt – und dann die ganze Nacht – Claras schwitzenden, mageren bleichen Körper in den Armen hält, sicher und gefangen in meinen Armen, mit denen ich sie jetzt wiege, mit denen ich sie jetzt bette und dazu zärtliche Worte gurre, ihr sanfte Küsse auf die Lippen drücke, derweil die Tränen inzwischen schon zur ganzen Mannschaft reichen und alle Schiffe kentern oder mit Kurs aufs Unmögliche ins All entschwinden und blaue Prinzessinnen oder Mädchenblumen ihr Heil nur noch darin suchen können, daß sie sich tief in den morastigen Grund, bis auf den Boden des weichen warmen Sands sinken lassen, weil das Schiff von den fleischigen duftenden Menschenfresserpflanzen längst übernommen ist und die furchtbaren Pflanzen auch auf den Besen blühen.

(1978)

José Luis Alonso de Santos: Der Marokkotrip

Chusa: Wir kommen also dort an und sagen zum Araber: »Mohammed, wir haben so und so viel Kohle hier, also mal sehn, wieviel wir mitnehmen können.«
Kannst du noch etwas Geld beschaffen, damit wir mehr rüberbringen können?
Elena: Ja, vielleicht das, was ich bei mir habe, oder ich kann auch noch was mit der Karte ziehen, wenn du willst. Und wie werden wir das mit uns mitnehmen, was wir kaufen?
Chusa: Im Hintern, in der Scheide, wir essen's, wie auch immer. Irgendwie muß man es rüberbringen.
Elena: ?
Chusa: Wir müssen sie überzeugen, daß sie uns die Ware herstellen. Wir können es auch selbst machen, wenn wir wollen, aber das ist eine ganz schöne Sauarbeit. Ich weiß, wovon ich rede. Mir gibst du ein paar Zweige und ich mache dir einen »Zero Zero« in null Komma nichts. Aber dabei macht man sich die Hände völlig kaputt. Man bekommt mächtig Schwielen vom Zusammendrükken.
Elena: Der »Zero Zero« ist der beste, nicht wahr?
Chusa: Das erste Pulver, das der Zweig hergibt. Der Zweig ist voll von Pollen, und bei der ersten Berührung fällt weißes Pulver runter; das sammelst du und es wird zu einem Ballen wie schwarzes Gummi. »Zero Zero«. Das beste.
Elena: Aber es wird wohl auch das teuerste sein.
Chusa: Das kannst du glauben. Du mußt damit rechnen, wenn du, na sagen wir mal vielleicht zehn Kilo an Haschischpflanzen hast, in Zweige geschnitten, dann gibt das nur etwa zweihundert Gramm »Zero Zero«. Wenn du allerdings den einzelnen Stock hundertmal wendest und drehst, dann kriegst du zwei Kilo raus, wenn du willst, aber dann schon vom schlechten, unter aller Sau.
Elena: Ja. Ich hab' davon keine Ahnung; am besten kümmerst du dich darum. Ich rauche und es schmeckt

mir, aber ich weiß nie, was ich da rauche. Ich inhalier' ja nicht ...

Chusa: Mach dir keine Sorgen, ich hab' alles unter Kontrolle.

Elena: Mir geht's eigentlich hauptsächlich ums Hinfahren.

Na ja, auch, um etwas dabei rauszuholen, weil nachher, wenn du es hier verkaufst ...

Wieviel kann man denn da so rausholen?

Chusa: Zwanzigmal soviel wie das, was wir dafür ausgegeben haben, wenn es ein gutes Geschäft ist. Und ein Abenteuer. Du fährst da einfach hin, und dann auch noch zwei Mädchen, da schenken die uns alles. Mir haben die schon oft Sachen geschenkt. Sie sagen, daß ich das Gesicht einer Araberin habe. Weil ich ein dunkler Typ bin ...

Elena: Was mir am meisten zu schaffen macht, ist der Gedanke, daß wir es uns in den Hintern schieben müssen. Macht einem ganz schön Angst, nicht?

Chusa: Ach was. Nachher bist du dort und dich überkommt eine solche Ruhe und ein Gefühl des Friedens, daß du glaubst, im siebten Himmel zu sein. So ist das. Die Nacht, bevor wir herkommen, machen sie uns die Ballen.

Elena: Und wieviel Gramm hat jeder Ballen? Ich weiß nicht, ob ...

Chusa: Du mußt versuchen, mindestens hundert Gramm in die Vagina zu schieben, und noch mal hundert oder zweihundert in den Hintern.

Elena: O Gott! Aber ich habe Verstopfung. Wenn es drinnen bleibt ...

Chusa: Um so besser. Du nimmst später ein Abführmittel und es kommt alles raus.

Elena: Auf der Rückfahrt auf dem Schiff, seekrank und mit dem Zeug drinnen, da sterb' ich.

Chusa: Wie ängstlich du bist. Die Bällchen sind nur am Anfang störend, aber später wandern sie nach oben, und du merkst überhaupt nichts mehr davon.

Elena: Du mußt mir dabei helfen, weil sonst, ich weiß auch nicht.

Chusa: Nachher muß ich dir die Ballen hineinschieben. Das macht du schon selber, so gut du eben kannst, mit Vaseline.

Elena: Dann müssen wir aber viel Vaseline mitnehmen.

Chusa: Du meinst wohl, ein Kilo?! Also mit einem kleinen Stückchen haben wir mehr als genug. Da wird dir nichts weh tun. Sieh mal, es gibt nur ein Problem, und zwar, wenn sie uns erwischen. Das ist das einzige, wovor du Angst haben mußt. Darum müssen wir uns an der Grenze hübsch herrichten, wir schminken uns ein wenig, bleiben immer cool, lächeln, und fertig. Nur keine Panik schieben, sonst bist du gleich dran. Du machst einfach immer das, was ich mache. Ah! und dann ganz besondere Vorsicht im Zug, denn dort schnappen sie die kleinen Fische am häufigsten. Du ziehst einen Joint raus, es spricht sich rum und schon haben sie dich. Noch mal zwölf Stunden in den Mühlen der Renfe und dann ab nach Hause.

Elena: *(versucht bereits seit geraumer Zeit, Chusa ein schwieriges Geständnis zu machen und traut sich nun schließlich, als sie merkt, daß diese am Ende ihrer Erklärung angekommen ist)* Ich muß dir etwas sagen. Ich kann nicht! Im Hintern vielleicht noch … aber nicht mehr. Chusa, ich bin Jungfrau.

Chusa: Was bist du?

Elena: Jungfrau. Daß ich nie mit … Nie. Nicht ein einziges Mal.

Chusa: Das meinst du doch nicht im Ernst?

Elena: Es war, ohne es zu wollen, wirklich. Ich wollte nicht, na ja, ich meine, doch, ich wollte schon, aber es ist so, die Typen sind so … Du sagst es ihnen und sie fangen an, herumzudrucksen, daß dies und daß jenes. Sie trauen sich nicht. Du weißt ja, wie zimperlich sie mit allem sind. Sie nutzen dich aus und das war's dann.

Chusa: Das muß auf der Stelle in Ordnung gebracht werden. Heute nacht sagen wir es Alberto, und dann ist die Sache erledigt. Das macht mir keinen Spaß, glaub' das bloß nicht, aber was sollen wir schon machen. So kannst du nicht weitermachen. Er hat dir doch vorhin gefallen, oder? Na also, um so besser für dich.

Elena: Ich schäme mich so.
Chusa: Nun komm schon, sei nicht dumm, das ist doch gar nichts. Wir schauen auch nicht hin.
Elena: Aber werdet ihr denn hier sein währenddessen?
Chusa: Na klar. Was ist los? Werden wir dich vielleicht auffressen?
Elena: Ich schäme mich wirklich.
Chusa: Du solltest dich noch vielmehr schämen, im Jahre neunzehnhundertundfünfundachtzig Jungfrau zu sein, und dann noch so alt. Du wirst so ziemlich die einzige sein, meine Liebe.
Elena: Ich und meine Mutter. Sie ist auch Jungfrau, weißt du?
Chusa: Wer? Deine Mutter?
Elena nickt mit dem Kopf.
Aber klar. Und dich hat das Störchlein mitgebracht.
Elena: Mit Kaiserschnitt. Ich bin mit Kaiserschnitt geboren. Und sie ist in einem städtischen Schwimmbad schwanger geworden. Mit angezogenem Badeanzug und allem. Noch dazu mit einem von den alten. Na ja, das sagt sie jedenfalls.
Chusa: In einem Schwimmbad? In einem städtischen Schwimmbad?
Das muß wohl passiert sein, als sie vom Sprungbrett gesprungen ist. Da war dann einer drunter und hat sich einen runtergeholt, und wutsch!
Elena: Es ist wahr, ich mache keine Witze.
Ich bin die Tochter meiner Mutter und eines tauchenden Spermatozoiden.
Chusa: Aber ja, das stimmt, man kann sich wirklich nicht sicher sein. Welches Tier hat sich da wohl hingestellt und …! Man muß wirklich geil sein, eine Bestie, und …! Oh, verzeih mir, du! Ich hab' ganz vergessen, daß es ja dein Vater ist.
Elena: Aber nein, nachdem ich ihn ja gar nicht kenne, ist es mir gleich. Man könnte auch sagen, ich wär' ein Kind aus dem Reagenzglas. Die Vorfahren spielen bei mir keine Rolle …

Chusa: Also sieh mal, ich find', daran tust du gut, was soll ich dir schon sagen. Du brauchst nicht glauben, daß mein Vater ... Mit diesem Vater ist es fast besser, Tochter der Stadtverwaltung zu sein wie du. Heutzutage gibt es sowieso nichts Skandalöses mehr. Vor kurzem schlief hier für ein paar Tage ein Typ, der Biologie studierte, und er war den ganzen Tag mit einem Buch von einem Herrn Mendel beschäftigt, der machte einige Schweinereien mit Erbsen, damit sie Kinder bekommen, du glaubst es nicht. Da waren die Zeichnungen und alles. Wo man die Erbse hineinstecken mußte, was sie machte, wenn sie drinnen war und aufging und aufging ... Alles, alles kam darin vor. Du siehst schon: mehr als einer wird als Vater eine Erbse haben. Aber die sind natürlich ganz still. Die werden das nicht so ausposaunen wie du.
Elena: Ich sage es auch niemandem. Dir, weil ich dich kenne, aber sonst niemandem. Ich kenn' ja sonst auch keinen ... Ich red' mit niemandem über so was Intimes, wirklich nicht.
Chusa: Hör mal, du bist schon ein wenig sonderbar, oder scheint das nur mir so? Na klar, das kommt wohl von dem Jungfrausein. Bei dir ist bestimmt der Neuronenhaushalt gestört. Heute nacht wird dich Alberto in das Gremium der Normalen überführen, mach dir da mal keine Sorgen.
Elena: Und ich ... Was muß ich dabei tun?
Chusa: Auch das weißt du nicht? Mach dir keine Sorgen, er wird's dir schon zeigen. Er jedenfalls weiß es; du wirst schon sehn. Nimmst du die Pille?
Elena: Welche Pille? Nein. Weil ich ja Jungfrau bin ...
Chusa: Laß nur, gib dir keine Mühe. Wir gehn in eine Apotheke, um was zu holen, nicht, daß du gleich beim erstenmal schwanger wirst, und ich muß mich dann auch noch um das Kind kümmern. Und dann noch von Alberto, ne meine Liebe. Das würde mir überhaupt nicht gefallen, weißt du?
Elena: Danke, Chusa. Du bist ein echter Kumpel.
Chusa: Eine Mutter, das bin ich. Das ist mein Kreuz. Auf geht's, gehn wir.

Sie wollen hinausgehen und öffnen die Tür. Chusa kommt von der Tür noch einmal zurück und schaltet den Kassettenrecorder aus, der sehr leise lief.
Elena: *(von der Tür)* Und weißt du, dann ..., es das erste Mal mit einem Bullen zu machen, das beunruhigt mich schon irgendwie. Nachher passiert mir irgendwas. Ich bin ziemlich abergläubisch.
Chusa: Alberto ist wirklich ein super Typ. Und er macht das alles ziemlich gut: ich muß es ja wissen. Wenn ich ihn dir überlasse, dann ist das eine reine Vertrauenssache. Und nur einmal, nicht öfter, ja? Nicht daß du dich dann daran gewöhnst. Bei der Polizei gibt es auch normale Typen, wie überall. Glaubst du vielleicht, die beißen? Außerdem wird er sich die Uniform ausziehen, und dann merkst du es gar nicht mehr.
Elena: Das glaube ich auch. Das wäre ja noch schöner, wenn er es mit Uniform machen würde. Da schaudert's einen richtig, nicht wahr!?
Die beiden gehen unter Gelächter hinaus und schließen die Tür. Dunkel.

Zweite Szene

Es sind einige Stunden vergangen. Es ist nun zwölf Uhr nachts desselben Tages. Auf der Bühne sind Alberto und Chusa in eine erhitzte Diskussion verwickelt. Humphrey, der Hamster, sieht sie ein wenig melancholisch an und läßt sein Rädchen kreisen.
Alberto: Ah, ich nicht, da brauchen wir gar nicht drüber reden! Mich verkuppelt ihr nicht.
Chusa: Nun komm schon, Mensch, sei nicht so engstirnig. Gefällt sie dir etwa nicht?
Alberto: Das ist es nicht. Es ist nur, eine Jungfrau, das ist immer so eine Sache. Soll's doch Jaimito machen.
Chusa: Jaimito? Jaimito ist 'ne Null für solche Sachen. *(küßt ihn)* Und außerdem gefällst du ihr besser. Sie ist nicht dumm, glaub das nicht.
Alberto geht nervös im Zimmer auf und ab; er hat wie immer seine brandneue Polizeikleidung an.

Alberto: Na, ich hab' dazu jedenfalls keine Lust, wie du siehst. Wir leben doch seit neuestem in einem freien Land, nicht wahr? Zu irgend etwas muß die Demokratie ja gut sein, sage ich. Dann soll es ein anderer machen. Du gehst runter auf die Straße und schnappst dir den erstbesten der vorbeikommt und nimmst ihn dir mit hoch. So muß es sein, ganz plötzlich und jetzt sofort, weil ich Lust darauf habe! Aber du, was glaubst du denn, wer ich bin?
Chusa: Ich hab dir doch schon gesagt, daß wir sehr bald nach Marokko fahren. Und so kann sie nicht fahren, die Arme.
Alberto: Mich zieht ihr da nicht mit hinein, in eure Affären. Von all dem möchte ich nichts wissen, weder ob ihr fahrt noch ob ihr nicht mehr fahrt. Und hiervon auch nicht. Wir sind Freunde, aber jeder lebt sein Leben und macht seine Sachen. Daß wir zusammen leben, will nichts heißen …
Chusa: Komm schon, zieh dir deine Uniform aus. Sie kommt gleich rauf, und wenn sie dich so sieht, ist sie gleich blockiert. Und hör' auf, dummes Zeug zu reden, in letzter Zeit läßt du immer Sachen vom Stapel, das kann keiner mehr aushalten. *(versucht nun, ihm die Kleider auszuziehen)*
Alberto: *(macht sich von ihr los)* Moment mal! Nicht berühren, berühren kostet mehr. Ich will nicht und ich will nicht. Wie ihr drauf seid, ihr Weiber! Ihr glaubt ganz einfach, daß wir immer bereit sind. Auf geht's, ab in die Kiste und fertig. Und wir auch noch überglücklich. Also wirklich!
Chusa: Na mit mir machst du nicht so viel Aufhebens um die Sache.
Alberto: *(reagiert angespannt auf die Anspielungen Chusas bezüglich ihrer Beziehung)* Was soll das nun heißen? Das ist doch etwas anderes, oder? Sie kenne ich überhaupt nicht. Du wirst auch manchmal nein sagen, meine ich. Oder gehst du vielleicht mit jedem ins Bett, der dich darum bittet?
Chusa: Was geht es dich an, mit wem ich ins Bett gehe?
Alberto: Mich? Aber das ist es doch nicht. Ich sag' das

doch nur wegen dem mit dieser Type. Weil du mich wieder verkuppeln willst.

Chusa: Wieder, nicht wahr? Sieh mal, lassen wir das.

Alberto: Ich wollte einzig und allein sagen, daß du nicht mit jedem x-beliebigen schlafen gehst, der dich darum bittet, oder?

Chusa: Wenn es so ist, einen Gefallen wie diesen hier … Mit dir habe ich immer gewollt.

Alberto: War das vielleicht ein Gefallen?

Chusa: Das behaupte ich doch gar nicht. Also heute verstehen wir uns wirklich gut.

Alberto: Ich habe es nicht nötig, daß mir irgend jemand Gefallen dieser Art macht, verstehst du? Und mir gefällt es auch nicht, selbst jemandem welche zu machen. Das hätte wirklich noch gefehlt.

Chusa: Du bist ein Dummkopf, jawohl, das bist du.

Man hört Elena und Jaimito die Treppe hochkommen. Sie öffnen die Wohnungstür.

Chusa: Ich sag' dir nur eins: Du kannst machen, was du willst, aber mit mir brauchst du nicht mehr zu reden.

Die anderen beiden kommen herein, beladen mit Literflaschen Bier, Chipstüten etc.

Jaimito: Und schon ist alles da. Bis wir mal was gefunden haben, wo offen war. Alles bereit für das römische Gelage: erotische Chips Marke »La Riva«, Leberpastete vom Schwein, Herkunft »El gorrino de oro«, bis zum Rand gefülltes Mahou und mit Aphrodisiakum gefüllte Oliven »La olivera malagueña«.

Er stellt alles auf den Tisch. Sie bringen Gläser aus der Küche, öffnen das Bier und beginnen zu trinken.

Elena: *(kokett)* Hallo, Alberto. Wie geht's?

Alberto: *(aggressiv)* Mir gut. Warum?

Elena: *(noch koketter)* Nein, einfach nur so. Ich wollte nur wissen, wie es dir geht, ob es dir gut geht oder nicht.

Jaimito: *(legt eine Kassette ein)* Ein wenig Musik, damit's gemütlich wird.

Man hört »Los Chunquitos« mit einer »Rumba flamenca«, geeignet für den Moment. Sie essen und trinken weiter.

Elena: *(nähert sich Chusa, stößt sie mit dem Ellenbogen an und flüstert ihr zu)* Er hat die Uniform an!

Chusa: *(antwortet ihr ebenfalls leise)* Er wird sie sich schon ausziehen. Entweder er zieht sie sich aus, oder wir ziehen sie ihm aus, mach dir da keine Sorgen. Näher dich ihm, sag ihm irgend etwas.

Elena: *(nähert sich Alberto sehr anschmeichelnd)* Tanzen wir?

Alberto: Nein. Mit der Uniform kann man nicht tanzen. Es ist verboten.

Elena: *(mit einem Kichern)* Dann zieh sie doch aus.

Jaimito: Was für eine Hitze, nicht wahr. *(zieht seinen Pulli aus)* Es ist wirklich ganz schön heiß hier ... Ist dir nicht warm? *(zu Alberto)* Zieh dir doch was aus.

Alberto: Was für eine Manie ihr alle habt, daß ich mir die Kleider ausziehen soll. Zieht euch doch selbst was aus, wenn ihr wollt.

Chusa: Wenigstens die Pistole könntest du ablegen, nachher erwischst du noch einen von uns damit.

Alberto: *(nimmt sie raus und legt sie oben auf seinen Schrank)* Nicht berühren, eh? Man bekommt einen Schlag.

Kichern von Elena; Jaimito schenkt Bier ein und trinkt weiter. Dann lassen sie Joints rumgehen. Die Rumbamusik wird lauter, die Stimmung steigt. Plötzlich sind einige sehr feste Schläge an einer Wand des Zimmers zu hören.

Chusa: Da ist er ja wieder, diese Nervensäge, und belästigt einen.

Jaimito: Ignoriert ihn einfach. Soll er doch das Haus einreißen, wenn er will. *(singt nun die Musik der Kassette und schlägt mit dem Fuß den Rhythmus des Flamencos)*

»... Ich hab' mich verliebt,
und ich liebe dich und ich liebe dich,
und ich will einzig und allein an deiner Seite sein,
mit deinen Augen träumen, deine Lippen küssen,
mich in deinen Armen fühlen,
so bin ich glücklich.
Wenn du mich wählen läßt,
zwischen dir und dem Ruhm,

auf daß die Geschichte von mir über die Jahrhunderte spricht,
oh, meine Liebe, ich bleibe bei dir …«

Man hört nun eine laut schreiende Stimme von der anderen Seite der Wand.

Off: Ich muß schlafen! Machen Sie die Musik leiser!
Elena: Aber es ist doch erst zwölf Uhr.
Wer ist denn das? Warum regt er sich gleich so auf?
Jaimito: Das ist immer das gleiche.
Chusa: Der Typ muß früh aufstehen, und klar …
Jaimito: Dann soll er eben nicht früh aufstehen. *(singt weiter mit »Los Chunquitos«)*

»Wenn du mich wählen läßt,
zwischen dir und dem Himmel,
wo man frei fliegen kann,
um zu anderen Nestern zu gelangen,
oh meine Liebe, ich bleibe bei dir.
Wenn du mich wählen läßt,
zwischen dir und meinen Ideen,
ohne die ich ein verlorener Mensch bin,
oh, meine Liebe, ich bleibe bei dir.
Ich hab' mich verliebt,
und ich liebe dich und ich liebe dich,
und ich will einzig und allein an deiner Seite sein.«

Jaimito singt nun direkt an Elena gerichtet, die ihm angetan zulächelt.

»Mit deinen Augen träumen,
deine Lippen küssen,
mich in deinen Armen fühlen,
so bin ich glücklich …«

Alberto: *(stellt sich dazwischen, ein wenig verärgert, daß er nicht mehr im Vordergrund steht)* Er ist Pfarrer. Er hält die Messe bei den Nonnen. Um fünf Uhr morgens. Der Typ macht kein Auge zu.
Chusa: Die Portiersfrau, die echt nett ist, hat mir gesagt,

daß er letztens gekommen ist, um sich zu beschweren, und sie hat ihm gesagt, daß in diesem Haus Glaubensfreiheit herrsche, und daß er lieber etwas Anständiges arbeiten solle, wie Gott es befiehlt, anstatt mit Nonnen zu diesen Uhrzeiten rumzumachen.

Lachen der drei; Jaimito versucht weiterhin, Elena zuzuträllern, aber Alberto steht frech davor und gibt ihr weiterhin seine Erklärung ab.

Alberto: Er sollte halt die Messe am Nachmittag halten. Das ist jetzt schon erlaubt. Oder abends. Dann müßte er natürlich den Fernsehfilm verpassen, klar. Den ganzen Tag läuft der Fernseher, und wir müssen das aushalten. Und dann stellen wir mal Musik an, und schon gibt's Krach.

Jaimito: Letztens begegne ich ihm auf der Treppe, und er beginnt, blöd daherzureden. Ich hab' ihm gesagt, er soll doch ausziehen, und da sagt mir doch dieser Typ, daß der, der hier ausziehen solle, ich sei, weil ich stinke. So eine Schweinerei. Die sind jetzt nervös, weil sie alle schon halb auf der Straße stehen. Denen gehen die guten Geschäfte aus. Hin und wieder mal 'ne Messe bei den Nonnen und mehr nicht. So ist das, schon halb den Bach runter.

Chusa: Das kommt davon, wenn man nicht schläft.

Jaimito: Dann soll er doch schlafen, Mann. *(schreit in Richtung Wand)* Soll er doch sein Schläfchen machen!

»Ich hab' mich verliebt,
und ich liebe dich und ich liebe dich,
und ich will einzig und allein an deiner Seite sein …«

Jaimito singt nun sehr viel lauter. Man hört von neuem, ebenfalls ein Stück lauter, die Schläge an der Wand. Und plötzlich bricht durch die Trennwand ein Besenstiel.

Jaimito: *(stellt die Kassette aus)* Hui, ich glaub', ich spinn'! Der reißt uns das Haus ein!

Er ergreift den Stiel und zieht. Der andere zieht von der anderen Seite. Schließlich läßt der andere los und Jaimito fällt mit einem Ruck hin und behält den Stiel zurück.

Chusa: *(nähert sich dem Loch und sieht hindurch)* Mal sehn …
Jaimito: Was siehst du?
Chusa: *(sieht hindurch)* Ein Auge. *(spricht laut durch das Loch)* Was ist los! Sie haben die Wand kaputt gemacht! Und was ist jetzt, was soll'n wir jetzt bitteschön machen?
Man hört Geschrei von der anderen Seite.
Er sagt, daß er die Polizei rufen wird. Auch das noch. *(ruft wieder laut)* Sie sollten lieber einen Maurer rufen, damit er das wieder repariert. Und einen Psychiater, verrückter Typ!
Alberto: Wartet, ich gehe. *(steckt die Pistole ein, setzt die Kappe auf und geht zur Tür. Er wirft Elena einen Blick zu, und diese hebt die Hand in die Höhe zum Abschied, als ob er in den Krieg ziehen würde; geht hinaus)*
Jaimito: Wenn er aufmacht und ihn sieht, scheißt er sich in die Hosen.
Man hört die Klingel der anderen Wohnung läuten.
Elena: Er wird denken, daß er hergeflogen ist; man muß nur den Telefonhörer abnehmen, und schon …
Chusa: Mal sehn, ob der jemals wieder klopft. *(sieht wieder durch das Loch und berichtet den anderen zwei, was sie in der Wohnung nebenan beobachtet)* Schon geht er die Tür öffnen. Jetzt sehe ich ihn nicht mehr … Ja, ja … Er kommt zurück. Er ist ganz weiß. Jetzt sieht er sich das Loch an, nimmt den Stöpsel von einer Flasche, kommt näher, steckt ihn rein und … Ende. *(geht wieder zurück)*
Alberto: *(kommt triumphierend herein)* Morgen kommt der Maurer. Und wenn er schon da ist, kann er uns gleich die Küche reparieren.
Alle lachen.
Chusa: *(zu Elena)* Hast du gesehen, wie gut es ist, die Bullen im Haus zu haben?
Alberto sieht Elena an. Er ist nun in der Rolle eines Filmhelden. Und es hat ihn auch der Eroberungseifer gepackt. Zum anderen gefällt ihm Elena immer mehr, vor allem, nachdem Jaimito versucht hatte, sich ihr zu nähern. Elena geht zu ihm hin und legt ihm stolz die Hand auf den Arm. Sie sehen sich an.
Chusa: Wenn ihr wollt, könnt ihr euch in das andere Zim-

mer begeben. Nicht daß der da den Stöpsel rausnimmt und es ihn umhaut.

Elena: Na gut, wenn du meinst.

Alberto: Schließlich und endlich steht die Polizei im Dienste der Bürger, und das hier ist eine öffentliche Dienstleistung.

Sie gehen in Richtung des Zimmers.

Was für Kuppler seid ihr nur! Ja, ja, ihr beide! Macht nur nicht die Musik leiser. Schön laut. *(nimmt die Kappe ab und wirft sie sehr machomäßig in die Luft, in der Art eines Torerogrußes)* Nun denn, auf daß es so kommt, wie Gott will. Auf euch.

Elena: Also dann, bis denn.

Als die beiden in dem Zimmer verschwinden und die Tür schließen, bleiben Jaimito und Chusa mit dem Blick ins Leere zurück. Was ein Spiel war, hat sich in Einsamkeit gewandelt.

Jaimito: Was für ein Glück der nur mit allem hat.

Und dann beschwert er sich auch noch. Sie ist nett, nicht wahr?

Chusa: Ich dachte, sie gefällt dir nicht.

Jaimito: Mir? Ich behaupte nur, daß sie sehr hübsch ist, und ganz appetitlich. Jetzt gehen auch noch alle beide da rein …

Chusa: Na ja. Wenn nur einer allein da reingeht, ist die Sache schwieriger.

Jaimito: Ich dachte, daß du und Alberto …, na ja, daß du und er …

Chusa: Willst du nun endlich damit aufhören, ja?

Chusa geht nervös im Zimmer auf und ab und versucht, sich mit irgend etwas abzulenken. Sie rückt den Tisch, stellt die Stühle um und macht noch zwei oder drei sonderbare Dinge mehr. Sie geht zum Fenster und bleibt dort stehen, den Blick ins Unendliche gerichtet.

Chusa: *(versucht, sich selbst zu beruhigen und die wachsende Beklemmung, die plötzlich von ihr Besitz ergreift, zu bekämpfen)* Das hat doch keine Bedeutung. Es ist eine Freundin. …

Jaimito: *(stellt den Kassettenrecorder leiser)* Man hört gar nichts … Was sie wohl gerade machen?

Chusa: Kreuzworträtsel. *(geht zum Kassettenrecorder und* *stellt ihn wieder lauter; geht zum Bad)* Wir müssen endlich den Klempner rufen, damit er verdammt noch mal diese Zisterne repariert, die ständig überläuft. Die ganze Nacht dieses verdammte Geräusch. *(Pause)*

An der Wohnungstür klopft jemand. Jaimito geht aufmachen. Er öffnet und Doña Antonia kommt herein, halb schluchzend, in großem Verdruß.

Doña Antonia: Oh, mein Gott, mein Gott! Ist mein Sohn hier ...?

Chusa: *(versucht, ihn zu decken)* Nein ..., ich glaube, er ist noch nicht gekommen. *(zu Jaimito)* Ist er schon gekommen?

Jaimito: Also ich hab' ihn nicht gesehen. Was ist passiert. Fühlen Sie sich schlecht? Setzen Sie sich doch. Und beruhigen Sie sich erst einmal.

Doña Antonia: Oh, mein Gott, mein Gott, welch großes Unglück!

Chusa: *(zu Jaimito)* Bring' ihr Wasser, oder irgend etwas ...

Doña Antonia: *(sieht die Kappe von Alberto)* Und das hier? Er ist hier! Wo ist er? Alberto, mein Sohn ...! Mein Sohn ...!

Jaimito und Chusa sehen sich an. Nachdem die Angelegenheit ernst zu sein scheint, entschließen sie sich, ihn zu rufen.

Jaimito: *(klopft an die Tür des Zimmers)* Alberto! Hör mal, komm raus. Komm einen Moment raus, komm schon. Es ist deine Mutter!

Die Tür des Zimmers öffnet sich und Alberto erscheint, halb bekleidet. Er geht zu seiner Mutter, die in ihrem Sessel bleibt, vom Unglück niedergedrückt. Alle drumherum.

Alberto: Mutter, was ist los?

Doña Antonia: Ah, was für ein Unglück, Sohn meines Herzens! Mein Gott, mein Gott!

Alberto: Aber was ist denn los, Mutter? Nun rede doch endlich! Was ist passiert?

Doña Antonia: Dein Vater, mein Sohn, dein Vater! Er ist aus dem Gefängnis gekommen!

Verblüffte Gesichter von allen angesichts der Nachricht. Und Dunkel.

(1985)

Doris Dörrie: Bin ich schön?

Mein Vater hat meiner Mutter verboten zu fragen. Aber jedesmal, wenn eine Frau im Bikini an uns vorbeigeht, sehe ich, wie die Wörter sich in den Mund meiner Mutter drängen, mit aller Macht herauswollen, und wie sie versucht, sie herunterzuschlucken, die Zähne zusammenbeißt und die Lippen aufeinanderpreßt.
Ich brauche dann nur noch bis zehn zu zählen, und schon höre ich meine Mutter sagen: Sagt mir die Wahrheit: Ist mein Hintern so fett wie bei der da? Sind meine Beine auch so voller Dellen? Sehe ich aus wie die da? Bin ich hübscher? Oder häßlicher? Genauso? Ich will es nur wissen. Sagt es mir. Ich bin nicht beleidigt. Bestimmt nicht. Ich will nur wissen, woran ich bin.
Lucy, stöhnt mein Vater, bitte.
Meine Mutter schweigt einen Moment. Angelina, ruft sie dann, komm her, deine Schultern sind schon ganz rot.
Mit schnellen, harten Bewegungen reibt sie Sonnenmilch in meine Haut, bis ich ihr davonlaufe, runter zumWasser, dicht vorbei an all den Mädchen in geblümten Bikinis, die mit geschlossenen Augen auf flauschigen Handtüchern liegen, in der einen Hand einen Pappbecher mit Strohhalm, in der anderen ihren Walkman. Ein Mädchen richtet sich auf und sieht mir zu, wie ich mit dem Zeh große Kreise in den Sand male, ein Stück schneeweißer Busen quillt unter ihrem Oberteil hervor. Sie trägt eine goldene Bitex-Brille, die sich an ihre Wangenknochen anschmiegt und sie aussehen läßt wie ein gefährliches Insekt. Ich möchte auch eine Bitex-Brille. [...]
Ah, sagt meine Mutter, schön ist es hier. Ich möchte nie mehr zurück.
Das ist das Stichwort. Ich sehe meinen Vater an, er kneift die Augen zusammen. Mein Bruder Philip stöhnt. Ben ist noch zu klein, er erinnert sich wahrscheinlich nicht. Letztes Jahr wollte sie nicht mehr aus Italien zurück, vorletztes nicht mehr aus Portugal, jetzt also nie mehr aus Florida.

Am Nachmittag sehe ich sie bereits die Immobilienanzeigen der Zeitungen durchblättern. Nur so, sagt sie, nur aus Interesse.
So fängt es immer an. Seit sie vor vier Jahren das Geld meiner Großmutter geerbt hat, hat sie die Macht, unser aller Leben zu verändern.
Bodo, sagt sie und hält meinem Vater die Annoncen unter die Nase, schau dir das an, für das Geld bekommt man zu Hause noch nicht einmal eine Garage!
Mein Vater nickt und schweigt, wie er immer schweigt, wenn es uns allen an den Kragen geht.
Stellt euch doch mal vor, wie das wäre, unter Palmen zu leben! ruft meine Mutter begeistert. Jeden Morgen aufzuwachen, und die Sonne scheint! Niemals mehr Strumpfhosen tragen zu müssen, Angelina, denk doch mal!
Ich wende mich ab.
Zieh dir ein T-Shirt an, sagt meine Mutter, dein Rücken ist schon ganz rot. Sie hält mir lächelnd mein T-Shirt entgegen, ich ziehe es über den Kopf.

Ich kann nichts sehen, als sie flüstert: Angelina, ganz woanders leben, wäre das nicht toll?
Getrocknetes Salz scheuert bei jeder Bewegung am Rükken unter dem Hemd, ich hasse das Gefühl.
Mädchen und Jungen auf rosa Vespas summen auf der Straße am Strand vorbei wie ein Schwarm Bienen. Die Mädchen lachen und haben die Münder weit aufgerissen, sie tragen silberne und goldene Bitex-Brillen, die Jungen grinsen und werfen sich heimlich Blicke zu. Sie tragen zerrissene Jeans, keine Hemden, ihre glatten braungebrannten Rücken schimmern wie Maikäferflügel in der Sonne.
Ben wirft mit Sand, Philip gräbt ein fünf Meter tiefes Loch, mein Vater starrt schweigend aufs Wasser, meine Mutter läßt die Zeitung sinken.
Sie sieht plötzlich aus, als würde sie gleich in Tränen ausbrechen, aber vielleicht habe ich mich auch geirrt, denn sie schnauft nur kurz, hebt das Kinn und klatscht in die Hände: Ist vielleicht irgend jemand hungrig?
Im Motel stehe ich in meinem hellblauen Bikini vorm

Spiegel, das Oberteil liegt flach auf meinen taubeneigroßen Brüsten, eine gerade Linie geht von meinen Achseln bis zu meinen Füßen. Ich bin dünn, meine Rippen stehen hervor, die klassische Bügelbrettfigur, aber mir gefällt sie. Ich möchte nicht anders sein. Meine Haut ist weich und hellbraun wie Vollmilchschokolade. Ich streiche über meinen flachen, harten Bauch. Wenn ich mich vorbeuge, werden die dünnen Hautfältchen schwarz. Meine Beine sind lang und gerade. Ich sehe gut aus. Ich lächle mich im Spiegel an, meine Zähne leuchten weiß in meinem braungebrannten Gesicht, meine Augen wirken blauer als sonst. Hätte ich eine Bitex-Brille, wäre ich richtig schön. [...]

Du sollst dich nicht dauernd mit anderen vergleichen, ermahnt mich meine Mutter. Wenn alle Bitex-Brillen haben, heißt das noch lange nicht, daß du unbedingt auch eine brauchst. Frag dich, welche Wünsche wirklich aus deinem Herzen kommen, und welche dir von der Werbung eingeredet werden. Haben, haben, haben – das macht nicht glücklich.
Tief aus meinem Innern kommt der Wunsch nach einer Bitex-Brille. Mit ihr, das weiß ich, wäre ich ein anderer Mensch.
Meine Mutter und ich fahren zum Supermarkt, die ruhigen kleinen Straßen entlang, an denen die Holzhäuser mit ihren Verandas stehen, umsäumt von riesigen Hibiskusbüschen mit Blüten so groß wie Untertassen.
Ab und zu wird meine Mutter so langsam, daß die Autos hinter uns wütend hupen. Angestrengt sieht sie aus dem Seitenfenster, beugt sich weit hinaus, hält die Hand über die Augen. Beim drittenmal kapiere ich. Immer wenn sie langsamer wird, hat sie an einem Haus ein Schild entdeckt, größer und bunter als in Italien und Portugal, aber es steht dasselbe drauf: *zu verkaufen*.
Warum willst du immer unbedingt woanders leben? frage ich sie.
Sie sieht mich erstaunt an, als hätte ich ihr innerstes Geheimnis erraten. Sie hält mich für ziemlich beschränkt.

Will ich ja gar nicht, sagt sie, ich will es mir nur vorstellen dürfen, ist das denn so schlimm? Man wird sich wohl doch noch etwas vorstellen dürfen, verdammt noch mal. Sie tritt unvermittelt aufs Gas, daß der Wagen davonschießt und ich in den Sitz gedrückt werde, als würde ich in den Weltraum geschossen.
Ich stelle mir vor, daß ich eine schmale, große Frau von fünfundzwanzig bin, in einem langen schwarzen Kleid aus Chiffon, es weht bei jedem Schritt um meine Knöchel. Ich habe ein Champagnerglas in der Hand und lächle. Meine Ohrringe klingeln leicht bei jeder Bewegung, mein Lippenstift leuchtet feuerrot, ich brauche niemanden.
Als wir auf den Highway einbiegen, sehe ich den Mann mit dem Kreuz. Ich habe ihn schon einmal gesehen, kurz nach Miami, als Ben das Auto vollgekotzt hat, weil ihm zu heiß war. Der Mann ist groß und dick, seine Haare wirken schlecht gefärbt, gelb wie eine Ananas. Er trägt ein riesiges hölzernes Kreuz auf den Schultern, etwa fünf Meter lang, Rucksack und Schlafsack sind auf dem Kreuz festgeschnallt. Er geht auf dem Grünstreifen in der Mitte der Fahrbahnen, ohne rechts und links zu sehen, der Verkehr donnert an ihm vorbei.
Dieser Wahnsinnige, sagt meine Mutter und schüttelt den Kopf.
Mir gefällt er. Er tut immerhin etwas Außergewöhnliches, obwohl ich keine Ahnung habe, warum er das Kreuz durch die Gegend schleppt, und was tun wir?
Im Supermarkt liegen ganze Stapel von Bitex-Brillen in allen Farben. Ich setze eine auf, sie sind so leicht, daß man sie kaum spürt, die Gläser sind meergrün, und der Supermarkt versinkt unter Wasser. Meine Mutter sieht mich grün an und schüttelt den Kopf.
O bitte, flehe ich sie an, aber sie sieht mich kaum an, abwesend murmelt sie etwas vor sich hin, daß sie auf keinen Fall den Joghurt für Bodo vergessen darf und daß ich sie daran erinnern soll, schon schiebt sie ihren Wagen weiter.
Ich bleibe zurück und sehe ihr nach, als würde ich Ab-

schied nehmen, ich könnte in diesem Augenblick verlorengehen, mich von da an allein durchschlagen. Allein in Amerika.
In zehn Jahren würde ich anrufen, das spinatgrüne Telefon im Flur würde klingeln, meine Mutter würde wütend aus der Küche rufen: Warum geht denn niemand dran? Mit nassen Händen käme sie den Flur entlanggelaufen, gerade als sie nach dem Hörer greift, hört das Klingeln auf.
Sie schubst mich mit dem Einkaufswagen absichtlich in den Po, Angelina, meckert sie, steh nicht da wie ein Ölgötze, hilf mir gefälligst.
Neben dem Supermarkt entdeckt sie einen Schuhladen. Verträumt betrachtet sie ein paar dunkelblaue hochhackige Sandalen.
Nur mal reinschauen, sagt sie.
Sie trippelt in den Schuhen vor dem Spiegel auf und ab und streckt die Brust raus. Ich sehe, wie sich ihr Bauch unter dem dünnen Kleid wölbt. Sie reißt eine Schachtel auf und drückt mir ein paar rote Sandalen in die Hand. Probier doch mal, sagt sie, sind die nicht süß?
Ich schüttle den Kopf.
Jetzt will ich dir schon was schenken, sagt sie, und du ziehst nur ein Gesicht. Wütend packt sie die Sandalen wieder in die Schachtel, läuft barfuß im Laden herum und probiert ein Paar knallgelbe Stöckelschuhe an. Ihre Beine sind wirklich hübsch, sie sind wie meine. Sie sind jünger als ihr Gesicht. Sie lacht und betrachtet sich in den Schuhen, sie tänzelt auf und ab, und im Spiegel sehe ich die Frau, die ich sonst nur von alten Fotos kenne. Da ist sie jung, ihre Haut straff wie bei den Mädchen am Strand, sie trägt ein enges geblümtes Kleid und hält ein dickes Baby im Arm, mich. Als du klein warst, sagt sie manchmal zu mir, hast du mich umarmt und geküßt und mir gesagt, wie sehr du mich liebhast.
Ich kann mich an die beiden Menschen, von denen sie redet, nicht erinnern. Es ist mir unangenehm, und auch ein bißchen peinlich, wenn sie das sagt, ich fühle mich dann

wie jemand, der auf den Kopf gefallen ist und alles vergessen hat.
Wie findest du diese Schuhe? fragt sie mich und dreht sich zu mir um.
Geil, sage ich, weil ich sehe, wie sehr sie ihr gefallen.
Wirklich? sagt sie und grinst. Ich nicke.
Sie kommt auf mich zu, flüstert: Sehe ich nicht bescheuert aus mit solchen Schuhen? Alte Kuh macht auf jung? Sie lächelt unsicher. Ich möchte sie umarmen und küssen und ihr sagen, wie sehr ich sie liebe. Ich zucke die Achseln und sehe weg. Es entsteht eine Pause.
Na ja, sagt sie, was soll's. Sie zieht die Schuhe aus und stellt sie ordentlich weg, schlüpft in ihre alten Sandalen und geht aus dem Geschäft, ohne sich nach mir umzusehen. [...]

Der Makler ist jung und cool. Er hat tiefschwarze, längere Haare und trägt eine blaumetallene Bitex-Brille mit silbernen Gläsern. Seine Nike-Turnschuhe stehen offen, damit macht er großen Eindruck auf Philip, nur wirklich megacoole Leute tragen seiner Meinung nach die Turnschuhe offen.

Sind Sie Frau Winter? fragt der Makler meine Mutter.
Sie trägt ihr bestes Kleid und Lippenstift. Ihr Kragen ist verkrempelt, man sieht das Etikett. Ja, flötet sie auf englisch, und das ist meine Familie.
Ich kann es nicht ausstehen, wenn sie englisch spricht.
Er drückt uns allen fest die Hand. Meine ist verschwitzt, seine auffallend kühl in der Hitze. Sein Name ist Douglas. Meine Mutter stellt uns alle vor, selbst Ben, den mein Vater auf den Schultern trägt. Angelina, wiederholt Douglas meinen Namen langsam, als lutsche er einen Bonbon.
Er schließt das Haus auf und geht voran. Es ist dunkel und riecht nach Katzenpisse und nassem Hund. Antiquitäten stehen überall herum, an den Wänden hängen Bilder von toten Hasen und düsteren Wäldern. Das Bett im Schlafzimmer ist mit grüner Seide bezogen, im Badezimmer stecken Fotos von zwei Männern mit Schnauzbärten am

Spiegel, sie haben Hunde und Katzen im Arm. An einem Stück Stacheldraht hängen dutzendweise glitzernde Ohrringe. Meine Mutter geht sofort wieder hinaus, mein Vater sieht sich das Badezimmer gar nicht erst an.
Einen Moment lang bin ich allein, ich überlege, ob ich ein wie Weintrauben geformtes Paar Ohrringe in die Tasche stecken soll, aber ich könnte sie nie tragen, meine Mutter würde mich verhören wie die Polizei, wo ich die herhabe.
Douglas führt uns in den Garten. Auf einer alten, zerfetzten Couch sitzen drei Hunde, zwei große und ein winzig kleiner, und sehen fern. Sie wenden kaum die Köpfe nach uns, der kleine kläfft kurz. Es läuft eine Reklame für Tampons. Neben dem Swimming-pool liegt überall Hundescheiße.
Douglas entschuldigt sich lahm. Meine Mutter sieht keinen von uns an. Lächelnd betrachtet sie alles und nickt.
Tja, sagt sie schließlich, ich glaube, wir haben es gesehen, nicht? Sie wendet sich an meinen Vater. Er nickt stumm.
Im Flur vor der Haustür steht ein Paravent. Philip sieht hinter den Paravent und kommt nicht wieder hervor, bis ich dahinter schaue und ihn grinsend in einer schwarzen Lederschaukel sitzen sehe. Über ihm hängen an Eisenketten zwei Lederschlaufen. Jetzt schauen alle hinter den Paravent.
Hm, sagt Douglas.
Jedem Tierchen sein Pläsierchen, sagt mein Vater auf deutsch.
Philip, komm sofort da raus, sagt meine Mutter.
Wir stehen stumm vor dem Haus. Philip tritt gegen die Reifen unseres Mietwagens. Mein Vater zeigt Ben eine Biene, die an einer Hibiskusblume saugt.
Man könnte etwas aus dem Haus machen, sagt Douglas.
Bestimmt, sagt meine Mutter, aber eigentlich ist es nicht so ganz das, was wir uns vorgestellt haben. Mein Vater sieht sie von der Seite an.
Erzählen Sie mir von Ihren Vorstellungen, sagt Douglas und spielt mit seiner Bitex-Brille. Ben greift nach ihr.

Nicht, sagt meine Mutter.
Oh, sagt Douglas, lassen Sie ihn ruhig, diese Brillen sind unzerbrechlich. Er grinst. Wir können doch offen sein: dieses Haus ist schrecklich. Meine Firma besteht darauf, daß ich es immer als erstes zeige, als Schock, sozusagen, danach wirken alle anderen Häuser hübsch und sauber.
Meine Mutter kichert. Ach so, sagt sie.
Ich würde Ben gern die Bitex-Brille aus den Fingern reißen, sie aufsetzen, davonrennen.
Das nächste Haus, sagt Douglas, hat besonders ruhige Nachbarn. Es liegt am Friedhof.
Meine Mutter strahlt ihn an. Mein Vater entwendet Ben die Brille und gibt sie Douglas zurück. Ben schreit.
Könnte ich bei Ihnen im Auto mitfahren? fragt Douglas.
Aber natürlich, ruft meine Mutter. Mein Vater zieht die Augenbrauen hoch.
Douglas sitzt neben mir, ich rieche sein zitroniges Aftershave.
Er trommelt mit den Fingern auf die Armlehne. Angelina, sagt er, was für ein hübscher Name.

Ich antworte nicht, ich spreche nicht gern Englisch. Die Wörter passen nicht in meinen Mund, und ich hasse es, Fehler zu machen. Sein Schenkel drückt leicht gegen meinen. Mit Absicht oder notgedrungen, weil es so eng ist auf dem Rücksitz? Ich atme tief ein und ziehe mein Bein einen Millimeter zurück. Eine Weile geschieht nichts, dann beugt Douglas sich vor, und sein Knie preßt sich hart gegen meins.
Suchen Sie ein reines Ferienhaus, oder beabsichtigen Sie, sich länger in Florida aufzuhalten? fragt er meine Eltern.
Meine Mutter macht den Mund auf. Eigentlich wollen wir ganz hierher ziehen, sagt sie, Europa wird zu einem unheimlichen Ort. Krieg und Depression überall, verstehen Sie?
Es wird still im Auto. Mein Vater sieht meine Mutter von der Seite an.
Sie reckt sich und lächelt in den Rückspiegel.

Verstehe, sagt Douglas und läßt sich in den Sitz zurückfallen, sein Oberarm drückt gegen meinen.
Sorry, sagt er, zieht seinen Oberarm wieder weg und setzt seine Bitex-Brille auf.
Wir sehen noch sieben Häuser. In dem einen hängen Babykleider unter Glas an der Wand, in einem anderen steht ein großer leerer Käfig in einem makellos sauberen Schlafzimmer. Um den Käfig herum sieht man die Staubsaugerspuren auf dem Teppich.
Was meinst du, Bodo? fragt meine Mutter in jedem Haus. Mein Vater zuckt die Achseln und lächelt geduldig.
Ich habe Durst, mault Philip.
Morgen sehen wir uns nur fünf Häuser an, sagt Douglas zu ihm.
Philip stöhnt, ich halte den Atem an. Morgen? sagt mein Vater.
Meine Mutter sieht uns lächelnd an. Bis morgen, sagt sie zu Douglas.
Er deutet eine kleine Verbeugung an. Ciao, Angelina, sagt er zu mir.

Stellt euch doch nur mal vor, sagt meine Mutter, nach der Schule könntet ihr an den Strand gehen, am Wochenende würden wir ein Boot mieten und auf dem Meer Picknick machen. Wir würden immer alle ganz braun und gesund aussehen, und nie wieder hätten wir Erkältungen. Wir würden uns selbst besser leiden können.
Wir müssen Douglas sagen, daß wir es nicht ernst meinen, sagt mein Vater.
Morgen, sagt meine Mutter, morgen sagen wir es ihm.

Im ersten Haus, das wir uns am nächsten Tag ansehen, sitzt eine alte Frau mit verschmiertem Lippenstift im Nachthemd vorm Fernseher. Ich setze mich neben sie, mein Vater gibt mir Ben auf den Schoß. Ben streckt die Hand nach der alten Frau aus, und zitternd reicht sie ihm ihre. Hunde laufen über die Mattscheibe. Wuff, sagt die Frau zu Ben, und Ben sieht sie nachsichtig an.

Ihre Kinder wollen das Haus verkaufen, sagt Douglas leise zu meiner Mutter, sie haben es eilig, der Preis ist günstig.
Aber meiner Mutter gefällt die Raumaufteilung nicht, und außerdem hat das Haus keine Veranda.
Die alte Frau küßt Ben zum Abschied auf den Kopf, Ben fängt an zu schreien.
Douglas hat die Autotür auf Philips Seite schon in der Hand, da überlegt er es sich anders, geht noch einmal ums Auto herum und öffnet die Tür auf meiner Seite. Er sieht mich nicht an, als er einsteigt.
Was ist schlimmer, sagt Philip, ein haariges Männerbein ablecken oder ein Kuhauge verschlucken?
Laß das, sage ich.
Was ist schlimmer, sagt er, Achselschweiß trinken oder Fußschweiß?
Philip! ruft meine Mutter vom Fahrersitz.
Was ist schlimmer, flüstert er, in Hundescheiße ausrutschen oder einen Makler küssen? [...]

♥ 68

Ich sitze in der Schaukel auf der Veranda, alle andern sind im Haus. Es ist ein altes Haus, die Farbe bröckelt von den Holzschindeln, Küchenschaben so groß wie Frösche krabbeln über den Boden. Der Zement im Boden auf der Veranda hat große Risse, aus denen Gras wächst.
Douglas setzt sich zu mir in die Schaukel. Sein Zitronengeruch schwappt wie eine Welle über mich.
Ich lege den Kopf in den Nacken, weil ich nicht weiß, wohin ich gucken soll. Über unseren Köpfen hängen die Zweige einer tieflila Bougainvillea.
Meine Mutter tritt in die Tür.
Ich glaube, ich bin dabei, mich zu verlieben, sagt sie, habt ihr das Zimmer im ersten Stock gesehen? Sie verschwindet wieder im Haus.
Douglas balanciert die Bitex-Brille auf seinem Schenkel. Ich nehme sie und setze sie auf. Sechs Uhr, Exxon-Tankstelle, sagt er leise.
Ich sehe ihn durch seine Bitex-Brille an, seine Haut schim-

mert bläulich, als wäre sie kalt. Ich fühle mich selbstbewußt, erwachsen, schön.

Er nimmt die Brille von meiner Nase. Mrs. Winter, ruft er, I'm coming. Wie von einem Gummiband gezogen, gehe ich widerwillig hinter ihm her.

Ein junges Mädchen mit strohblonden Haaren sitzt im Wohnzimmer an einer Nähmaschine. Ein ebenso blonder Hund mit blauen Augen liegt zu ihren Füßen.

Es ist ein gutes Haus, sagt sie zu meiner Mutter, es hat gute Schwingungen. Menschen mit bösen Herzen halten es nicht lang hier aus. Wir hatten mal 'nen Typen hier, der machte Zettel an seine Sachen im Kühlschrank. Er blieb nur 'ne Woche. Als er ging, hat er meine Uhr geklaut. Sie seufzt, krault ihren Hund hinter den Ohren und rattert dann weiter auf ihrer Nähmaschine.

Vom Zimmer im ersten Stock aus sieht man das Meer. Douglas klettert aus dem Fenster aufs Dach und reicht erst meiner Mutter, dann mir die Hand. Er drückt meine Hand leicht, bevor er sie losläßt.

Die Dachpappe glüht unter meinen Füßen. Zwei große Palmen ratteln leicht im Wind. Unten vor der Veranda steht mein Vater. Ben spielt zu seinen Füßen mit abgefallenen Bougainvilleablüten. Das blonde Mädchen kommt aus dem Haus und schließt sein Fahrrad auf. Sie setzt Ben auf den Fahrradsitz und fährt mit ihm im Kreis. Mein Vater steht in der Mitte des Kreises, der helle Hund läuft hinter dem Fahrrad her. Von hier oben sehen sie zusammen aus wie die perfekte kleine Familie. Sie lieben sich und essen Cornflakes zum Frühstück in einem lichtdurchfluteten Zimmer, sie laufen lachend über Frühlingswiesen, ihre glänzenden Haare wehen im Wind, sie kuscheln sich in schneeweißen Bademänteln am Kaminfeuer, dicke Socken an den Füßen.

Meine Mutter hebt die Hand, um ihnen zu winken, und läßt sie wieder sinken. Stell dir doch bloß mal vor, sagt sie zu mir.

Douglas sieht mich an und leckt sich über die Lippen.

Er lehnt an der Zapfsäule von Super bleifrei, von weitem sieht er arrogant und schlecht gelaunt aus. Er hat die Arme vor der Brust verschränkt, seine Augen hinter der Bitex-Brille verborgen. Er bemerkt mich nicht. Hinter einer Reklametafel für Reisen nach Mexiko bleibe ich stehen. Der lauwarme Wind streicht mir um die Beine, fährt mir unters Kleid, bauscht den Stoff auf, als wäre ich schwanger. Ich habe eine frische Unterhose an, mein Bauch verkrampft sich, als hätte ich etwas Falsches gegessen.
In einer dreiviertel Stunde, bei Einbruch der Dunkelheit muß ich wieder zu Hause sein. Ich sehe jede Minute bis dorthin vor mir liegen wie die Stufen der Maja-Ruine auf dem Plakat vor mir. Sie führen geradewegs ins Nichts, in einen leeren Himmel. Es gibt keinen Grund, sie hinaufzusteigen. Man sieht von unten, was einen oben erwartet.
Ich mag Douglas noch nicht mal.
Als ich genau weiß, daß ich ihn noch nicht einmal besonders mag, beruhigt sich mein Magen. Ich bin stärker als Douglas. Ich setze mich in Bewegung.

Hi, sage ich.
Wir fahren zu einer einsamen Stelle in den Mangrovensümpfen, rechts und links vom Weg dümpelt braunes Wasser, in der Entfernung schimmert das türkisblaue Meer. Über uns fliegen die Pelikane.
Während er mich anfaßt, verfolge ich ihren Flug. Sie stürzen plötzlich ab wie abgeschossen, schießen mit dem Schnabel zuerst ins Wasser, verschwinden, dann kommen sie wieder hoch, schlucken kurz, man sieht eine Verdickung in ihren Hälsen, sie sehen sich um, als hätten sie bei einer feinen Gesellschaft heimlich die Verzierung von der Torte geklaut, lassen sich noch einen Moment auf den Wellen treiben, dann starten sie wieder, mühsam wie ein altes Flugzeug steigen sie nach oben, und das Spiel beginnt von neuem.
Seine Hand rutscht tiefer, erst spielt sie mit dem Gummiband der Unterhose, läßt sie gegen meine Haut schnip-

pen, dann taucht sie unvermittelt in meine Unterhose hinein.
Ich halte sie mit einer blitzschnellen Bewegung fest, als wollte ich einen Fisch mit der Hand fangen.
Please, flüstert er in mein Ohr, *please. You are so beautiful. You are driving me crazy.*
Forty-eight dollars, sage ich.
Draußen fällt die Sonne wie eine Apfelsine ins Meer, im Auto ist es eiskalt, die Air-condition läuft, ich sehe die Gänsehaut auf meinem Bauch. Er legt das grüne Geld auf die Ablage, er lacht. Was kostet dein Herz? sagt er. Leg dich zurück.

Ich bezahle die Brille heimlich an der Kasse, während meine Mutter noch Milch und Joghurt holt. Ich stecke sie unter mein Hemd. Die Brille berührt meine Brust, die jetzt ein Mensch mehr kennt als gestern noch.
Als meine Mutter nicht wiederkommt, schlendere ich langsam durch die Reihen von Cornflakes und Crackers zurück in die Milchabteilung.
Sie hat die Arme auf das Regal mit den Fruchtjoghurts gestützt, ihr Kopf hängt herunter, ihr Atem bildet weiße Wölkchen in der Kälte der riesigen Kühltruhe, an ihren Beinen laufen kleine rote Rinnsale entlang.
Mama, sage ich und fühle mich so hilflos, als wäre ich drei Jahre alt. Mama.
Sie richtet sich auf, Schweißperlen stehen auf ihrer Stirn, ihr Gesicht ist weiß wie Wachs. Sie verzieht ihr Gesicht. Mist, sagt sie, auf nichts ist mehr Verlaß. Mit einem Taschentuch tupft sie sich die Beine ab, dann holt sie einen Plastikkanister Milch aus der Kühltruhe, hievt ihn in den Einkaufswagen und schiebt damit zur Kasse, als wäre nichts geschehen.

Mein Vater geht nicht mit an den Strand, er bleibt im Bett und liest die Zeitung. Philip boxt ihn zum Abschied in die Rippen.
Mein Vater sieht kurz auf. Lucy? sagt er, aber meine Mut-

ter ist schon mit Ben samt Sandeimerchen, Schaufel, Sonnenmilch und Handtüchern aus der Tür. Ich laufe mit Philip hinter ihr her.
Am Strand zieht sie sich nicht aus, sie setzt sich im Kleid im Schneidersitz in den Sand und gräbt schweigend für Ben ein Loch.
Sehen wir uns heute keine Häuser an? frage ich.
Sie schüttelt den Kopf. Ich stehe neben ihr, mein Schatten fällt auf ihren Schoß. Mein Hals schwillt an von langen, komplizierten Sätzen, die ich ihr gern sagen würde.
Mama, fange ich an.
Sie streckt die Hand aus. Guckt doch mal, sagt sie, der Mann mit dem Kreuz!
Er zieht sein Kreuz dicht am Wasser durch den Sand, vorbei an all den hübschen Mädchen in ihren geblümten Bikinis, den jungen Männern in Bermudas und mit ihren Bitex-Brillen. Er stellt sein Kreuz gegen einen Felsen und beginnt, kleine Karten zu verteilen.
Schließlich kommt er auch zu uns. Meine Mutter streckt ihm die Hand entgegen. Auf der Karte ist er selbst mit dem Kreuz auf dem Rücken abgebildet, darunter steht ›Warum?‹
Erklären Sie mir das, sagt meine Mutter und sieht ihn ernsthaft an.
Er kommt noch einen Schritt näher, geht vor ihr in die Hocke. Er fährt sich durch das ananasgelbe Haar und lächelt schüchtern.
Ich war ein Arschloch, sagt er, ein Alkoholiker und ein Arschloch. Bis mich Jesus gerufen hat. Er gab mir eine Aufgabe. 6000 Meilen bin ich für Ihn schon gegangen, bis runter nach Mexiko. Fünf Kreuze hat man mir bereits gestohlen. Ich habe nichts, aber Er sorgt für mich. Jeder Tag bringt das, was er bringt. Er verstummt.
Ich bewundere Sie, sagt meine Mutter.
Er lächelt. Ich tue nur meinen Job, sagt er. Gott segne Sie, Ma'am. Er steht auf und geht weiter. [...]

In der Nacht, als alle schlafen, setze ich im Dunkeln die Brille auf. Ich lächle, und die Ränder der Gläser schaben leicht an meinen Wangen. Ich höre den schnellen Babyatem von Ben, das Schnarchen meines Vaters, Philips unruhige Bewegungen im Schlaf. Nur meine Mutter höre ich nicht. Sie schläft vollkommen geräuschlos.
Ich lege mich ins Kissen zurück, die Nacht ist goldenschwarz. Ich schließe die Augen hinter der Brille und weiß, ich werde nie wieder dieselbe sein.

(1993)

Und als ein Mann sah er die Sonne aufgehn

Günter Grass: In der Damenabteilung

Klingelnd fuhren wir an und ließen uns von der Gegenbahn die Sicht versperren. Gleich hinter dem Anhänger verdrehte es mir den Kopf: Den ganzen verfallenen Friedhof bekam ich mit, auch ein Stück der Nordmauer, deren auffallend weiße Stelle zwar im Schatten lag, aber dennoch höchst peinlich …

Und dann war die Stelle fort, wir näherten uns Brösen, und ich blickte wieder Maria an. Sie füllte ein leichtes geblümtes Sommerkleid. Um ihren runden, matt glänzenden Hals, über gutgepolstertem Schlüsselbein reihte sich eine Kette aus altroten Holzkirschen, die alle gleich groß waren und platzvoll Reife vortäuschten. Ahnte ich es nur oder roch ich es wirklich? Oskar beugte sich leicht – Maria nahm ihren Vanillegeruch an die Ostsee mit –, atmete das Aroma tief ein und hatte den modernen Jan Bronski augenblicklich überwunden. Es war die Verteidigung der Polnischen Post schon historisch geworden, ehe den Verteidigern das Fleisch von den Knochen gefallen war. Oskar, der Überlebende, hatte ganz andere Gerüche in der Nase als etwa die, die sein einst so eleganter, nun mürber mutmaßlicher Vater an sich haben mochte.

In Brösen kaufte Maria ein Pfund Kirschen, nahm mich bei der Hand – sie wußte, daß Oskar nur ihr das erlaubte – und führte uns durch den Strandkiefernwald zur Badeanstalt. Trotz meiner fast sechzehn Jahre – der Bademeister hatte keinen Blick dafür – durfte ich in die Damenabteilung. Wasser: achtzehn; Luft: sechsundzwanzig; Wind: Ost – weiterhin heiter, stand an der schwarzen Tafel neben dem Anschlag der Lebensrettungsgesellschaft, die Vorschläge für Wiederbelebungsversuche neben linkischen, altmodischen Zeichnungen ausbreitete. Es hatten die Ertrunkenen alle gestreifte Badeanzüge an, die Retter trugen Schnurrbärte, Strohhüte schwammen auf tückisch gefährlichem Wasser.

Das barfüßige Bademädchen ging voran. Wie eine Büßerin trug sie den Strick um den Leib, und an dem Strick hing ein mächtiger Schlüssel, der alle Zellen aufschloß. Laufstege. Das Geländer an den Stegen. Ein dürrer Kokosläufer an allen Zellen vorbei. Wir bekamen Zelle 53. Das Holz der Zelle warm, trocken, von einer natürlich weißbläulichen Farbe, die ich blind nennen möchte. Ein Spiegel neben dem Zellenfenster, der sich selbst nicht mehr ernst nahm.

Zuerst mußte Oskar sich ausziehen. Ich tat das mit dem Gesicht zur Wand und ließ mir nur widerwillig dabei helfen. Dann drehte mich Maria mit ihrem praktisch handfesten Griff, hielt mir den neuen Badeanzug hin und zwängte mich, ohne Rücksicht zu nehmen, in die enganliegende Wolle. Kaum hatte sie mir die Träger geknöpft, hob sie mich auf die Holzbank vor der Rückwand der Zelle, drückte mir Trommel und Stöcke auf die Schenkel und begann sich mit raschen, kräftigen Bewegungen zu entkleiden.

Zuerst trommelte ich ein bißchen, zählte auch die Astlöcher in den Fußbodenbrettern. Dann ließ ich das Zählen und das Trommeln. Unbegreiflich blieb mir, warum Maria mit komisch geschürzten Lippen geradeaus vor sich hin pfiff, während sie aus den Schuhen stieg, zwei Töne hoch, tief pfiff, die Söckchen abstreifte, wie ein Bierkutscher pfiff, den geblümten Stoff von sich nahm, pfeifend den Unterrock über das Kleid hängte, den Büstenhalter von sich abfallen ließ und immer noch, ohne eine Melodie zu finden, angestrengt pfiff, als sie die Schlüpfer, die eigentlich Turnhosen waren, bis zu den Knien herunterzog, auf die Füße rutschen ließ, ausstieg aus den gerollten Hosenbeinen und mit linkem Fuß den Stoff in die Ecke wischte.

Maria erschreckte Oskar mit ihrem behaarten Dreieck. Zwar wußte er von seiner armen Mama her, daß Frauen unten nicht kahl sind, aber Maria war ihm in jenem Sinne nicht Frau, in dem sich seine Mama einem Matzerath oder Jan Bronski gegenüber als Frau bewiesen hatte.

Und nun erkannte ich sie sofort. Wut, Scham, Empörung, Enttäuschung und eine halb komisch, halb schmerzhaft

beginnende Versteifung meines Gießkännchens unter dem Badeanzug ließen mich Trommel und beide Trommelstöcke um des einen, mir neu gewachsenen Stockes willen vergessen.
Oskar sprang auf, warf sich Maria zu. Die fing ihn auf mit ihren Haaren. Er ließ sich das Gesicht zuwachsen. Zwischen die Lippen wuchs es ihm. Maria lachte und wollte ihn wegziehen. Ich aber zog immer mehr von ihr in mich hinein, kam dem Vanillegeruch auf die Spur. Maria lachte immer noch. Sie ließ mich sogar bei ihrer Vanille, das schien ihr Spaß zu machen, denn das Lachen gab sie nicht auf. Erst als mir die Beine wegrutschten und ihr mein Wegrutschen Schmerzen bereitete – denn die Haare ließ ich nicht los, oder die ließen mich nicht –, erst als mir die Vanille Tränen in die Augen preßte, als ich schon Pfifferlinge oder sonst was Strenges, nur keine Vanille mehr schmeckte, als dieser Erdgeruch, den Maria hinter der Vanille verbarg, mir den modernden Jan Bronski auf die Stirn nagelte und mich für alle Zeiten mit dem Geschmack der Vergänglichkeit verseuchte, da ließ ich los.
Oskar glitt auf die blindfarbenen Bretter der Badezelle und weinte immer noch, als ihn Maria, die schon wieder lachte, hob, auf den Arm nahm, streichelte und gegen jene Holzkirschenkette drückte, die sie als einziges Kleidungsstück anbehalten hatte.
Kopfschüttelnd sammelte sie ihre Haare von meinen Lippen und verwunderte sich: »Du best mir so ain Schlingelchen! Jehst da ran und waißt nich, was is, und nachher weinste.«

(1959)

Frank Wedekind: Debutant

Kennst du die hohe, dunkle Gartenpforte,
Die ernst verschwiegen an der Straße steht?
Wohl niemand ahnte, welche süßen Worte
In ihrem Schutz der Abendwind verweht.

Dort trat ich ein; von freudigem Erwarten
Schwoll mir das Herz wie dem beschenkten Kind;
Ein leises Flüstern wehte durch den Garten
Von guten Geistern, die dort heimisch sind.

Auf schatt'ger Bank ließ ich mich zaudernd nieder
Und trank der Rose wollustschweren Duft;
Ob meinem Haupt knistert es im Flieder;
Zwei Vöglein zwitschern durch die Abendluft.

Wie aber ward mir, als du vor mich tratst,
Ein Götterbild aus fernen Griechenzeiten,
Als du bedeutungsvoll und lächelnd batst,
Dich tiefer in den Garten zu begleiten.

Dort wurde mir aus Abend und aus Morgen
Der erste Lebenstag, den ich gelebt –
Oh, daß so lange mir das Glück verborgen,
Nach dem das Herz dem Knaben schon gebebt!

Oh, Ella, Ella, tausend Seligkeiten
In einen einz'gen Atemzug gedrängt;
Die Triebe aus der Menschheit frühsten Zeiten,
Von wonnekund'ger Götterhand gelenkt;

Der Kindheit ahnungsvolle, lose Spiele
Verwandelt in unendlichen Genuß;
Oh, Ella, alle himmlischen Gefühle
In einem einz'gen Liebeskuß –

Welch hohes Wort, das Menschengeist ersann,
Welch reicher Dank mag diese Stunde lohnen!
In seiner Büsche stillem Heiligtum
Nahm ich, als Balsam jeder Erdenqual,
Von deinem Mund das heilige Abendmahl
Zum großen Liebesevangelium.

(1884)

Bohumil Hrabal: Ejakulatio prekoks

Und dann hörte ich, wie die Frau Vorsteher die Treppe herunterkam, in der einen Hand die Kerze, in der anderen den Topf mit den Stopfnudeln, sie ging in den Keller, wo vor Entsetzen der Gänserich schnatterte. Ich stand auf dem Bahnsteig und schaute durch das Viereck des Fensterchens in den Keller, die Frau Vorsteher und ihr Schatten bückten sich, sie nahm eine Nudel aus dem Topf, weichte sie kurz ein, öffnete dem Gänserich den Schnabel und stopfte die Nudel hinein, dann hielt sie den Schnabel wie ein Klappmesser und streifte mit den Fingern die Nudel in den Kropf. Und wieder tauchte sie eine Stopfnudel ins Wasser und nudelte weiter den Gänserich, der sich wehrte.

»Bin gleich wieder da, übernehmen Sie's eine Weile«, sagte ich zum Fahrdienstleiter, »ich geh nur auf einen Sprung weg.«

Und dann tastete ich mich die runde Wand hinunter und setzte vorsichtig einen Fuß nach dem anderen auf die schmalen Stufen des Wendeltreppchens, und leise öffnete ich die Tür.

»Frau Vorsteher, erschrecken Sie nicht, ich bin's, Miloš«, sage ich.

»Was ist?« fuhr sie auf und blieb mit einer Stopfnudel in der Hand stehen, und das Licht der Kerze, die hinter ihr brannte, leuchtete durch ihr graues Kraushaar, und ich sah ihr abgehärmtes Gesicht, wie Aschenputtel war sie,

während der Herr Vorsteher den Baron Lánský z Růže spielte.
»Ich bin's«, sage ich, »Frau Vorsteher, ich möchte mir bei Ihnen Rat holen, kurzum, ich fahre übermorgen zu meinem Fräulein, der Máša, zu der Schaffnerin, wissen Sie? Und sie wird es sicher von mir wollen ... Wissen Sie was?«
»Nichts weiß ich«, murmelte die Frau Vorsteher und bückte sich und tauchte die Stopfnudel ins Wasser und öffnete dem Gänserich den Schnabel.
»Aber, Sie wissen schon«, sage ich, »tun Sie nicht so, als wüßten Sie es nicht, ich will einen Rat von Ihnen ... kurz, ich bin jedesmal ein Mann, aber wenn ich das beweisen soll, daß ich ein Mann bin, dann bin ich kein Mann mehr. Nach dem Hausbuch hab ich ejakulatio prekoks, wissen Sie?«
»Das weiß ich nicht«, sagte die Frau Vorsteher und tauchte wieder eine Stopfnudel ins Wasser.
»Aber Sie wissen es«, sage ich, »also, zum Beispiel jetzt denke ich fest daran ... na, und bitte, jetzt bin ich ein Mann ... fühlen Sie mal ...«

»Jessasmaria«, flüsterte die Frau Vorsteher, »ich bin doch schon in den Wechseljahren, Herr Miloš.«
»Wo drin sind Sie?«
»In den Wechseljahren, aber das ist ja schrecklich«, erbebte die Frau Vorsteher und stieß den Topf mit den Stopfnudeln um.
Ich kniete hin und sammelte die Nudeln auf, und die Frau Vorsteher auch, und ich erzählte ihr dabei, daß ich mir damals die Handgelenke aufgeschnitten hatte, weil ich im Atelier von Onkel Noneman verwelkt war, im Atelier in fünf Minuten fertig, weil ich früher fertig gewesen war, als ich angefangen hatte. Daraufhin schwieg die Frau Vorsteher, hielt den Gänserich an seinem Schnabel fest.
»Fühlen Sie mal, Frau Vorsteher«, sage ich.
»Tue ich, Miloš«, sagte sie und bückte sich, ihr Schatten an der Wand mit ihr, und blies die Kerze aus.
»Nun, bin ich ein Mann?« fragte ich.
»Ja, Miloš«, sagte sie.

»Gut, Frau Vorsteher, aber was weiter? Möchten Sie mich nicht einschulen? Ich bitte Sie herzlich darum ... in der Irrenabteilung hat mir Doktor Brabec gesagt, daß ich die Pfeife mit einer älteren Dame anrauchen soll ...«
»Aber Herr Miloš, ich bin doch schon in den Wechseljahren, ich will mit dem nichts mehr zu tun haben, wirklich, ich verstehe Sie, wenn ich jünger wäre, Jessasmaria, was ist in euch in der Station bloß gefahren? Fahrdienstleiter Hubička mit den Stempeln, Sie jetzt mit dem Anrauchen der Pfeife ... Aber übermorgen klappt es, Sie werden sehen, Sie sind ein Mann, und was für einer ...«
Da sah ich durchs Kellerfenster, wie der Herr Fahrdienstleiter Hubička auf den Bahnsteig kam, er stellte sich breitbeinig hin und schaute in den Himmel, und ich wußte genau, daß sich dort nicht mehr Zdenička entfaltete und mit ihrem Hinterteil den ganzen Himmel füllte, sondern daß dort oben still ein Güterzug einfuhr, achtundzwanzig Waggons, die auf einmal entschwanden, und eine gewaltige Wolke quoll auf, wuchs und wuchs, glich den Himmelsburgen vor einem Sommergewitter, wurde immer größer ...
»Sind Sie mir böse, Frau Vorsteher?« sage ich.
»Nein, Miloš, das ist ja alles so menschlich ...«, sagte sie.
Und sie tastete sich die Wand entlang und stieg schwer Stufe um Stufe hinauf, bis in den ersten Stock, und dann lief sie in der Küche hin und her, wie es der Herr Vorsteher tat, wenn er es nicht und nicht fertigbrachte, uns ins Gesicht zu sagen, was er gegen uns hatte, darum sprach er sich in den Lichtschacht aus, nachher kam er runter, ruhig und wie gereinigt, denn wenn er nicht in den Lichtschacht sprach, brüllte er sich bei seiner Frau aus, schreckliche Dinge sagte er zu ihr, alles, was an Unreinem in ihm war, leerte er aus, und eine Weile später wußte er von nichts, so daß er sich nicht die Pulsadern aufzuschneiden brauchte wie ich, er brauchte auch nicht der Telegraphistin den Rock hochzuziehen und ihr rund um den Hintern Stempel aufzudrücken, mir war klar, daß der Herr Vorsteher nie irrsinnig werden würde, so eine Seelenhygiene betrieb er, indem er alles in den Lichtschacht

brüllte und den Rest in seine Ehefrau, die genau wußte, wann sie ihm mit dem nassen Lumpen eins übers Maul ziehen oder ihm einen fürchterlichen Satz entgegenschleudern mußte, der ihn ebenso umwarf wie die Quartalsohrfeige, nach der er immer wie aufgewacht war.

Und der Herr Fahrdienstleiter Hubička wurde immer unruhiger, je mehr es auf Mitternacht zuging, er spuckte, hob immer wieder den Kopf und horchte. Ich sah, daß er ständig darauf wartete, daß die Tür aufgeht und eine Hand erscheint, die ihm eine Botschaft oder ein Päckchen hereinreicht.

Als die Uhr des Herrn Vorsteher zwölf schlug, sage ich: »Die Uhr schlägt aber schön.«

Da ging die Tür auf wie von Zugluft, und eine junge Frau im offenen Lodenmantel trat ein, man sah ihre Tirolerjacke mit aufgenähtem Eichenlaub und Eicheln. Dazu trug sie einen grauen Rock, weiße Wollstrümpfe und Halbschuhe mit hervorschauender Zunge. Sie war angezogen wie der Herr Vorsteher, nur eben weiblich.

Und sie trug ein winzig kleines Päckchen.

»Bitte«, sagte sie, *»ich muß nach Kersko.«*

»Kersko«, sage ich, »da müssen Sie bis zum Morgen warten, das geht über den Fluß.«

»Aber ich muß nach Kersko«, beharrte sie.

»Das ist weit. Zu wem wollen Sie denn dort?« sage ich.

»Ich habe einen Freund dort«, lachte sie und zeigte mit dem Finger auf mich, *»Sie sind der Herr Fahrdienstleiter?«*

»Woher denn, der hier ...«, sage ich.

»Sie sind der Herr Fahrdienstleiter Hubička?« fragte sie.

»Ja«, sagte er.

»Und der da?« deutete sie auf mich.

»Mein Freund«, sagte der Fahrdienstleiter.

»Miloš Hrma«, stellte ich mich vor.

»Viktoria Freie«, verbeugte sie sich und gab uns die Hand.

»Viktoria Freie?« wunderte sich Hubička.

Und ich wußte, das war die Nachricht, ich hatte es erkannt, klar, Viktoria Freie war die Hand, die die Botschaft und Nachricht überreichte, aber diese Nachricht freute Fahrdienstleiter Hubička gar nicht, er war sogar bleicher als sonst, ihr Erscheinen brachte ihn aus der Fassung, ich sah, daß ihn nicht die geringste Lust überkam, er besah sich weder ihr Hinterteil noch ihre Brüste, obwohl er doch die Angewohnheit hatte, Frauen mit den Augen auszuziehen. Und diese Tirolerin war, wie ich feststellen konnte, gleichzeitig Popotscherl und Zitzerl. Und ich mußte auf den Bahnsteig hinaus und gab einem Güterzug das Durchfahrtssignal, ich besprengte ihn mit grünem Licht. Und danach, als ich zurückkam und der Nachbarstation meldete, zu welcher Zeit der Zug meine Station passiert hatte, war das Päckchen verschwunden. Und Viktoria gähnte und streckte sich und machte mir Augen, ich faßte Vertrauen zu ihr, und als sie sagte, daß sie gern ein Stündchen schlafen würde, öffnete ich die Tür zur Kanzlei des Herrn Vorsteher, wie es der Herr Fahrdienstleiter Hubička in Dobrowitz gemacht hatte, bevor er das Wichsleinwandkanapee zerriß, und sie trat ein, und ich brachte meinen Mantel und legte ihn aufs Kanapee, der grüne Lampenschirm verbreitete angenehmes Licht, ich hörte, daß die Tauben im Schlag weiterhin unruhig waren, unruhiger noch als beim Wegreiten des Herrn Vorsteher, als wäre ein Marder oder ein Wiesel zu ihnen hineingeschlüpft, so verschreckt gurrten sie und schlugen mit den Flügeln.

»Ich heiße Miloš Hrma«, stotterte ich, »wissen Sie, ich hab mir die Pulsadern aufgeschnitten, weil ich unter ejakulatio prekoks leide. Aber das stimmt nicht. Ich bin zwar bei meinem Fräulein wie eine Lilie verwelkt, aber unter uns, ich bin ein richtiger Mann …«

»Sie haben noch keine gehabt?« wunderte sich Viktoria.

»Nein, ich hab's nur probiert, und deshalb bitte ich Sie, mir einen Rat zu geben …«

»Sie haben wirklich noch keine gehabt?« wunderte sich Viktoria immer mehr.

»Keine, weil Máša – als sie bei Onkel Noneman in Karolinenthal zu mir geschlüpft ist, Máša hatte ich zwar bei mir, aber ich habe nichts mit ihr gehabt, weil ich verwelkt bin wie eine Lilie.«

»Sie haben also tatsächlich noch keine gehabt«, sagte sie und lächelte und bekam Grübchen wie Máša, und ihre Augen glänzten, als staune sie über ein Glück oder als habe sie etwas Wertvolles gefunden, und sie wühlte mit den Fingern in meinem Haar, als sei ich ein Klavier, dann warf sie einen Blick auf die geschlossene Tür, die in die Betriebskanzlei führte, und neigte sich über den Tisch und drehte den Docht herunter und blies hörbar die Petroleumlampe aus, griff tastend nach mir und zog mich zum Kanapee des Herrn Vorsteher und ließ sich fallen und riß mich mit, wieder streichelte sie mich, wie in meiner Kinderzeit war es, wenn Mammi mich an- oder auszog, sie erlaubte mir, daß ich ihr half, den Rock hochzustreifen, und dann spürte ich, wie sie die Beine hob und öffnete, ihre Tirolerschuhe aufs Kanapee des Herrn Vorsteher legte, und dann plötzlich war ich mit Viktoria zusammengeklebt, so wie ich auf meinem Photo im Matrosenanzug mit Mášas Photo zusammengeklebt war, und ein Licht überflutete mich, das immer stärker wurde, ich stieg höher und höher, die ganze Erde bebte, Gedröhn und Gedonner wurden laut, ich hatte den Eindruck, daß es nicht aus mir und auch nicht aus Viktorias Körper kam, sondern von draußen, daß das ganze Gebäude bis in die Grundfesten erzitterte, die Fenster klirrten, ich konnte hören, wie zu Ehren meiner rühmlichen und erfolgreichen Einfahrt ins Leben die Telephone zu schrillen begannen, auch die Telegraphen gaben von selbst Morsezeichen, wie es in den Betriebskanzleien manchmal bei Gewitter geschah, mir schien, daß die Tauben des Herrn Vorsteher nun bis auf die letzte gurrten, sogar der Horizont hob sich und entbrannte in den Farben des Feuers, da erzitterte das Stationsgebäude erneut, die Grundmauer ruckte ... Und dann spürte ich, wie sich Viktorias Körper zu einem Bogen spannte, ich hörte, wie sich ihre eisenbeschlagenen Schuhe ins Wichsleinwandkanapee gruben, hörte, wie die Leinwand riß, immer weiter riß, irgendwo von meinen Finger- und Zehennägeln lief

ein jubelnder Krampf zum Gehirn, alles war auf einmal weiß, dann grau, dann braun, es war, als kühle heißes Wasser ab zu kaltem, und im Rücken verspürte ich einen angenehmen Schmerz, als hätte mir jemand einen Mauerhaken hineingestoßen.
Ich öffnete die Augen, Viktoria wühlte wieder mit den Fingern in meinem Haar und atmete schwer. Und ich sah durch einen Spalt in der Verdunkelung, wie am Horizont das Rot und Bernsteingelb eines fernen Feuers aufloderten, wie bei Wetterleuchten. Und die Tauben des Herrn Vorsteher gurrten entsetzt, flogen im Schlag umher, stießen gegen Wände und Decke, stürzten auf den Boden und schlugen verstört mit den Flügeln.
Viktoria Freie setzte sich auf und lauschte. Sie strich ihr Haar zurück und sagte:
»Irgendwo muß ein schrecklicher Luftangriff sein.«
Ich öffnete das Innenfenster und zog am Verdunkelungsrouleau, das hochschnurrte. Weit hinter dem Gebirge loderte immer neues Feuer auf, der Horizont war gerötet und wie hinter die Berge zurückversetzt, zum Zentrum des Unglücks hin.
»Das wird wohl Dresden sein«, sagte sie und erhob sich und kämmte ihr Haar, und der Kamm erzeugte dabei einen eigenartigen Ton. Ich dachte an ihren geschmeidigen Körper, den ich plötzlich auf einem Trapez fliegen sah.
»Was sind Sie?« sage ich.
»Artistin«, sagte sie und zog den Kamm durchs dichte Haar und hielt den Kopf geneigt, »vorm Krieg hatten wir ›Die bunte Palette der Luftattraktionen‹.«
Ich setzte mich aufs Kanapee, strich leise über den Bezug. Er war über die ganze Breite zerrissen. Seegras quoll hervor. Und ein Güterzug fuhr durch die Station und sprühte Funken aus dem Schornstein. Viktoria stand am Fenster und kämmte sich die Funken aus dem Haar. Dann sah man auf dem Fahrweg gegen den rötlichen Horizont zwei Reiter.
Ich stand auf und fühlte mich zum erstenmal in meinem Leben ruhig.

»Danke«, sagte ich.
»Danke ebenfalls«, sagte sie, dann nahm sie ihren Lodenmantel und trat in die Betriebskanzlei und schaute auf die Uhr. Sie atmete auf. Griff sich in die Bluse, rückte die Brust im Büstenhalter zurecht. Und ging auf den Bahnsteig, wo breitbeinig der Fahrdienstleiter Hubička stand und den Himmel betrachtete. Die beiden unterhielten sich eine Weile. Dann kam sie zurück und sagte:
»Und jetzt muß ich wirklich nach Kersko«, lächelte sie und ging am Gärtchen des Vorstehers entlang zur Lindenallee und verschwand zwischen den Häusern.

(1965)

Paul Rauber: Huri

An meinem sechzehnten Geburtstag führte mein Vater mich zum ersten und einzigen Mal ins gelbe Kloster. Es war ein bedeckter, aber stickiger heißer 4. August. Das Hemd meines Vaters wies große, dunkle Ringe unter den Achselhöhlen auf. Er ging trotz der Hitze mit federnden, beschwingten Schritten, und ich hatte Mühe mitzuhalten, als wir durch den Garten und über eine lange Steintreppe zum Eingangstor hochstiegen. Der Garten duftete nach Jasmin und Oleander, ich fühlte mich augenblicklich wohl und blinzelte zu meinem Vater hoch, der an einem ockerfarbenen Samtband zog und damit eine kleine Glocke zum Bimmeln brachte. Bald erschien eine alte, dicke Frau, die uns das Tor öffnete. Die Frau war stark geschminkt, hatte das Haar mit einer Spange hinten zusammengenommen und trug einen schwarzen, weiten Seidenkimono.
Wir wurden in den riesigen Innenhof des Klosters geführt, in dessen Mitte ein Brunnen mit einem mannsgroßen Triton stand.
»Warte hier einen Augenblick«, sagte die Frau, »dein Vater und ich wollen etwas besprechen. Lara wird dir solange Gesellschaft leisten.«

Ich fühlte mich plötzlich elend. Die beiden entfernten sich über einen Säulengang, als jemand meinen Namen rief.
»Jonathan!«
Ein Mädchen, es mochte um die zwanzig sein, streckte seinen Kopf hinter dem steinernen Triton hervor.
»Wer bist du?«
»Lara.«
»Woher kennst du meinen Namen?«
»Hanna hat mir gesagt, daß du heute kommst.«
Lara lachte und musterte mich dann belustigt.
»Komm her!« sagte sie und stieg in den Brunnen. Das blaue Sommerkleid hatte sie hochgerafft, und ihre nassen Beine glänzten. Kurz entschlossen zog ich Schuhe und Strümpfe aus und watete über Mosaik-Delphine auf sie zu. Plötzlich streifte sie ihr Kleid ab und glitt wie eine Brunnenfee ins kühle Wasser.
Dann stand sie vor mir, ich konnte sie fast spüren, die schimmernde, abgekühlte Haut, die Haare, an deren Spitzen Wassertropfen hingen, ich konnte den Süßgeruch ihres Mundes riechen, konnte hören, wie Wasserperlen von ihrem Körper in den Brunnen fielen, stellte mir vor, wie einzelne Tropfen sich an ihrem Schlüsselbein fanden, zusammen als Bächlein bauchabwärts flossen, immer schneller, bis sie sich im Kraushaar der Scham wieder teilten in viele kleine, zitternde Kristallkügelchen.
Ich schloß die Augen.
»Jonathan, kennst du Matisse?«
Ich sagte nichts. Ich genoß Laras Stimme und die Wärme ihres Atems, der mein Gesicht streifte.
»Meine Mutter war die letzte Geliebte von Henri Matisse«, begann Lara. »Er war schon 78, als sie ihm Modell saß. Er hatte sie in einem Café an der Rue Bereta angesprochen: in Nizza, wo meine Mutter damals lebte.
Sie war jung und las, wie all ihre Freundinnen, die Schriften von Sartre und Camus. Etwas anderes als Existentialismus schien damals niemanden zu interessieren, der et-

was auf sich hielt. Und meine Mutter hielt sehr viel auf sich.

Der Krieg war seit vier Jahren aus, und meine Mutter genoß die Freiheit. Sie war voller Leben und muß so schön gewesen sein, daß einige junge Männer sich ihretwegen von Dächern stürzten oder vor einen Zug warfen.

Jedenfalls saß sie im Café Olé, las *Das Sein und das Nichts*, als Matisse sich zu ihr setzte und sie eine ganze Weile stumm beobachtete. Meine Mutter tat, als bemerkte sie ihn nicht.

Matisse wartete geduldig. Er saß da und betrachtete die junge Frau. Dieses stumme Spiel mochte eine halbe Stunde gedauert haben, als Matisse plötzlich Skizzierblock und Bleistift hervornahm und anfing, in schnellen, beiläufigen Strichen ein Bild zu entwerfen. Er brauchte sehr wenig Zeit, dann zahlte er und ließ das Skizzenblatt auf dem Tisch liegen.

Sobald er verschwunden war, besah sich meine Mutter die Zeichnung: Es war ein grauenhaft schlechtes Portrait von ihr. Wie ein Schuljunge hatte Matisse eine Frau hingekritzelt, die in unnatürlich verknickter Haltung über ein Buch gebeugt war, auf dessen Rücken zu lesen war: Das Schwein und das Nichts. Darunter stand:

›Chère Madame. Wenn Sie möchten, daß Henri Matisse ein besseres Portrait von Ihnen zeichnet, dann haben Sie die Güte und besuchen Sie mich morgen früh um zehn Uhr in meinem Atelier. H. M.‹

Die Unverfrorenheit und Arroganz von Matisse empörten meine Mutter. Portraitieren! Mit dieser ›Zeichnung‹ verhöhnte er ganz offen die Schönheit und Würde meiner Mutter, und sie beschloß, Matisse am nächsten Morgen die Meinung zu sagen.

Sie kam die obligatorische Stunde zu spät und klingelte um elf. Das Mädchen führte meine Mutter ins Atelier und sagte:

›Der Meister ist gerade aufgestanden und wird gleich zu Ihnen kommen. Er sagt, Sie wollen die Freundlichkeit haben, noch einen Moment auf ihn zu warten.‹

Das Atelier war voller Sonnenlicht und roch nach frischen Blumen. Papierschnipsel von ganz klaren, deutlichen Farben lagen auf einem Tisch, eine Tube Leim, leere Staffeleien, zwei Bronzeplastiken, denen noch der letzte Schliff fehlte, standen in der Ecke.
Meine Mutter bemerkte einen kleinen, leuchtend-roten Scherenschnitt: Das war sie! – Ganz klar erkennbar war das ihr Profil, ihr Haar, ihr geschwungener, über das Buch gebeugter Nacken.
Sie war so verblüfft, daß sie nicht bemerkt hatte, wie Matisse ins Atelier gekommen war.
›*Das Sein und das Nichts* ist ein langweiliges Buch, nicht wahr?‹ fragte er meine Mutter.
Und ohne ihre Antwort abzuwarten, nahm er sie bei der Hand und sagte:
›Kommen Sie, ich möchte Ihnen etwas zeigen.‹
Er führte sie eine Treppe hinauf und stellte sie vor eine Leinwand. Darauf waren drei verschiedenfarbige Scherenschnitte mit dem Profil meiner Mutter zu sehen, und rund um diese bunten Papiergesichter rankten sich frisch gepflückte Blumen.
›Verehrter Monsieur Matisse‹, sagte meine Mutter, ›Sie mögen ein berühmter und begabter Maler sein, aber als Verehrer sind Sie eine Null. Zuerst lassen Sie mich warten. Dann besteht Ihre Konversation darin, daß Sie sich über meine Lektüre lustig machen. Und zuletzt glauben Sie, mich mit ein paar Scherenschnitten und Wiesenblumen zu begeistern. Ihre Masche mag bei Dümmeren funktionieren. Um mich müssen Sie mit anderen Mitteln werben. Außerdem sind Sie viel zu alt für mich. Berühmtheit allein macht noch keinen Liebhaber aus.‹
Zufrieden mit sich selbst, besah sich meine Mutter noch einmal die Leinwand, und tatsächlich hatten ihre Worte der Bildkomposition den Glanz genommen. Sie bemerkte, daß die bunten Schattenrisse schartige Kanten aufwiesen; die Blumen waren durch die Leinwand gesteckt worden, und meine Mutter betrachtete die Schlitze, die Matisse zu diesem Zweck mit einem feinen Messer angefertigt hatte.

Die Technik dieser Komposition war so denkbar einfach, daß sie meiner Mutter lieblos, ja sogar einfallslos vorkam: mit dem einzigen, billigen Zweck zu blenden.
Matisse trat vor sein Bild und betrachtete es kühl. Dann sah er meine Mutter an und sagte:
›Habe ich gesagt, daß ich Ihr Liebhaber sein möchte, Madame? Ich glaube doch, daß ich Sie in mein Atelier gebeten habe, damit Sie mir Modell sitzen.‹
›Erstens, Monsieur, haben Sie nicht einmal den Mut aufgebracht, mich persönlich anzusprechen. Sie haben sich wie ein dummer Junge benommen und mir Ihre Einladung, oder was es war, geschrieben. Und dann empfangen Sie mich hier mit Scherenschnitten und Blumen. Was soll ich davon halten? Das ist doch *ridicule*.‹
›Dieses Wort – *ridicule* – ist ein Modewort. Genau wie Langeweile und Ekel. Alle verwenden diese Worte und glauben, damit die Welt ändern zu können. Aber diese Worte sind alt, uralt. Sie passen nicht zu Ihrer Jugend.‹
›Was wollen Sie damit sagen?‹ fragte meine Mutter.
›Sie verstehn mich sehr gut‹, antwortete Matisse. ›Ich frage mich, was Sie mir sagen wollen. Weswegen sind Sie zu mir gekommen?‹
Für einen Augenblick war Stille. Meine Mutter und Henri Matisse sahen sich an, dann sagte meine Mutter:
›Ich möchte, daß Sie mich malen. Ich will aber keine Scherenschnitte und abstrakten Spinnereien. Portraitieren Sie mich ganz altmodisch und bieder, als wären Sie irgendein beliebiger Maler auf dem Montmartre.‹
Matisse hörte sich den Wunsch meiner Mutter an, aber seine Brauen hatten sich zusammengezogen.
›Warum gehn Sie nicht auf den Montmartre?‹ fragte er.
Meine Mutter antwortete lächelnd:
›Warum suchen Sie sich kein anderes Modell?‹
Wieder schwiegen beide. Dann trat Matisse nahe an die Leinwand heran und zog die Blumen aus den Schlitzen. Nur eine Kornblume ließ er stecken, die anderen warf er achtlos auf den Boden, und diese Geste allein verriet seine Erregung.

Er nahm eine Palette und begann, die Farben zu mischen. Dann stellte er die Leinwand mit den drei Scherenschnitten und der Kornblume zwischen sich und meine Mutter und verschwand dahinter.
Meine Mutter stand im Raum und wartete darauf, daß Matisse irgend etwas sagen oder tun würde, aber der Maler blieb hinter seiner Leinwand verschanzt.
Dann tauchte er auf: Sein Gesicht war mit leuchtend blauer Farbe bemalt, und um die Augen glänzte es sonnengelb. Er hielt den Pinsel in der einen Hand, die Farbpalette in der anderen, und die Pinselspitze brannte rot, als Matisse auf meine Mutter zutrat und ihr glühend quer übers Gesicht fuhr.
›Meine Leinwand entzieht sich Ihnen, Madame‹, sagte Matisse, ›Sie sind ein Bild, das jedem Rahmen entflieht. Ich danke Ihnen, daß Sie gekommen sind.‹
Meine Mutter berührte ihr Gesicht, und als sie ihre Fingerkuppen betrachtete, glänzten die, als ob sie sie in Blut getaucht hätte.
Matisse hatte den Pinsel erneut in eine Farbe getaucht: in schweflig-dreckiges Gewitterschwarz. Wie ein Blitz stachen die Borsten des Pinsels in die Wangen meiner Mutter, die leise aufschrie.
›Schließen Sie die Augen‹, sagte Matisse, und mit einem ganz feinen Schwamm fuhr er meiner Mutter ein Sternhimmelblau über die Augenlider. Das Blau war feucht und kühl, und es roch nach Orchideen. Die Wimpern meiner Mutter bürstete Matisse mit einem Kämmchen, das er mit Wasser bespritzt hatte: schwarze, taubenetzte Flimmertierchen. Ein neuer Pinsel, feiner als der erste, fuhr karmesinrot von den Lippen übers Kinn ... in einer Linie, ohne abzusetzen ... über den Kehlkopf ... und hielt am Brustansatz tanzend inne. Kobaltblau liebkoste der Pinsel jetzt das Schlüsselbein und streifte das Kleid ab, so daß die Schulterkugel weiß aufleuchtete: eine schimmernde Leinwand, die der Pinsel küßte.
Matisse schloß seine Augen und sah mit den Händen: Er fühlte die faltigen Schatten und füllte sie mit Farben; er er-

tastete die Kuhlen und die Wölbungen; die Bögen und Wirbel. In seiner Vorstellung mischten sich immer mehr Farben … ein Sturzbach blauschwarzen Haars ergoß sich kühl in sandsteinrotes Wüstenwadi … über die Rippen legte sich ein Smaragdband aus Samarkand, formte die Bauchdecke: lilienweißes Oval, in dem sich ziehbrunnenbraun der Nabel spiegelte … die Beckenknochen darunter aus schattenheißem Rot … Dann vereinigten sich die Farben, die Gerüche und die ertasteten Geheimnisse meiner Mutter zu einem Bild, das Matisse sein Leben lang als Ur-Bild vorgeschwebt war, das er aber nie wiederzugeben vermochte: Wie eine Vision erschien dieses Bild vor ihm. Matisse traten die Tränen in die Augen. Er schaute meine Mutter an, die nackt vor ihm stand. Ihr Kleid, das zu ihren Füßen lag, war eine Haut, aus der sie sich geschält hatte. Sie war über und über mit Farben bemalt, die Matisse mit Pinsel und Händen, mit geschlossenen Augen über sie gestreift hatte, die er in sie hineingeformt hatte. Für einen kurzen Moment hatten diese zwei Menschen eine Ahnung von dem, was kein Mensch benennen kann; für einen kurzen Moment empfanden meine Mutter und Henri Matisse, daß sie teilhatten am großen Geheimnis, nach dem wir streben. Und für diesen kurzen Moment war jede Sehnsucht, war jede Angst getilgt, es gab nur den Leib, die Farben, das Licht.
In einem Knäuel aus Walfischfarben und Ockergesängen tauchten meine Mutter und Matisse in einen lichtüberfluteten Ozean –«
Lara hielt inne, und ich schmeckte ihre Lippen auf meinen. Als ich die Augen öffnete, blendete mich der im Wasser reflektierte Himmel. Lara hatte ihr blaues Kleid wieder angezogen und führte mich an der Hand aus dem Brunnen. Mit einem leisen Lächeln verabschiedete sie sich.
Ich stand benommen da.
»Jonathan!«
Mein Vater trat mit Hanna aus dem Säulengang. Beide betrachteten mich versonnen, ich schlug die Augen nieder.
»Mach den Stall zu, Junge!« sagte Hanna, und in ihrer kehligen Stimme klangen Güte und ein Lächeln mit. Verdutzt schaute ich an mir herunter und machte die Hose zu.

Später, als ich mit meinem Vater im Auto saß und wir nach Hause fuhren, merkte ich, daß meine Unterhose unangenehm klebte und an den Härchen zupfte. Ich schlug die Beine übereinander. Mein Vater betrachtete mich von der Seite und grinste. Ich schwieg.
»Die Muslime«, setzte mein Vater plötzlich an, als halte er einen Vortrag, »haben eine eigenartige Vorstellung vom Paradies: Wenn ein anständiger Mann stirbt, kommt er in den Himmel. Dort wird er von den schönsten Jungfrauen verwöhnt – Tag und Nacht! Diese Jungfrauen heißen auf Arabisch *huris*. Huris sind göttliche Geschöpfe. An ihnen ist nichts Verwerfliches.«
»Und was erwartet eine anständige Muslim-Frau, wenn sie stirbt?« fragte ich, um keine peinliche Stille aufkommen zu lassen.
»Ich weiß es nicht«, sagte mein Vater, »ich weiß es nicht.«

(1998)

Henri Matisse: Der Maler und sein Modell im Spiegelbild (1937)

Gurke des Tages

Weil der Vater eines 13jährigen Jungen in Milwaukee/USA seinem Sohn eine Prostituierte bestellt haben soll, droht dem Mann nun eine zehnjährige Gefängnisstrafe. Der Junge sagte vor Gericht, sein Vater habe ihm erklärt, es sei nun an der Zeit, daß er seine Unschuld verliere. Als die bestellte Prostituierte eintraf, habe ihm sein Vater *ein Kondom* überreicht und gezeigt, wie man es benutzt. Sein erster Geschlechtsverkehr sei allerdings keine schöne Erfahrung gewesen, meinte der Junge: »Ich war müde. Ich sagte: Laß es uns vergessen.« Der 48 Jahre alte Vater wies die Anschuldigungen indes zurück und erklärte, sein Sohn habe gelogen. Er habe sich dafür rächen wollen, daß er ihm nicht *ein Paar teure Sportschuhe* gekauft habe. Über das Strafmaß wurde noch nicht entschieden.

(taz, 16. November 1998)

Thomas Brussig: Happiness is a warm gun

Als das Schiff angelegt hatte, nahmen wir ein Taxi und fuhren zu ihr. Sie legte ihren Kopf an meine Schulter und tastete nach meiner Nudel. Ohne mich um Erlaubnis zu fragen! Unglaublich! Nicht mal ich darf meine Nudel ohne triftigen Grund berühren!
In ihrer Wohnung packte sie mich am Hosenbund, sah mir tief in die Augen und zog mich in die Küche. Sie setzte sich auf den Küchentisch, strich mir mit spitzen Fingern über die Brust und knöpfte mir das Hemd auf. Um nicht untätig herumzustehen, machte ich mich an ihrem Kleid zu schaffen. Da allerdings machten sich Wissenslücken bemerkbar: Wie ziehe ich ein Kleid aus? Über den Kopf? Oder wird es heruntergezogen? Oder muß ich Marina auspacken wie ein Schokoladenosterhäschen? Ich habe doch nie für möglich gehalten, in Situationen wie diese zu geraten. – Hatte ich, Besitzer von vier verschiedenen Bi-

bliotheksausweisen, übers Kleiderausziehen zumindest mal etwas gelesen? Und wenn ja, was? Daß da immer ein Reißverschluß ist, der klemmt. Und daß man in einem solchen Fall, von Gebierde, äh, von Begierde getrieben, das Kleid zerreißt. Ehe ich einen Reißverschluß gefunden hatte, der klemmen könnte, hatte sie ihn schon geöffnet, mit einem raschen Griff auf den Rücken. Ich zog ihr behutsam das Kleid über den Kopf – und tatsächlich: Es kamen zwei Titten zum Vorschein! Ich hatte es geahnt! Es ist also wahr: An ausgezogenen Frauen lassen sich echte Titten bewundern! Und als Marina ihre Frisur schüttelte, schwangen sie ebenfalls. Ich war überwältigt. Daß diese sagenumwobenen Glocken auf so profane Weise der Schwerkraft unterworfen waren! Wunderbar! – Wir zerrten ihr den Slip herunter, auf dem sie saß, und als ich in meinen Unterhosen mit den Rabenköpfen-Applikationen betört vor ihr stand, vollführte sie ein letztes unvergeßliches Kunststückchen: Sie zog die Beine an und fuhr mit ihren großen Zehen zielsicher in den Gummi meiner Unterhose und zog sie herunter, indem sie in sanften Hin- und Herbewegungen den Spann ihrer süßen Füßchen eng an meinen Lenden herunterschob. Synchron dazu fädelte sie sich meinen Schwanz ein. Wo hatte sie das gelernt? Können das alle Frauen? Ich war so fasziniert – *fassiniert* –, daß ich mein Vorhaben vergaß, nach einem etwaigen G-Punkt zu suchen; wie oft hatte ich in Gedanken und unter Hinzuziehung anatomischer Skizzen aus dem Biologiebuch (8. Klasse) Stellungen projektiert, die meinem Dildo die nötige Bewegungsfreiheit – Stoßtiefe und Rührwinkel – bei der systematischen Suche nach einem G-Punkt gewährleistet hätten. Was hatte ich mir unter einem *Geschlechtsverkehr* vorgestellt? Etwas, bei dem man sehr vorsichtig sein muß, ungefähr so, als ob man jemandem einen Fremdkörper aus dem Auge entfernt, oder *Tanzschule*, hölzernes Aneinanderklammern ... Aber nicht, daß ich *Sektkorken*-Gefühle erlebe! Daß man die Dinge getrost sich selbst überlassen kann! Und tatsächlich: Nach einer Weile kam vorne auch was heraus! Sogar

bei mir! So war das also gemeint, das *Happiness Is A Warm Gun*.
Marina stand auf, zog sich ein Hemd über und steckte sich eine Zigarette an. Dann stellte sie den Recorder an. Sie setzte sich auf einen Küchenstuhl und hielt mir die Zigarette hin. Ich nahm einen Zug. Wow! Wir hatten gevögelt, wir teilten uns *die Zigarette danach* und dazu lief Musik. Wie abenteuerlich! Sex and Drugs and Rock 'n' Roll! Meine Biographen werden eine Zäsur machen müssen: Klaus das Titelbild tritt ins Hippieleben. Ich werde die Zigarettenkippe aufbewahren, damit das *Klaus-Uhltzscht-Museum* nach meinem Tode meine erste *Zigarette danach* dokumentieren kann.
Ich lebte immer im Glauben, daß man vor, während und nach dem Vögeln *Ich liebe dich* sagen muß. *Vor* und *während* war vorbei. Was tun?
»Ich liebe dich«, sagte ich probeweise.
»Nun beruhige dich mal wieder«, sagte sie.
Was? Keine Liebe? War es der pure 6?

»War doch sonst nix da«, sagte sie und blies den Rauch aus. Da saß sie auf ihrem Klapp-Küchenstuhl, in einem langen Hemd, das nur mit den unteren drei, vier Knöpfen geschlossen war, die Beine lässig ausgestreckt, und degradierte mich zur 6maschine. [...]

Wenige Tage später hatte ich keine Freude an meinem neuen Lieblingsorgan, besonders auf der Toilette. Wer wie ich immer vor 6 gewarnt wurde, weiß, was *Brennen beim Wasserlassen* bedeutet. Ich war fast erleichtert: Es gibt noch eine Gerechtigkeit! Ich suchte den Stabsarzt auf, ein Allgemeinmediziner mit dem schauderhaften Namen *Riechfinger* – die passende Einstimmung in das Vokabular, das mich die folgenden Wochen umschwirrte: *Abstrich ... Gonokokken ... Gonorrhöe ... Penicillin ... Schleimhaut ...*
Gonorrhöe fiel nicht in die Zuständigkeit eines Allgemeinmediziners; Dr. Riechfinger schrieb eine Überweisung und schickte mich mit dem Hinweis nach Hause, daß im Ministerium eine Poliklinik sei, in der auch ein

Facharzt für Haut- und Geschlechtskrankheiten praktiziere. Der Abschied im Ausbildungslager war ergreifend; der erste Tripperinfizierte von sechshundert Rekruten steht immer im Ruf, ein toller Hirsch zu sein. Von allen Seiten erntete ich Anerkennung, wildfremde Männer in Kampfanzügen klopften mir auf die Schulter und feierten mich als einen der Ihren.

(1995)

Peter Maffay: Und es war Sommer

Es war ein schöner Tag, der letzte im August.
Die Sonne brannte so, als hätte sie's gewußt.

Die Luft war flirrend heiß, und um allein zu sein,
sagte ich den andern: »Ich habe heut' keine Zeit.«

Da traf ich sie und sah in ihre Augen,
und irgendwie hatt' ich das Gefühl,
als winkte sie mir zu und schien zu sagen
»Komm setz' dich zu mir.«

Ich war sechzehn und sie einunddreißig,
und über Liebe wußte ich nicht viel.
Sie wußte alles, und sie ließ mich spüren:
ich war kein Kind mehr, – und es war Sommer.

Sie gab sich so, als sei ich überhaupt nicht da,
und um die Schultern trug sie nur ihr langes Haar.
Ich war verlegen, und ich wußte nicht, wohin
mit meinem Blick, der wie gefesselt an ihr hing.

»Ich kann verstehen«, hörte ich sie sagen,
»nur weil du jung bist, tust du nicht, was du fühlst.
Doch bleib' bei mir, bis die Sonne rot wird,
dann wirst du sehen ...«

Wir gingen beide hinunter an den Strand,
und der Junge nahm schüchtern ihre Hand.
Doch als ein Mann sah ich die Sonne aufgehn,
Und es war Sommer –

Es war Sommer, es war Sommer, das erste Mal im Leben.
Es war Sommer, das allererste Mal.

(1976)

Aus der Traum!

Harold Brodkey: Lauter Schlappschwänze

Ungefähr bei der halben Umdrehung der Bahn langte Joel bei mir an, verlangsamte dann sein Tempo und lief neben mir her. »Mackyz schaut nicht her«, sagte er, »komm, wir verschwinden den Hügel hinauf.« Ich blickte zurück und sah, wie Mackyz gerade das Team für das Hochsprungtraining zusammenstellte. Joel sauste über den Kamm des Hügels hinweg, und ich folgte ihm.

»Der wird auch schon langsam senil«, bemerkte Joel und ließ sich in Sitzstellung nieder, wobei er über die Hügelspitze hinweg auf Mackyz hinuntersah. »Na, mach schon, du Trottel! Leg dich endlich hin. Willst du vielleicht, daß Mackyz uns sieht?«

Mir war nicht ganz wohl. Diese Art von Blödsinn mochte für Joel angehen, weil er ›sich Mühe gab‹. Aber wenn Mackyz *mich* erwischte, schmiß er mich bestimmt aus dem Team hinaus. Das teilte ich Joel mit.

»Ach, Quatsch«, entgegnete Joel, »Mackyz nimmt nur alles viel zu ernst. Das ist sein ganzes Problem. Über irgend etwas regt der sich immer auf. Ich verstehe gar nicht, warum er immer so ein Gesums macht. Ist dir schon aufgefallen, daß alte Männer immer so ein großes Trara um alles machen?«

»Mackyz ist doch noch gar nicht so alt.«

»Also schön. Aber hast du schon bemerkt, was für ein großes Trara Männer *mittleren* Alters über alles machen?«

Wenige Sekunden später bemerkte er ganz beiläufig, während sein Blick auf der Unterseite der Eichenblätter haftete: »Du, gestern abend bin ich verführt worden.«

»Mach keine Witze!« sagte ich.

Er breitete die Finger über sein Gesicht; bestimmt nur, um zu sehen, wie sie sich durch das Sonnenlicht orange färbten, genau wie's die Kinder tun. »Tatsächlich«, bestätigte er. [...]

»Ich war enttäuscht«, sagte Joel.

»Wieso?« fragte ich.

»Weil es gar nicht so was Besonderes ist.«

Diese Bemerkung regte mich auf. »Du meinst, die Bücher – – –«
»So ist es eben gar nicht.« Er drehte sich beleidigt auf die Seite und scharrte mit den Fingern im Sand. »Es ist so ähnlich wie Onanieren, nur ein bißchen aufregender.«
»Vielleicht hat das Mädchen nur nicht gewußt, wie man's macht.«
»Es war eine Frau!«
»Na ja, aber – – –«
»Es war eine ausgewachsene *Frau*. Die hat genau gewußt, was sie machen muß!«
»Ach so«, erwiderte ich und fuhr dann nach einer Minute fort: »Du, hör mal, könntest du mir nicht erzählen, was du zu ihr gesagt hast? Wenn ich nämlich mal so eine Chance hätte, wüßte ich überhaupt nicht, was ich sagen sollte. Ich ...«
»Das weiß ich nicht mehr«, antwortete Joel. »Wir sahen uns nur an, und da wurde sie ganz gerührt und sagte zu mir: ›Zieh dich aus.‹«

Wir blieben noch eine Weile im Nachmittagssonnenschein liegen, und dann meinte ich, es wäre besser, zurückzugehen. Wir gingen hinter dem Hügel herum und warteten, bis Mackyz nicht schaute. Dann sprinteten wir wieder auf die Bahn zurück.
Das Springen dauerte noch fünfzehn bis zwanzig Minuten. Dann hob Mackyz wie in segnender Gebärde beide Arme. »Schluß, ihr Banditen – alles raus auf die Bahn für einen schnellen Rundlauf. Dasselbe gilt auch für dich, du Drückeberger«, rief er mir zu und drohte mit dem Finger. Alle Jungens richteten sich auf und liefen auf die Bahn zu. Der Sonnenschein ergoß sich in langen, tiefen Strahlen über das Dach der Schule. Drängend und witzelnd begannen wir zu laufen.
»Schneller!« brüllte Mackyz. »Schneller! Was ist denn los mit euch – ihr seid ja lauter Schlappschwänze! Schneller! Zum Donnerwetter – schneller!«

(1954)

Sylvia Plath: Der Keuschheit eine Lanze

Als wir in Buddys Zimmer waren, das mich mit seinen kahlen Wänden, dem kahlen Bett, dem kahlen Fußboden und dem mit Grays *Anatomy* und anderen schauerlichen Wälzern beladenen Schreibtisch an eine Mönchszelle erinnerte, zündete Buddy eine Kerze an und öffnete eine Flasche Dubonnet. Dann legten wir uns nebeneinander auf das Bett, und Buddy nippte an seinem Glas, während ich ihm »Somewhere I have never travelled« und andere Gedichte aus einem Buch, das ich mitgebracht hatte, vorlas.

Buddy meinte, irgendwas müßte an der Lyrik ja dran sein, wenn ein Mädchen wie ich den ganzen Tag damit verbrachte, deshalb las ich ihm jedesmal, wenn wir uns trafen, ein paar Gedichte vor und erklärte ihm, was ich an ihnen fand. Es war Buddys Idee gewesen. Er arrangierte unsere Wochenenden immer so, daß wir keine Zeit vergeudeten. Buddys Vater war Lehrer, und ich glaube, Buddy hätte auch das Zeug zum Lehrer gehabt, immer versuchte er mir alles mögliche zu erklären und mir neues Wissen zu vermitteln.

Als ich mit einem Gedicht zu Ende war, sagte er plötzlich: »Esther, hast du schon mal einen Mann gesehen.«

Daran, wie er es sagte, erkannte ich, daß er nicht einen gewöhnlichen Mann oder einen Mann im allgemeinen meinte, ich wußte, er meinte einen nackten Mann.

»Nein«, sagte ich. »Nur Statuen.«

»Würdest du mich vielleicht gern mal sehen?«

Ich wußte nicht, was ich sagen sollte. Meine Mutter und meine Großmutter hatten in letzter Zeit angefangen, allerlei Andeutungen zu machen, was für ein netter, ordentlicher Junge Buddy Willard doch sei, aus was für einer netten, ordentlichen Familie er komme, und wie alle in der Kirche ihn für einen vorbildlichen jungen Mann hielten, so freundlich zu seinen Eltern und zu älteren Menschen, und auch so sportlich, so ansehnlich, so intelligent.

Ich hatte immer wieder gehört, wie nett und ordentlich Buddy sei, jemand, für den ein nettes, ordentliches junges Mädchen bleiben sollte, wie es war. Deshalb konnte ich an irgend etwas, das Buddy sich einfallen ließ, nichts Böses finden.

»Also gut, warum nicht?« sagte ich.

Ich sah zu, wie Buddy den Reißverschluß seiner Hose öffnete, wie er sie abstreifte und auf einen Stuhl legte und wie er seine Unterhose auszog, die aus einer Art Nylon-Fischnetz gemacht war.

»Sie ist kühl«, erklärte er, »und meine Mutter sagt, sie läßt sich leicht waschen.«

Dann stand er vor mir, und ich starrte ihn an. Mir fiel nichts anderes ein als Truthahnhals und Truthahnmagen, und ich war sehr niedergeschlagen.

Buddy schien gekränkt, weil ich nichts sagte. »Ich glaube, du solltest dich auch *so* an mich gewöhnen«, sagte er. »Und nun laß mich dich ansehen.«

Aber mich vor Buddy auszuziehen reizte mich plötzlich ungefähr so wie das Ausziehen für die Aufnahme im College, bei der man sich nackt vor eine Kamera stellen muß und die ganze Zeit über weiß, daß ein Foto, auf dem man splitternackt dasteht, frontal und von der Seite, in die Akten der Sportabteilung des College kommt und dort mit einem A, B, C oder D versehen wird, je nach Körperbau.

»Lieber ein anderes Mal«, sagte ich.

»Na schön.« Buddy zog sich wieder an.

Dann küßten wir uns und schmusten eine Weile, und ich fühlte mich etwas besser. Ich trank den Rest Dubonnet, setzte mich im Schneidersitz an das Ende von Buddys Bett und bat um einen Kamm. Ich fing an, mir das Haar nach vorn zu kämmen, so daß Buddy mein Gesicht nicht sehen konnte. Plötzlich fragte ich: »Hast du schon mal ein Verhältnis gehabt, Buddy?«

Ich weiß nicht, wie ich darauf kam, die Wörter plumpsten mir einfach aus dem Mund. Nicht im Traum dachte ich daran, daß Buddy Willard ein Verhältnis haben könnte. Ich erwartete, daß er sagte: »Nein, ich habe mich immer

aufbewahrt für die Zeit, wenn ich ein unberührtes Mädchen, eine Jungfrau wie dich heiraten werde.«
Aber Buddy sagte nichts, er wurde nur rot.
»Na, hast du?«
»Was verstehst du unter einem Verhältnis?« fragte Buddy mit tonloser Stimme.
»Du weißt schon, bist du mit jemandem ins Bett gegangen?«
Immer noch kämmte ich mein Haar rhythmisch über die Seite meines Gesichts, die ich Buddy zuwendete, ich spürte, wie die kleinen elektrischen Fäden an meiner Wange klebten, und ich wollte schreien: »Hör auf, hör auf – halt den Mund, sag nichts.« Aber ich schrie nicht, ich blieb einfach still.
»Ja, schon«, sagte Buddy schließlich.
Ich wäre fast umgekippt. Seit dem ersten Abend, an dem Buddy Willard mich geküßt und zu mir gesagt hatte, ich würde bestimmt mit vielen Jungen ausgehen, hatte er mir immer das Gefühl vermittelt, ich wüßte viel mehr von Sex und sei erfahrener als er, und alles, was er getan hatte, Schmusen, Küssen, Streicheln, sei ihm nur meinetwegen wie von selbst eingefallen, ohne daß er etwas dagegen tun konnte und ohne daß er wußte, woher es kam.
Jetzt begriff ich, daß er den Ahnungslosen die ganze Zeit über nur gespielt hatte.
»Erzähl!« Langsam kämmte ich mein Haar, wieder und wieder, und spürte, wie sich mir bei jedem Strich die Zinken des Kammes in die Wangen gruben. »Wer war es?«
Buddy schien erleichtert, daß ich nicht wütend war. Er schien sogar erleichtert, daß er endlich jemandem erzählen konnte, wie er verführt worden war.
Natürlich, jemand hatte Buddy verführt, nicht Buddy hatte damit angefangen, es war eigentlich nicht seine Schuld. Es war diese Kellnerin in dem Hotel am Cape Cod gewesen, in dem er letzten Sommer als Aushilfe gearbeitet hatte. Buddy war aufgefallen, daß sie ihm sonderbare Blicke zuwarf und ihn im Gedränge der Küche mit ihren Brüsten streifte, deshalb fragte er sie eines Tages, was

denn los sei, und sie sah ihm direkt in die Augen und sagte: »Ich will dich.«
»Und dazu ein bißchen Petersilie?« hatte Buddy unschuldig gelacht.
»Nein, ein bißchen Nacht«, hatte sie gesagt.
So hatte Buddy seine Reinheit und seine Unschuld verloren.
Zuerst glaubte ich, er habe mit der Kellnerin nur dieses eine Mal geschlafen, aber als ich ihn fragte, wie oft, bloß um sicher zu gehen, da sagte er, er wisse es nicht mehr genau, ein paarmal in der Woche während des restlichen Sommers. Ich multiplizierte drei mit zehn und kam auf dreißig, was mir völlig unbegreiflich erschien. [...]

Seit mir Buddy Willard von seiner Kellnerin erzählt hatte, war mir immer wieder durch den Kopf gegangen, daß ich vielleicht selbst mit jemandem schlafen sollte. Mit Buddy schlafen zählte allerdings nicht, es mußte jemand anderes sein, sonst wäre er mir noch immer eine Person voraus gewesen.

Der einzige Junge, mit dem ich jemals direkt über das Zusammenschlafen gesprochen hatte, war ein verbitterter Südstaatler aus Yale mit einer Adlernase, der eines Samstags im College aufkreuzte und feststellen mußte, daß das Mädchen, mit dem er sich verabredet hatte, tags zuvor mit einem Taxifahrer davongelaufen war. Da das Mädchen in meinem Haus gewohnt hatte, fiel mir die Aufgabe zu, ihn aufzumuntern.
Im Café des Ortes, in einer der von hohen hölzernen Rückenlehnen abgeschirmten Sitznischen mit Hunderten von eingeritzten Namen, tranken wir eine Tasse schwarzen Kaffee nach der anderen und unterhielten uns ganz offen über Sex.
Dieser Junge – er hieß Eric – sagte, er finde es abstoßend, wie ungeniert alle Mädchen an meinem College vor der Sperrstunde um eins unter den Lampen auf den Veranden oder zwischen den Büschen herumstanden und wie verrückt knutschten, so daß jeder, der vorüberkam, es se-

hen konnte. Eine Million Jahre Evolution, sagte Eric erbittert, und was sind wir? Tiere.

Dann erzählte er mir, wie er zum erstenmal mit einer Frau geschlafen hatte.

Er hatte im Süden einen Kurs zur Vorbereitung aufs College besucht, der darauf spezialisiert war, aus den Teilnehmern komplette Gentlemen zu machen, und es gab ein ungeschriebenes Gesetz, daß man vor dem Abschluß eine Frau erkannt haben mußte. Erkannt im biblischen Sinne, sagte Eric.

Also waren Eric und ein paar Klassenkameraden eines Samstags mit dem Bus in die nächste größere Stadt gefahren und hatten ein bekanntes Bordell besucht. Erics Hure hatte sich nicht mal ausgezogen, eine dicke Frau im mittleren Alter mit rotgefärbtem Haar, verdächtig dicken Lippen und rattengrauer Haut. Sie hatte das Licht nicht ausgeschaltet, also hatte er es unter einer mit Fliegendreck bekleckerten Fünfundzwanzigwattbirne mit ihr getrieben, und mit dem, wovon alle immer schwärmten, hatte es nichts zu tun gehabt. Es sei so langweilig gewesen, wie wenn man aufs Klo geht.

Ich wandte ein, wenn man eine Frau liebte, käme es einem vielleicht weniger langweilig vor, aber Eric sagte, die Vorstellung, daß diese Frau auch bloß ein Tier sei, wie die anderen, würde alles verderben, und wenn er eine Frau wirklich lieben würde, ginge er niemals mit ihr ins Bett. Er würde zu einer Hure gehen, wenn er nicht anders konnte, aber die Frau, die er liebte, würde er mit all dem Schmutz verschonen.

Ich hatte mir schon überlegt, daß Eric vielleicht der Richtige war, daß ich vielleicht mit ihm ins Bett gehen könnte, er hatte es schon mal gemacht, und wenn er darüber sprach, wirkte es nicht albern oder schweinisch, wie bei den meisten anderen Jungen. Aber dann schrieb mir Eric einen Brief, er glaube, er könnte mich vielleicht wirklich lieben, ich sei so intelligent und ironisch und hätte doch so ein nettes Gesicht und sähe seiner älteren Schwester erstaunlich ähnlich. Da wußte ich, daß es keinen Zweck hatte, daß ich genau der Typ war, mit dem er nie ins Bett gehen würde, und ich schrieb ihm, ich würde demnächst einen guten Freund aus alten Kindertagen heiraten.

Je mehr ich darüber nachdachte, desto besser gefiel mir die Idee, mich in New York von einem Simultandolmetscher verführen zu lassen. Constantin schien in jeder Hinsicht erwachsen und besonnen. Es gab keine gemeinsamen Bekannten, vor denen er hätte prahlen können, wie die Collegestudenten vor ihren Zimmergenossen oder vor ihren Freunden in der Basketballmannschaft prahlten, sie hätten auf einem Autorücksitz mit einem Mädchen geschlafen. [...]

Als Constantin fragte, ob ich noch mit zu ihm kommen und ein paar Platten mit Balalaikamusik hören wollte, lächelte ich vor mich hin. Meine Mutter hatte mir eingeschärft, wenn ich mit einem Mann abends ausgewesen wäre, sollte ich niemals, unter gar keinen Umständen mit in seine Wohnung gehen, es könnte nur eines bedeuten.

»Ich liebe Balalaikamusik«, sagte ich.
Constantins Zimmer hatte einen Balkon mit Aussicht auf den Fluß, und wir konnten das Tuten der Schlepper unten in der Dunkelheit hören. Ich fühlte mich ergriffen und beschwingt und war mir meiner Sache ganz sicher.
Ich wußte, daß ich ein Baby bekommen konnte, aber dieser Gedanke lag weitab, in irgendeiner undeutlichen Ferne und störte mich überhaupt nicht. Es gab keine hundertprozentig sichere Methode, kein Kind zu bekommen, stand in einem Artikel, den meine Mutter mir aus dem *Reader's Digest* ausgeschnitten und ins College geschickt hatte. Der Artikel stammte von einer verheirateten Anwältin, die Kinder hatte, und trug den Titel »Der Keuschheit eine Lanze«.
Darin waren alle Gründe aufgeführt, warum ein Mädchen mit niemandem außer ihrem Mann schlafen sollte, und auch das erst, nachdem sie geheiratet hatten.

Die Hauptthese lautete, die Welt des Mannes unterscheide sich von der Welt der Frau, die Gefühle des Mannes unterschieden sich von den Gefühlen der Frau, und nur die Ehe könne diese beiden Welten und diese beiden unterschiedlichen Gefühlsebenen richtig verbinden. Meine Mutter sagte, Mädchen würden das erst begreifen, wenn es zu spät sei, deshalb müßten sie den Rat von Leuten annehmen, die etwas davon verstünden, wie zum Beispiel den Rat dieser verheirateten Frau.

Die Anwältin schrieb, die besten Männer würden sich für ihre Frauen rein erhalten wollen, aber auch wenn sie nicht rein blieben, wollten sie doch diejenigen sein, die ihre Frauen in die Sexualität einführten. Natürlich würden sie versuchen, ein Mädchen zum Sex zu überreden, und ihm versprechen, sie würden es später heiraten, aber sobald das Mädchen ihrem Drängen nachgäbe, würden sie alle Achtung vor ihm verlieren und sagen, wenn es das mit ihnen täte, würde es das auch mit anderen Männern tun, und zuletzt würden sie dem Mädchen nur das Leben verpfuschen.

Am Schluß ihres Artikels schrieb die Frau, Vorsicht sei besser als Nachsicht, und außerdem gebe es keine sichere Methode, daß man am Ende nicht mit einem Baby dastände, und dann säße man wirklich in der Patsche.

Was nun dieser Artikel überhaupt nicht in Erwägung zu ziehen schien, waren die Gefühle eines Mädchens.

Es mochte ja gut und schön sein, sich rein zu erhalten und dann einen reinen Mann zu heiraten – aber was war, wenn er nach der Hochzeit plötzlich gestand, er sei gar nicht rein, wie es Buddy Willard getan hatte? Mir war der Gedanke unerträglich, daß die Frau ein einziges, reines Leben führen sollte, während der Mann ein Doppelleben führen durfte, ein reines und ein anderes.

Zuletzt sagte ich mir, wenn es so schwierig ist, einen vor Leben sprühenden, intelligenten Mann zu finden, der mit einundzwanzig noch rein ist, kann ich mir die Reinheit auch aus dem Kopf schlagen und statt dessen jemanden heiraten, der ebenfalls nicht rein ist. Und wenn er dann

anfängt, mich unglücklich zu machen, kann ich ihn ebenfalls unglücklich machen.
Reinheit war das große Problem, als ich neunzehn war.
Für mich teilte sich die Welt nicht in Katholiken und Protestanten oder Republikaner und Demokraten oder Weiße und Schwarze, auch nicht in Männer und Frauen, ich sah die Welt gespalten in Leute, die mit jemandem geschlafen hatten, und Leute, die es nicht getan hatten, darin schien mir der einzige bedeutsame Unterschied zwischen den Menschen zu bestehen.
Ich glaubte, an dem Tag, an dem ich die Grenze überschritte, würde eine spektakuläre Veränderung über mich kommen.
Ich stellte es mir so vor, wie wenn ich einmal nach Europa käme. Es würde wie eine Heimkehr sein, und wenn ich genau in den Spiegel sah, würde ich ganz hinten in meinem Auge einen kleinen weißen Alpenberg erkennen. Und nun stellte ich mir vor, wenn ich morgen früh in den Spiegel sähe, würde ich einen puppenkleinen Constantin sehen, der in meinem Auge saß und hinauslächelte.

Ungefähr eine Stunde lang rekelten wir uns auf Constantins Balkon in zwei separaten, wippenden Sesseln, der Plattenspieler spielte, und zwischen uns stapelten sich die Balalaika-Platten. Ein schwaches, milchiges Licht ging von den Straßenlampen oder dem Halbmond oder den Autos oder den Sternen aus, ich konnte nicht erkennen, woher es kam, aber abgesehen davon, daß er meine Hand hielt, zeigte Constantin keinerlei Verlangen, mich zu verführen.
Ich fragte ihn, ob er verlobt sei oder eine feste Freundin habe, weil ich dachte, darin bestehe vielleicht das Problem, aber er sagte, nein, er gehe prinzipiell keine festen Bindungen ein.
Schließlich spürte ich, wie mir nach all dem Pinienrindenwein eine starke Schläfrigkeit durch die Adern kroch.
»Ich glaube, ich gehe rein und lege mich hin«, sagte ich.
Ich schlenderte ins Schlafzimmer und bückte mich, um die Schuhe abzustreifen. Das frisch bezogene Bett tanzte

vor mir wie ein sicheres Boot. Ich streckte mich aus und schloß die Augen. Dann hörte ich, wie Constantin seufzte und vom Balkon hereinkam. Einer nach dem anderen polterten seine Schuhe zu Boden, dann legte er sich neben mich.

Ich beobachtete ihn verstohlen aus dem Schutz einer herabhängenden Haarsträhne.

Er lag auf dem Rücken, die Hände hinter dem Kopf, und starrte zur Decke. Die gestärkten, bis zu den Ellbogen hochgekrempelten weißen Hemdsärmel schimmerten geisterhaft im Halbdunkel, und seine gebräunte Haut wirkte fast schwarz. Es kam mir vor, als sei er der schönste Mann, den ich je gesehen hatte.

Ich dachte, wenn ich ein markantes, schön geschnittenes Gesicht besäße oder kluge Gespräche über Politik führen könnte oder eine berühmte Schriftstellerin wäre, dann fände mich Constantin so interessant, daß er mit mir schlafen wollte.

Und dann fragte ich mich, ob er, sobald er Gefallen an mir gefunden hätte, in die Gewöhnlichkeit zurückfallen würde und ob ich, sobald er sich in mich verliebt hatte, einen Fehler nach dem anderen an ihm entdecken würde, so wie an Buddy Willard und dem Jungen vor ihm.

Immer wieder geschah das gleiche:

Ich erblickte in der Ferne irgendeinen Mann ohne Fehl und Tadel, aber sobald er sich näherte, sah ich, daß er nicht in Frage kam.

Auch aus diesem Grund wollte ich nicht heiraten. Uneingeschränkte Sicherheit war das letzte, was ich wollte, und ich wollte auch nicht die Stelle sein, von der ein Pfeil abfliegt. Ich wollte Abwechslung und Aufregung und wollte selbst in alle möglichen Richtungen fliegen, wie die farbigen Pfeile bei einer Feuerwerksrakete am Vierten Juli.

Ich erwachte vom Geräusch des Regens.

Es war stockdunkel. Nach einiger Zeit erkannte ich die schwachen Umrisse eines ungewohnten Fensters. In re-

gelmäßigen Abständen tauchte von irgendwo ein Lichtstrahl auf, wanderte wie ein geisterhafter, suchender Finger an der Wand entlang und glitt wieder ins Nirgendwo. Dann hörte ich jemanden atmen.
Zuerst glaubte ich, das sei ich selbst, ich läge, nachdem ich mich vergiftet hatte, in meinem dunklen Hotelzimmer. Ich hielt den Atem an, doch das Atmen hörte nicht auf.
Neben mir auf dem Bett glimmte ein grünes Auge. Es war in Viertel geteilt wie ein Kompaß. Langsam griff ich nach ihm und umschloß es mit der Hand. Ich hob es hoch. Mit ihm kam ein Arm auf mich zu, schwer wie der Arm eines Toten, aber warm vom Schlaf.
Auf Constantins Uhr war es drei.
Er lag da in Hemd und Hose, mit Socken an den Füßen, wie ich ihn zurückgelassen hatte, als ich eingeschlafen war, und als sich meine Augen an die Dunkelheit gewöhnt hatten, erkannte ich die bleichen Augenlieder und die gerade Nase und den geduldigen, wohlgeformten Mund, aber sie wirkten körperlos, wie auf Nebel gezeichnet. Ein paar Minuten lang beugte ich mich hinüber und betrachtete ihn. Ich war noch nie neben einem Mann eingeschlafen. […]

Während ich Constantin betrachtete, wie man einen schimmernden, unerreichbaren Kiesel am Grund eines tiefen Brunnens betrachtet, öffneten sich seine Augenlider, er sah durch mich hindurch, und seine Augen waren voller Zärtlichkeit. Stumm beobachtete ich, wie sich das Wiedererkennen über die verschwommene Zärtlichkeit schob und wie die weit geöffneten Pupillen blank und untief wurden wie Lackleder.
Constantin setzte sich auf und gähnte. »Wie spät ist es?«
»Drei«, sagte ich mit tonloser Stimme. »Ich gehe besser nach Hause. Ich muß morgen früh arbeiten.«
»Ich fahre dich.«
Als wir Rücken an Rücken jeder auf seiner Seite des Bettes saßen und in dem schrecklich wach machenden weißen Licht der Nachttischlampe mit unseren Schuhen

hantierten, spürte ich, wie Constantin sich umdrehte. »Ist dein Haar immer so?«

»Immer wie?«

Er antwortete nicht, sondern schob seine Hand tief in mein Haar und ließ sie mit gespreizten Fingern wie ein Kamm langsam bis zu den Spitzen hindurchgleiten. Ein leichter Stromschlag durchzuckte mich, und ich saß ganz still. Schon als kleines Kind hatte ich es gern gehabt, wenn mir jemand das Haar kämmte.

»Ach so, ich weiß«, sagte Constantin. »Du hast es dir gerade gewaschen.«

Und beugte sich vor, um seine Tennisschuhe zu binden.

Eine Stunde später lag ich in meinem Hotelbett und lauschte dem Regen. Er klang gar nicht wie Regen, er klang wie ein laufender Wasserhahn. Der Schmerz in meinem Schienbein wurde lebendig, und ich gab die Hoffnung auf, noch einmal einzuschlafen, ehe mich mein Radiowecker um sieben mit wackeren Sousa-Märschen aufscheuchen würde.

(1963)

Guy de Maupassant: Verheiratet!

Verheiratet! So war sie denn verheiratet. Wie sich die Dinge, Bewegungen, Ereignisse seit dem Morgengrauen vollendet hatten, das mutete traumhaft an. Es gibt ja Momente, wo alles um uns verändert wirkt, wo auch die Gebärden eine neue Bedeutung erlangen und sogar die Stunden aus der Reihenfolge geraten scheinen. Sie war benommen und vor allem erstaunt. Noch gestern war ihr Dasein wie sonst, nur daß die ständige Hoffnung ihres Lebens näher, ja zum Greifen nahe kam. Als Mädchen war sie eingeschlafen, und jetzt war sie Frau. Sie hatte also die Schranke durchschritten, welche die Zukunft mit ihren Freuden und dem erträumten Glück zu verbergen scheint. Ein Tor tat sich vor ihr auf, sie betrat das Reich der Erwartung.

Die Zeremonie schloß. Man ging in die fast leere Sakristei, denn man hatte niemand eingeladen, und dann verließ man sie. Als sie in der Kirchentüre erschienen, krachte es gewaltig, so daß die Vermählte zurückprallte und die Baronin einen lauten Schrei ausstieß. Die Bauern schossen eine Gewehrsalve, und bis Peuples hörten die Detonationen nicht mehr auf.

Für die Familie, den Pfarrer der Schloßherrschaft, den Geistlichen von Yport, den Maire und die Trauzeugen, Großbauern aus der Gegend, wurde ein Imbiß gereicht. Nachher spazierte man im Garten, um auf das Diner zu warten. Der Baron, die Baronin, Tante Lison, der Maire und Abbé Picot ergingen sich in Mütterchens Allee, während in der Allee gegenüber der andere Priester groß ausschreitend sein Brevier las. Von jenseits des Schlosses drang der frohe Lärm der Bauern herüber, die unter den Apfelbäumen Zider tranken. Das ganze Dorf im Sonntagsstaat füllte den Hof. Die Burschen und die Mädchen haschten einander.

Jeanne und Julien durchquerten das Lustwäldchen, erstiegen die Böschung und blickten stumm auf das Meer. Obwohl erst Mitte August, war es ein wenig kühl. Der Nordwind wehte, und die pralle Sonne leuchtete hart im wolkenlos blauen Himmel. Auf der Suche nach einer geschützten Stelle wandte sich das junge Paar nach rechts und wollte über die Heide das gewundene Waldtal gegen Yport gewinnen. Als sie das Buschholz erreichten, streifte sie kein Hauch mehr. Den Weg verlassend, nahmen sie einen schmalen Pfad, der im Laub versank. Sie hatten kaum Platz nebeneinander. Da spürte sie einen Arm, der sich langsam um ihre Taille legte. Sie sagte nichts, sie keuchte, ihr Herz schlug schneller, und ihr Atem stockte. Niedrige Zweige strichen über ihre Haare. Sie mußten sich oft bücken, um durchzukommen. Sie pflückte ein Blatt. Zwei Maikäfer klebten gleich roten Müschelchen an der unteren Seite.

Da sagte sie harmlos und etwas beruhigt: »Sieh da, ein Pärchen.«

Julien berührte mit den Lippen ihr Ohr: »Heute abend werden Sie meine Frau.«
Wenn sie auch auf dem Lande allerlei erfahren hatte, so dachte sie doch bloß an das Poetische der Liebe und war überrascht. Seine Frau? War sie es nicht schon?
Da bedeckte er ihre Schläfe und den kräuselnden Haaransatz am Halse mit schnellen Küßchen. Unter den ungewohnten Männerküssen bog sie den Kopf immer wieder auf die andere Seite, um der Liebkosung auszuweichen, die sie doch entzückte.
Auf einmal befanden sie sich am Waldrand. Sie stand still; es beunruhigte sie, daß sie so weit weg waren. Was würde man denken? »Kehren wir um«, sagte sie. Er nahm den Arm von ihrer Taille. Indem sie sich umdrehten, waren sie einander gegenüber, so nahe, daß sie ihren Atem auf den Gesichtern spürten, und sie schauten sich an, mit dem festen, scharf durchdringenden Blick, in dem zwei Seelen sich zu vereinigen glauben. Sie suchten einander in den Augen, suchten das Unerforschliche des Menschen. Sie prüften sich in stumm beharrlicher Frage. Was würden sie einander sein? Wie würde das Leben sein, das sie gemeinsam begannen? Was hielt das eine für das andere an Freuden bereit, an Glück oder Enttäuschungen in dem unlöslich langen Zwiegespräch der Ehe? Und ihnen schien, sie hätten sich noch nie gesehen.
Julien legte seiner Frau plötzlich beide Hände auf die Schultern und gab ihr einen tiefen Kuß, wie sie ihn noch nie empfangen. Dieser Kuß sank und drang ihr in Venen und Mark, und in geheimnisvoller Erschütterung stieß sie Julien mit den Armen wild zurück, wobei sie fast rücklings umgefallen wäre.
»Gehen wir, gehen wir«, stammelte sie.
Er antwortete nicht, aber er nahm ihre Hände und behielt sie in den seinen. Bis zum Hause sprachen sie kein Wort mehr. Der Rest des Nachmittags schien lang.
Bei anbrechender Nacht setzte man sich zu Tisch. Entgegen normannischem Brauch war das Diner einfach und ziemlich kurz. Eine gewisse Verlegenheit hemmte die Gä-

ste. Nur die beiden Priester, der Maire und die vier eingeladenen Bauern zeigten etwas von der derben Fröhlichkeit, die zu einem Hochzeitsmahl gehört. [...]

Der Baron und die Baronin schienen leise zu zanken. Kurzatmiger als je, verweigerte Madame Adelaide wohl etwas, das ihr Gatte verlangte. Schließlich sagte sie fast laut: »Nein, mein Freund, das kann ich nicht, ich wüßte nicht, wie ich mich dabei anstellen sollte.« Sich brüsk abwendend, kam Väterchen auf Jeanne zu: »Willst du ein bißchen mit mir spazieren, Mädelchen?« Sie antwortete gerührt: »Wie du willst, Papa.«
Als sie vor der Türe auf der Meerseite waren, wehte sie ein trockener Wind an, ein kalter Sommerwind, der schon nach Herbst roch. Über den Himmel jagende Wolken verdeckten und enthüllten die Sterne. Der Baron drückte den Arm der Tochter an sich und preßte zärtlich ihre Hand. Sie gingen ein paar Minuten. Er schien unentschlossen und verlegen. Endlich faßte er sich:

»Liebling, ich möchte eine schwierige Aufgabe erfüllen, die deiner Mutter zukäme. Da sie sich aber weigert, so muß wohl ich an ihre Stelle treten. Ich weiß nicht, ob du dich im Leben auskennst. Es gibt Geheimnisse, die man vor den Kindern sorgfältig verbirgt, besonders vor den Mädchen, die innerlich sauber bleiben müssen, untadelig rein bis zu der Stunde, da wir sie in die Arme des Mannes legen, der für ihr Glück zu sorgen hat. An ihm ist es, den Schleier vor dem süßen Geheimnis zu heben. Aber wenn sie noch so ahnungslos sind, so entsetzen sie sich oft vor der ein wenig brutalen Wirklichkeit hinter ihren Träumen. Seelisch, ja körperlich verletzt, versagen sie dem Gatten, was die Gesetze von Mensch und Natur ihm als absolutes Recht einräumen. Ich kann dir nicht mehr verraten, Liebe. Aber vergiß nicht, vergiß das eine nicht, daß du ganz und gar deinem Manne gehörst.«
Was wußte sie eigentlich? Was ahnte sie? Sie zitterte, schmerzlich überwältigt von einer Traurigkeit wie von einem Vorgefühl.

Sie kehrten um. In der Salontür blieben sie überrascht stehen. Madame Adelaide schluchzte an Juliens Brust. Ihr geräuschvolles, wie von einem Blasebalg angefachtes Weinen schien gleichzeitig aus Nase, Mund und Augen zu kommen, und der bestürzte junge Mann hielt die dicke Frau, die ihm ein teures, reizendes, geliebtes Töchterchen anempfahl, linkisch in den Armen. Der Baron rannte herzu: »Oh, keine Szene, keine Sentimentalitäten, ich bitte dich.« Er nahm seine Frau und setzte sie in einen Fauteuil, während sie ihr Gesicht trocknete. Dann wandte er sich an Jeanne: »Nun, Kleines, küß rasch deine Mutter und geh schlafen.«

Ebenfalls den Tränen nahe, küßte sie schnell die Eltern und lief hinaus. Tante Lison hatte sich bereits auf ihr Zimmer begeben. Der Baron und die Baronin blieben allein mit Julien. Alle drei waren so verlegen, daß sie kein Wort herausbrachten. Die beiden Herren standen im Abendanzug und starrten vor sich hin. Madame Adelaide auf ihrem Sessel hatte noch die letzten Schluchzer in der Kehle. Die peinliche Situation wurde unerträglich, und der Baron begann von der Reise zu reden, die das junge Paar in den nächsten Tagen antreten sollte.

Jeanne ließ sich in ihrem Zimmer von Rosalie entkleiden. Diese weinte wie eine Quelle. Mit den fahrigen Händen fand sie Litzen und Häkchen nicht mehr, und sie war bestimmt noch mehr erschüttert als ihre Herrin. Aber Jeanne kümmerte sich kaum um die Tränen der Bonne. Ihr war, sie sei in eine andere Welt, auf einen anderen Stern gelangt und von allem getrennt, was sie gekannt und geliebt hatte. In ihrem Leben und ihrem Sinn schien alles aus dem Gleise. Sie kam gar auf den seltsamen Gedanken, ob sie ihren Gatten liebe. Plötzlich erschien er ihr als ein Fremder, den sie kaum kannte. Vor drei Monaten wußte sie nichts von seiner Existenz, und jetzt war sie seine Frau. Warum das? Warum fiel sie unversehens in die Ehe wie in ein Loch, das sich unterwegs vor einem auftut?

Als sie im Nachtgewand war, glitt sie ins Bett, und wie sie

unter dem kühlen Laken erschauerte, empfand sie noch mehr die Kälte, die Einsamkeit, die Trauer, die seit zwei Stunden auf ihr lasteten.
Immer noch schluchzend, rannte Rosalie hinaus, und Jeanne wartete. Angstvoll, mit stockendem Herzen wartete sie auf jenes irgendwie Geahnte, vom Vater unklar Angedeutete, die mysteriöse Entschleierung des großen Geheimnisses der Liebe.
Sie hatte kein Treppensteigen gehört, als dreimal leicht an die Türe geklopft wurde. Sie zitterte entsetzlich und antwortete nicht. Es klopfte von neuem, und dann knarrte das Schloß. Sie barg den Kopf unter der Decke, als wäre ein Dieb bei ihr eingedrungen. Schuhe knirschten sanft auf dem Parkett, und plötzlich wurde das Bett berührt. Nervös zuckte sie zusammen und stieß einen leisen Schrei aus. Sie hob den Kopf und sah Julien vor sich stehen. Er schaute sie lächelnd an. »Oh, wie haben Sie mich erschreckt!« sagte sie.
»Sie haben mich also nicht erwartet?« erwiderte er. Sie antwortete nicht. Er war im Festanzug, ein schöner Mann mit ernstem Gesicht, und sie schämte sich furchtbar, daß sie vor diesem korrekten Herrn im Bett lag.

Sie fanden kein Wort, wußten nicht was tun und wagten nicht einmal sich anzusehen in dieser wichtigen, entscheidenden Stunde, von der das innere Glück eines ganzen Lebens abhängt. Er mochte unbestimmt empfinden, wie gefährlich dieser Kampf ist und wieviel unauffällige Selbstsicherheit, wieviel wissende Liebe es braucht, um die feine Schamhaftigkeit, das unendliche Zartgefühl eines jungfräulichen, in Träumen befangenen Wesens nicht zu verletzen.
Da ergriff er sorgsam ihre Hand, küßte sie, kniete an ihrem Bett wie vor einem Altar nieder und flüsterte mit kaum hörbarer Stimme: »Wollen Sie mich liebhaben?«
Plötzlich beunruhigt, hob sie ein wenig den Kopf aus den spitzenumwölkten Kissen und lächelte: »Ich liebe Sie bereits, mein Freund.«
Er nahm die zarten Finger seiner Frau in den Mund, was

seine Stimme veränderte, als er fragte: »Wollen Sie mir beweisen, daß Sie mich lieben?«
Aufs neue verwirrt und ohne recht zu verstehen, was er sagte, antwortete sie, sich der Worte des Vaters erinnernd: »Ich gehöre Ihnen, mein Freund.«
Er bedeckte ihr Handgelenk mit feuchten Küssen, erhob sich langsam und näherte sich ihrem Gesicht, das sie wieder verstecken wollte. Plötzlich streckte er einen Arm über das Bett, umschlang seine Frau in den Tüchern, hob es mit ihrem Kopf und fragte ganz leise: »Dann wollen Sie mir gewiß ein Plätzchen neben sich machen?«
Sie fürchtete sich instinktiv und stammelte: »Oh, noch nicht, ich bitte Sie.«
Er schien enttäuscht, ein wenig verletzt und erwiderte in immer noch bittendem Tone, doch ungestümer: »Warum später, wo es doch immer auf das hinauskommt?«
Sie nahm ihm dieses Wort übel, wiederholte aber fügsam und ergeben: »Ich gehöre Ihnen, mein Freund.«
Er verschwand ganz schnell im Toilettenzimmer, und sie hörte deutlich seine Bewegungen, das Rascheln ausgezogener Kleider, ein Geräusch von Münzen in der Tasche und das Fallen der Schuhe nacheinander. Plötzlich ging er in Unterhosen und Strümpfen eilig durchs Zimmer, um seine Uhr auf den Kamin zu legen. Dann kehrte er flugs ins Kämmerchen zurück, wo er sich noch eine Weile zu schaffen machte. Jeanne drehte sich hastig auf die andere Seite und schloß die Augen, als sie merkte, daß er wieder hereinkam.
Sie zuckte, als ihr Bein jäh von einem anderen kalten, behaarten gestreift wurde. Das Gesicht in den Händen, verzweifelt und vor Furcht und Verstörtheit dem Weinen nahe, drückte sie sich ganz auf die andere Bettseite. Er nahm sie in die Arme, obwohl sie ihm den Rücken zukehrte, und küßte sie gierig auf den Hals, die schwankenden Spitzen der Nachtfrisur und den bestickten Kragen ihres Hemdes. Sie rührte sich nicht und erstarrte in schrecklicher Angst, als sie eine feste Hand spürte, die ihre unter den Ellbogen verborgenen Brüste suchte. Entsetzt

keuchte sie unter dem brutalen Griff und hätte fliehen, durchs Haus laufen und irgendwo, weg von diesem Manne, sich einschließen mögen.
Er verhielt sich nun ruhig. Sie spürte seine Wärme in ihrem Rücken. Ihr Schrecken ließ nochmals nach, und sie dachte auf einmal, wenn sie sich umdrehte, so könnte sie ihn küssen.
Endlich schien er ungeduldig zu werden und sagte traurig: »Wollen Sie denn gar nicht mein Frauchen sein?« Sie murmelte durch die Finger: »Bin ich es nicht schon?« Er antwortete mit einem Anflug schlechter Laune: »Aber nein, meine Liebe, wirklich, machen Sie sich über mich nicht lustig.«
Vom unzufriedenen Ton seiner Stimme betroffen, wandte sie sich ihm plötzlich zu, um ihn um Verzeihung zu bitten. Wild, wie ausgehungert, packte er sie um den Leib, fuhr mit schnellen, beißenden, tollen Küssen über ihr Gesicht und den Brustansatz und betäubte sie mit Liebkosungen. Sie blieb mit offenen Händen reglos unter seinen Bemühungen, wußte nicht mehr, was sie tat, was er tat, und war so verwirrt, daß sie nichts verstand. Ein scharfer Schmerz zerriß sie plötzlich, und sie wimmerte in seinen pressenden Armen, während er sie ungestüm nahm.
Was geschah nachher? Sie erinnerte sich kaum, denn sie war ganz durcheinander. Es schien ihr, daß er ihre Lippen mit einem Hagel dankbarer Küßchen bedeckte. Dann mußte er gesprochen und sie geantwortet haben. Nachher machte er weitere Versuche, die sie erschreckt abwies, und als sie sich wehrte, geriet sie an seiner Brust an das dichte Haar, das sie schon an ihrem Bein gespürt hatte, und wich schaudernd zurück.
Der erfolglosen Werbung endlich müde, blieb er unbeweglich auf dem Rücken. Nun dachte sie nach, und in der Enttäuschung nach der erträumten, so anders gearteten Trunkenheit, nachdem eine holde Erwartung, eine Glückseligkeit zunichte geworden, sagte sie sich: »Das also heißt für ihn, seine Frau sein. Das ist es, das da!«
So blieb sie lange. Verzweifelt irrten ihre Augen über die

Wandteppiche, über die alte Liebeslegende, die ihr Zimmer umrahmte. Da aber Julien nicht mehr sprach und sich nicht regte, so wandte sie ihm langsam den Blick zu. Er schlief. Er schlief mit halboffenem Munde und ruhigem Gesicht. Er schlief! Sie konnte es nicht glauben. Durch seinen Schlaf empört, noch mehr geschändet als durch seine Brutalität, fühlte sie sich wie die Erstbeste behandelt. Konnte er in dieser Nacht schlafen? Was zwischen ihnen geschehen, war also für ihn nichts Besonderes? Oh, lieber wäre sie geschlagen, nochmals vergewaltigt und unter widerwärtigen Zärtlichkeiten bis zur Bewußtlosigkeit erpreßt worden. Auf einen Ellbogen gestützt, neigte sie sich über ihn und hörte ein leises Blasen zwischen seinen Lippen, das manchmal wie Schnarchen tönte.

(1883)

Pantelejmon Romanov: Ohne Blüten

Ein herrlicher Frühling – noch nie hat es einen solchen Frühling gegeben! Ich aber bin traurig, liebe Vera. Traurig und verletzt; es ist mir, als hätte ich unterlassen, das Entscheidende im Leben so zu tun, wie es sich gehört. Auf dem Fensterbrett im Gasthof hier steht eine Flasche. Im abgebrochenen Hals steckt ein kleiner, welker Faulbeerbaumzweig. Ich habe ihn gestern mitgebracht. Wenn ich ihn ansehe, möchte ich weinen.
Ich werde tapfer sein und Dir alles erzählen.
Neulich habe ich in der Universität einen Kommilitonen einer anderen Fakultät kennengelernt. [...]

Nun, was ist er denn für ein Mensch? Ein Student, ohne alles Bemerkenswerte; er trägt einen blauen Kittel mit offenem Kragen, Schaftstiefel, sein Haar hängt wirr über die Stirn. Mir fielen jedoch seine Augen auf. Wenn er so allein im Gang dahergeht, fühle ich Ernsthaftigkeit und Kraft von ihm ausgehen, als kämen sie aus einer tiefen

Ruhe. Im gleichen Augenblick jedoch, wenn er unter einem Haufen junger Menschen steht, wird er anscheinend krampfhaft laut und tut rauhbeinig. Die Mädchen schätzen ihn, weil er gut aussieht, die Männer, weil er klug ist. Und doch ist etwas in ihm, das ihn um seine Führerstellung bangen läßt.
Gestern ergab es sich, daß wir zum erstenmal miteinander gingen. Es dämmerte bereits, die abendliche Stille umgab uns. In der Zwielichtzeit werden alle Geräusche leiser, in der Luft liegt Kühle, und aus den Anlagen weht der frische Frühlingsduft der noch feuchten Erde.
»Komm mit mir«, sagte er, »es ist nicht weit.«
»Nein, ich möchte nicht.«
»Ein wenig zu bürgerlich?«
»Nicht im geringsten. Ganz und gar nicht. Aber hier im Freien ist es doch schöner.«
Er zuckte die Achseln. Wir waren an den Kai gekommen und lehnten uns eine Weile ans Geländer. Ein kleines Mädchen tauchte auf und bot Faulbeerbaumzweige an. Ich kaufte einen Zweig und wartete eine Weile, bis sie mir das Geld gewechselt hatte. Er stand neben mir und betrachtete mich mit ein wenig zusammengekniffenen Augen.
»Ohne Faulbeerblüten geht's bei dir wohl nicht?«
»Doch; mit den Blüten aber ist es schöner.«
»Ich komme immer ohne aus – und auch nicht schlecht«, sagte er lachend; dabei klang etwas Ungutes auf.
Vor uns gingen zwei Mädchen. Eine Studentengruppe zog vorüber und wollte sie mitlotsen. Nachdem die Mädchen sich losgerangelt hatten, zogen die Studenten krakeelend weiter, wandten sich dann noch einmal zurück und riefen ihnen etwas zu.
»Sie haben ihre Gefühle verletzt«, sagte mein Begleiter. »Bei denen geht's auch nicht ohne Blüten. Sieh nur, was diese zimperlichen Seelchen für entsetzliche Gesichter machen!«
»Und was haben Sie gegen diese Faulbeerbaumblüten?«

»Nun, es ist immer dasselbe: ob mit – ob ohne. Warum also ein solch langweiliges Getue darum?«

»Sie sagen das nur, weil Sie niemals wirklich geliebt haben.«

»Was ist denn Liebe?«

»Wenn das Ihre Denkart ist, was bleibt für Sie dann noch an einer Frau?«

»Hör doch erst einmal mit diesen chinesischen Fisimatenten auf und sag *Du*. Zweitens laß dir erklären, daß durchaus noch etwas übrigbleibt, und zwar sehr viel ...«

»Ich denke nicht daran, Sie zu duzen«, sagte ich. »Ständen wir alle auf du miteinander, so wäre auch nichts eigentlich Vertrauliches mehr daran.«

Wir schritten an einigen Fliederbüschen vorüber. Ich blieb stehen und wollte den Faulbeerbaumzweig an meine Bluse stecken. Mein Begleiter kam plötzlich in Bewegung, drückte meinen Kopf nach hinten und wollte mich küssen. Ich stieß ihn zurück.

»Du willst also nicht: na gut!« sagte er ruhig.

»Nein, ich will nicht. Wenn es für Sie schon so etwas wie Liebe nicht gibt, kann es Ihnen auch völlig einerlei sein, welche Frau Sie küssen. Stände hier an meiner Stelle eine andere, würden Sie sie ja wohl auch küssen wollen.«

»Durchaus richtig«, sagte er. »Die Frauen küssen ja auch mehr als nur einen Mann. Vor einigen Tagen hatten wir da eine kleine Feier, und die Braut eines Freundes küßte mit dem gleichen Vergnügen uns beide; genauso würde sie auch jeden anderen geküßt haben, der dabei war. Und es ist sogar eine Liebesheirat mit Standesamt und dem sonstigen Unsinn.«

Alles in mir empörte sich gegen diese Worte. Vorher hatte ich noch geglaubt, daß ich für ihn nicht bloß irgend jemand sei, daß er nach mir Umschau gehalten und aus dem Haufen der Mädchen an der Universität eben mich ausgewählt hätte. Ach, warum verdarb er mir jetzt, an einem so herrlichen Frühlingsabend, alles, wo ich doch nach zärtlichen und liebevollen Worten verlangte, nicht aber nach ordinären und zynischen. Ich haßte ihn jetzt!

Wir gingen an einer Frau vorüber, die im Zwielicht auf einer Bank saß. Sie hatte die Beine hoch über dem Knie übereinandergeschlagen; sie trug Seidenstrümpfe, und sobald jemand vorbeiging, hob sie ihren Kopf.
Mein Begleiter sah sie eindringlich an, und sie erwiderte seinen Blick. Als wir vorbei waren, schaute er sich noch einmal nach ihr um. Ich fühlte mich verletzt.
»Setzen wir uns hierher!« meinte er, indem er vor der nächsten Bank stehengeblieben war.
Ich war sicher, daß er sich hierhersetzen wollte, um weiter nach ihr zu schauen. Da wurde mir plötzlich so elend, daß ich hätte weinen mögen; ich wußte selbst nicht, warum. Was war nur mit mir?
»Ich gehe nicht mit Ihnen weiter. Auf Wiedersehen. Ich will hier nach links –.«
Das überraschte ihn sichtbar.
»Warum denn nur? Gefällt es dir nicht, wenn ich die Dinge beim rechten Namen nenne? Bist du der Meinung, es sei besser, zu heucheln und alles rosig zu malen?«

»Es ist schlimm genug, daß nichts in Ihnen steckt, was danach verlangt!«
»Ich bedaure, da kann man eben nichts machen«, sagte er, als wäre ihm der Sinn meiner Worte gar nicht deutlich geworden. »Also auf Wiedersehen! Schade ist es«, fuhr er fort, indem er meine Hand festhielt. »Schade –.« Dabei ließ er meine Hand los und ging in Richtung auf seine Wohnung zu, ohne sich noch einmal umzudrehen. Das überraschte mich. Ich hatte nicht daran gedacht, daß er mich allein lassen würde.
Ich kehrte an der nächsten Ecke um. Es war eine der Mainächte, in denen die Luft voller Leben ist, voll unwiederbringlichen Lebens. Am Himmel stand klar und warm der Vollmond, sein gelbes Licht zeichnete sich in scharfen Konturen gegen ein paar lockere Wolken ab, in der dämmrigen Ferne über Dächern, Palästen und Kremltürmen wirkten sie dunstig und zart. Die wenigen Straßenlaternen, die im Sommer noch erleuchtet sind, wurden im Schein des Mondes farblos und kraftlos.

Überall, im Düster der Bäume und auf dem grellerleuchteten Platz vor der Kathedrale, waren glückliche Pärchen, die still auf den Gartenbänken, unter rundgeschnittenen Bäumen und Fliederbüschen saßen. Vereinzelte Worte, ein flüchtiges Lachen, hier und dort ein kurzes Aufglimmen von Zigaretten. Als ob sie alle von der erregenden Wärme dieser Nacht bewegt wären und unaufhörlich ihren berauschenden Duft einsaugen müßten, bis zur Verzückung.
Wenn man einer solchen Nacht nichts anzubieten hat, wenn nur Leere und traurige Öde in einem sind, wenn jeder einen Gefährten hat, während man selbst einsam ist, so ist der Tiefpunkt aller Bedrückung und Verzweiflung erreicht.
Noch vor kurzem wäre es mir völlig gleichgültig gewesen, ob er bei mir blieb oder nicht; aber von dem Augenblick an, als er jene Frau angeschaut hatte, empfand ich so etwas wie schmerzvolle Beklemmung; mir waren die Tränen nahe, und meine ganze Entschlossenheit war dahin. Auf einmal wollte ich nur noch, daß er bei mir wäre.
Du kannst mir keinen Vorwurf machen – ich konnte einfach nicht mehr ertragen, in einer solchen Frühjahrs- und Freudennacht allein zu sein, wie ausgestoßen aus dem allgemeinen Chor der Natur. Ohne nachzudenken, kehrte ich um und hastete auf seine Wohnung zu. Ich beschleunigte meine Schritte immer mehr, nur noch die Angst im Herzen, ich könnte zu spät kommen; vielleicht war er bereits ausgegangen, dann hätte ich allein bleiben müssen. Ja, ich begann mir darüber Vorwürfe zu machen, daß unser Zusammensein so plötzlich zu Ende war, daß ich einen Mitmenschen jäh von mir gestoßen hatte, ohne auch nur den leisesten Versuch zu unternehmen, ihn zu bessern.
Da kam mir plötzlich zu Bewußtsein, daß ich mich mit alledem ebenso verhalten hatte, wie wir es unserer Umgebung gegenüber tun, indem wir uns nicht im geringsten um ihre Verschönerung bemühen. Kurz gesagt: Ich wollte wohl alles gut und schön haben, aber nur, solange es keine Anstrengung kostete, dieses Gute und Schöne.

Ich ging durch die Tür eines alten steinernen Gebäudes. In seinen Mauern wehte noch winterliche Kälte, und der dunkle Flur hauchte mich nach der warmen, beinahe angeheizten Luft der Mainacht kalt an.
Der Flur war so, wie wir sie noch häufig in Moskau antreffen: die Fenster der Eingangstür waren verstaubt und seit Jahren nicht mehr gewaschen, sie waren mit Fetzen alter Plakate überklebt, die Treppe war schmutzig, die Stiege ausgetreten, voller Staub und Zigarettenreste, die Wände ringsum waren mit Bleistift bekritzelt.
Er hatte mich nicht erwartet und wollte sich gerade an seine Arbeit setzen. An der Wand stand ein schmaler Tisch, aus dünnen Brettern zusammengeschlagen und auf einem Dekorationsmalergestell aufgebaut. Darüber schwebte an einem Draht, der von der Mitte der Decke herunterhing und mit einem Wandnagel zum Tisch herübergezogen war, eine Glühbirne.
»Ach, du kleine Heldin!« rief er aus. »Hast dich anders besonnen, was? Bravo!«

Er kam lachend auf mich zu und griff nach meiner Hand. Vielleicht hatte er sie küssen oder streicheln wollen, aber er tat weder das eine noch das andere.
»Ich bedaure, daß wir uns gezankt haben«, sagte ich, »ich hatte das Empfinden, ich sollte herkommen und es wiedergutmachen.«
»Um das Wiedergutmachen sei ohne Sorge. Einen Augenblick, ich will eben einen Zettel an die Tür heften, damit niemand kommt.«
Er schrieb am Tisch stehend den Zettel und ging hinaus. Ich war allein und sah mich im Zimmer um.
Wie im Treppenhaus: der Fußboden wimmelte von Zigarettenstummeln, Papierfetzen. Dreckspuren im Staub, die von Stiefelsohlen hereingeschleppt worden waren, die Wände waren mit Namen und Telefonnummern bekritzelt. Längs den Wänden standen, wie in unserem Wohnraum, zerwühlte, ungemachte Betten. Auf den Fensterbrettern sah ich ungespülte Tassen und Teller, Ölflaschen, Eierschalen und Teekessel.

Mir war ekelhaft zumute. Was sollte ich ihm sagen, wenn er wiederkam? Überhaupt nichts zu sagen war auch unpassend; denn das hätte meinen Besuch verdächtig gemacht. Dann fragte ich mich, wieso er denn überhaupt hinausgegangen war, um einen Zettel an die Tür zu heften. Was wäre denn schon dabei, wenn wirklich jemand gekommen wäre?
Im Nu begriff ich, und dabei wurde mir schwarz vor den Augen. Ich rang nach Atem. Krampfhaft und mit laut klopfendem Herzen trat ich ans Fenster. Ich begann, die Flaschen und Zigarettenpackungen auf dem Fensterbrett wegzuräumen, um mich setzen zu können, aber ich merkte, daß meine Hände zitterten. So schob ich denn doch alles beiseite und lehnte mich ans Fensterbrett.
Das Herz schlug hastig; begierig lauschte ich auf jedes Geräusch hinter meinem Rücken. In mir war ein erregtes Gefühl voller Erwartung – so hatte ich es noch niemals gespürt. Gleichzeitig aber überkam mich auch eine Art von Enttäuschung, daß ich die schönsten Augenblicke meines ersten Glücks – vielleicht meiner ersten Liebesnacht – zwischen diesen dreckigen, beschmutzten Wänden, mitten unter diesen Tellern, auf denen noch die Überreste einer Mahlzeit lagen, verbringen sollte. Als er eintrat, bat ich ihn, mit mir wieder an die frische Luft zu gehen.
Über sein Gesicht flog ein Schatten von Überraschung und Ärger. »Warum denn das? Du bist doch eben erst gekommen.« Darauf setzte er mit einer schnell veränderten Stimme hinzu: »Ich hab' doch dafür gesorgt, daß keiner zu uns hereinkommt. Sei nicht blöde, ich laß dich einfach nicht fort.«
»Mir gefällt es hier aber nicht.«
»Nun fängst du noch einmal an«, meinte er gereizt. »Was ist denn los? Wohin willst du denn?« Er sprach ruckweise und hastig, seine Hände bebten, während er mich festzuhalten suchte.
Auch meine Hände zitterten, das Herz schlug so heftig, daß es vor meinen Augen dunkel wurde. In mir rangen

zwei einander bekämpfende Empfindungen: ein Gefühl der Schwäche und der Aufregung angesichts der Vorstellung, daß ich mit ihm hier allein war und niemand uns stören konnte; das andere war die Empfindung, daß hier alles anders war, als es wohl hätte sein können: seine hinterhältige, hastige Art, seine gierende Eile, die im Gegensatz zu seiner sonst so symphatischen Ruhe und Diszipliniertheit standen. Es war, als hätte er nur den einen Gedanken, mit seinem Vorhaben fertig zu werden, bevor seine Kameraden wieder zurück waren. Bei der allergeringsten widersätzlichen Bewegung, die ich machte, flammte eine ungeduldige Verärgerung auf seinem Antlitz auf.

Frauen wollen die körperliche Erfüllung – auch wenn Liebe dabei mitspricht – nicht unvermittelt. Das Körperliche steht für uns am Ende; zuerst und entscheidend ist bei uns die Zuneigung zur Persönlichkeit eines Mannes, zu seiner Geistigkeit, seiner Intelligenz, seiner Seele und zu seiner Zärtlichkeit. Uns ist vor allem nicht an einer physischen, sondern an einer anderen Art von Übereinstimmung gelegen. Wo das fehlt und sich die Frau dennoch hingibt, in einem spontanen Taumel nackter Sinnlichkeit, so empfindet sie anstatt Befriedigung und Beglückung nichts als Abscheu und Ekel vor sich selbst. Das ist ein Gefühl wie nach einem Sündenfall, mit einem tiefen Haß gegen den unempfindlichen Mann, der ihr ein so peinvolles, widerwärtiges Erleben aufgenötigt hat. Das ist ein Gefühl von Schmutz, mit dem er, der Partner und Verursacher dieses Schmutzes, ihr ekelhaft und abstoßend werden muß.

Alles erregte mich: die ungeordneten Betten, die Eierschalen vor dem Fenster, der Schmutz, sein verändertes Verhalten und das deutliche Bewußtsein, daß alles anders war, als es hätte sein können.

»Ich kann nicht hierbleiben«, sagte ich, den Tränen nahe.

»Und was fehlt dir hier? Schöne Möbel? Zu wenig Romantik? Ich bin kein Fürst«, schrie er mit aufsteigendem Ärger.

Vermutlich veränderte sich vor seinem Ärger der Ausdruck meines Gesichtes, denn er fuhr sogleich fort, als wollte er den Eindruck mildern: »Sei doch vernünftig, wirklich! Was ist dir denn? Es ist möglich, daß die anderen schon bald kommen.«

Da hätte ich gehen müssen. Aber in mir, ebenso wie in ihm, stieg die widerliche Begierde auf, von dem Bewußtsein verursacht, daß wir jetzt allein im Raum waren. Ich ging nicht, wobei ich mir die Hoffnung vortäuschte, es würde doch noch anders werden.

»Einen Augenblick, ich werde dir gleich ein wenig Romantik herbeischaffen«, sagte er und drehte das Licht aus.

Dadurch wurde es etwas erträglicher, da einen jetzt wenigstens die Betten, Ölflaschen und Zigarettenstummel auf dem Fußboden nicht mehr anstarrten.

Ich trat ans Fenster, den Rücken ihm zugekehrt, mit klopfendem Herzen und sichtlosen Augen. Hinter mir war es lautlos still, als wüßte er nicht, was er tun wollte. Das Herz pulste so stark, daß die Schläge in meinen Ohren trommelten; ich wartete voller Spannung und ohne mich zu regen.

Schließlich trat er auf mich zu, blieb unmittelbar hinter mir stehen, legte seinen Arm mir über die Schulter und stand unbeweglich, als schaue auch er zum Fenster hinaus. Ich wandte den Kopf nicht, also konnte ich auch seine Blickrichtung nicht ausmachen. Seine Umarmung machte mich irgendwie dankbar; ich hätte sogar lange und länger so stehen mögen, seinen Arm um meine Schultern.

Dann aber fing er an, die Geduld zu verlieren. »Willst du hier immer so stehen?« fragte er, wahrscheinlich in dem Gedanken, seine Kameraden könnten gleich zurückkehren, aber auch voller Ärger darüber, daß ich so apathisch blieb. Er griff nach meiner Hand, um mich auf sein Bett zu zerren. Ich wich entsetzt aus.

»Jetzt ist es genug!« rief er. »Wir wollen uns setzen, komm.«

Ich verharrte mit dem Rücken zu ihm und schüttelte immer wieder den Kopf, wenn er mich vom Fenster wegziehen wollte.
Dann entfernte er sich, und eine Weile sprachen wir kein Wort miteinander. Ich blieb wartend stehen und wandte den Kopf nicht nach ihm um. Innerlich aber verlangte ich geradezu nach einem Kuß auf den Nacken oder auf meine Schulter. Doch er küßte mich nicht; er kam wieder näher und verstärkte seine Bemühung, mich vom Fenster wegzuziehen.
»Nun, was willst du überhaupt?« fragte ich, indem ich einen Schritt in seine Richtung setzte. Eigentlich sprach ich nur aus dem Bestreben, mich selbst und ihn davon abzulenken, daß ich ihm nachgab.
»Gar nichts will ich. Setzen wir uns doch ein wenig, anstatt hier immerzu herumzustehen.«
Ich verhielt mich still und beobachtete wortlos seine im Halbdunkel des kahlen Zimmers glänzenden Augen und die scharfgeschnittenen Lippen. Das öde, jämmerliche Zimmer konnte ich kaum erkennen. Damit war der Einbildung Raum gegeben, mein erstes Glück käme in einer würdigen Situation zu mir. Ich hungerte nach menschlicher Zärtlichkeit und Liebkosung. Es wäre auf einmal alles ganz natürlich und annehmbar geworden, wenn ich ihn nur nicht immer noch als ein mir fremdes Wesen, sondern als einen Vertrauten und mir eigenen Menschen hätte empfinden können. Ich bedeckte mit beiden Händen mein Gesicht und verharrte einige Augenblicke regungslos. Auch er schien zu zögern; dann aber sprach er auf einmal wieder. »Genug, wir verlieren nur Zeit.«
Verletzt trat ich einen Schritt von ihm weg.
Er packte mich hart am Arm und sagte: »Wozu das alles, hol's der Teufel! Warum machen wir uns denn lächerlich!«
Ich merkte, wie er mich einfach aufhob. So sehr ich mich widersetzte und seine Hände loszumachen trachtete, mich aufrichten wollte – es war zu spät.
Als wir uns erhoben, drehte er als erstes das Licht an.

»Das Licht ist unnötig!« rief ich entsetzt aus.
Er blickte mich erstaunt an, hob die Schultern und drehte das Licht wieder aus. Dabei kam er mir nicht näher. »Man muß Vanjkas Bett wieder ordnen«, meinte er.
Schweigend trat ich ans Fenster und sah ins Freie; in mir war kein Gedanke und kein Gefühl.
Unterdessen kroch er auf allen vieren durchs Zimmer, wahrscheinlich, um irgend etwas zu suchen, ohne daß er mich auch nur eines Blickes würdigte. Dann trat er vor mich hin. Unwillkürlich holte ich tief Luft, während ich, den Kopf ihm zugewandt, mit aller Kraft etwas abschütteln wollte, das wohl wie eine Last auf mir lag. Ich hielt ihm meine beiden Hände entgegen.
»Hier hast du deine Haarnadeln«, sagte er und legte sie mir in die hingehaltenen Hände. »Ich bin überall auf dem Fußboden herumgekrochen, um sie bei dieser Finsternis zu suchen. Ich begreife nicht, warum wir unbedingt ohne Licht sein sollen. Nun, es ist jetzt Zeit, daß du gehst, sonst sind gleich die anderen zurück. Ich werde dich durch die Hintertreppe hinausführen. Die Vordertür ist schon verschlossen.«
Ich wollte meinen Mantel anziehen; er blieb vor mir stehen und wartete, daß ich fertig würde, damit er mich fortbringen könne. Zwischen uns wurde kein Wort mehr gewechselt, und wir vermieden auch, einander anzuschauen.
Auf der Straße ging ich eine Weile stumpf und wie leblos dahin. Als ich in der Hand ewas Metallenes fühlte, fuhr ich angstvoll, schreckhaft und widerwillig zusammen; aber im gleichen Augenblick fiel mir ein, daß es meine Haarnadeln waren. Ich sah nach – sie waren es. Ich behielt sie in der Hand, während ich nach Hause stolperte. Ich fühlte in mir Elend und Ekel. Vorn auf der Brust hing noch immer der zerquetschte, durcheinandergeratene Faulbeerbaumzweig.
Die Nacht über der schlafenden Stadt war nicht anders als vor zwei Stunden. Über den Häusern sah ich klar und groß den Mond und unzählige, wie Rauch dahinschwe-

bende Wolken. In der Ferne lag ein Dunst, der die vielen Häuser verschleierte.
Wie noch niemals fühlte ich den Duft von Apfelblüten, Faulbeerbaum und Gras …

(1926)

Brüder Grimm: Der Froschkönig oder der eiserne Heinrich

In den alten Zeiten, wo das Wünschen noch geholfen hat, lebte ein König, dessen Töchter waren alle schön; aber die jüngste war so schön, daß die Sonne selber, die doch so vieles gesehen hat, sich verwunderte, sooft sie ihr ins Gesicht schien. Nahe bei dem Schlosse des Königs lag ein großer dunkler Wald, und in dem Walde unter einer alten Linde war ein Brunnen; wenn nun der Tag recht heiß war, so ging das Königskind hinaus in den Wald und setzte sich an den Rand des kühlen Brunnens – und wenn sie Langeweile hatte, so nahm sie eine goldene Kugel, warf sie in die Höhe und fing sie wieder; und das war ihr liebstes Spielwerk.

Nun trug es sich einmal zu, daß die goldene Kugel der Königstochter nicht in ihr Händchen fiel, das sie in die Höhe gehalten hatte, sondern vorbei auf die Erde schlug und geradezu ins Wasser hineinrollte. Die Königstochter folgte ihr mit den Augen nach, aber die Kugel verschwand, und der Brunnen war tief, so tief, daß man keinen Grund sah. Da fing sie an zu weinen und weinte immer lauter und konnte sich gar nicht trösten. Und wie sie so klagte, rief ihr jemand zu: »Was hast du vor, Königstochter, du schreist ja, daß sich ein Stein erbarmen möchte.« Sie sah sich um, woher die Stimme käme, da erblickte sie einen Frosch, der seinen dicken, häßlichen Kopf aus dem Wasser streckte. »Ach, du bist's, alter Wasserpatscher«, sagte sie. »Ich weine über meine goldene Kugel, die mir in den Brunnen hinabgefallen ist.« – »Sei still und weine nicht«, antwortete der Frosch, »ich kann wohl Rat schaffen, aber was gibst du mir, wenn ich dein Spielwerk wieder heraufhole?« – »Was du haben willst, lieber Frosch«, sagte sie, »meine Kleider, meine Perlen und Edelsteine, auch noch die goldene Krone, die ich trage.« Der Frosch antwortete: »Deine Kleider, deine Perlen und Edelsteine und deine goldene Krone, die mag ich nicht – aber wenn du mich liebhaben willst, und ich soll dein Geselle und Spielkamerad sein, an deinem Tischlein neben dir sitzen, von deinem goldenen Tellerlein essen, aus deinem Becherlein trinken, in deinem Bettlein schlafen. Wenn du mir das versprichst, so will ich hinuntersteigen und dir die goldene Kugel wieder heraufholen.« – »Ach ja«, sagte sie, »ich verspreche dir alles, was du willst, wenn du mir nur die Kugel wiederbringst.« Sie dachte aber: Was der einfältige Frosch schwätzt! Der sitzt im Wasser bei seinesgleichen und quakt und kann keines Menschen Geselle sein. Der Frosch, als er die Zusage erhalten hatte, tauchte seinen Kopf unter, sank hinab, und über ein Weilchen kam er wieder heraufgerudert, hatte die Kugel im Maul und warf sie ins Gras. Die Königstochter war voll Freude, als sie ihr schönes Spielwerk wieder erblickte, hob es auf und sprang damit fort. »Warte, warte«, rief der Frosch, »nimm mich mit, ich kann nicht so laufen wie du!« Aber was half es ihm, daß er ihr sein Quak, Quak so laut nachschrie, als er konnte! Sie hörte nicht darauf, eilte nach Hause und hatte bald den armen Frosch vergessen, der wieder in seinen Brunnen hinabsteigen mußte.

Am andern Tage, als sie mit dem König und allen Hofleuten sich zur Tafel gesetzt hatte und von ihrem goldenen Tellerlein aß, da kam, plitsch-platsch, plitsch-platsch, etwas die Marmortreppe heraufgekrochen, und als es oben angelangt war, klopfte es an die Tür und rief: »Königstochter, jüngste, mach mir auf!« Sie lief und wollte sehen, wer draußen wäre, als sie aber aufmachte, so saß der Frosch davor. Da warf sie die Tür hastig zu, setzte sich wieder an den Tisch, und es war ihr ganz angst. Der König sah wohl, daß ihr das Herz gewaltig klopfte, und sprach: »Mein Kind, was fürchtest du dich, steht etwa ein Riese vor der Tür und will dich holen?« – »Ach nein«, antwortete sie, »es ist kein Riese, sondern ein garstiger Frosch.« – »Was will der Frosch von dir?« – »Ach, lieber Vater, als ich gestern im Wald bei dem Brunnen saß und spielte, da fiel meine goldene Kugel ins Wasser. Und weil ich so weinte, hat sie der Frosch wieder heraufgeholt, und weil er es durchaus verlangte, so versprach ich ihm, er sollte mein Geselle werden; ich dachte aber nimmermehr, daß er aus seinem Wasser herauskönnte. Nun ist er draußen und will zu mir herein.« Und schon klopfte es zum zweitenmal und rief:

»Königstochter, jüngste,
Mach mir auf,
Weißt du nicht, was gestern
Du zu mir gesagt
Bei dem kühlen Brunnenwasser?
Königstochter, jüngste,
Mach mir auf.«

Da sagte der König: »Was du versprochen hast, das mußt du auch halten; geh nur und mach ihm auf.« Sie ging und öffnete die Türe, da hüpfte der Frosch herein, ihr immer auf dem Fuße nach, bis zu ihrem Stuhl. Da saß er und rief: »Heb mich herauf zu dir.« Sie zauderte, bis es endlich der König befahl. Als der Frosch erst auf dem Stuhl war, wollte er auf den Tisch, und als er da saß, sprach er: »Nun schieb mir dein goldenes Tellerlein näher, damit wir zusammen essen.« Das tat sie zwar, aber man sah wohl, daß sie's nicht gerne tat. Der Frosch ließ sich's gut schmecken, aber ihr blieb fast jedes Bißlein im Halse. Endlich sprach er: »Ich habe mich sattgegessen und bin müde; nun trag mich in dein Kämmerlein und mach dein seiden Bettlein zurecht, da wollen wir uns schlafen legen.« Die Königstochter fing an zu weinen und fürchtete sich vor dem kalten Frosch, den sie nicht anzurühren getraute und der nun in ihrem schönen, reinen Bettlein schlafen sollte. Der

König aber ward zornig und sprach: »Wer dir geholfen hat, als du in der Not warst, den sollst du hernach nicht verachten.« Da packte sie ihn mit zwei Fingern, trug ihn hinauf und setzte ihn in eine Ecke. Als sie aber im Bett lag, kam er gekrochen und sprach: »Ich bin müde, ich will schlafen so gut wie du – heb mich herauf, oder ich sag's deinem Vater.« Da ward sie erst bitterböse, holte ihn herauf und warf ihn aus allen Kräften wider die Wand: »Nun wirst du Ruhe haben, du garstiger Frosch.«
Als er aber herabfiel, war er kein Frosch, sondern ein Königssohn mit schönen und freundlichen Augen. Der war nun nach ihres Vaters Willen ihr lieber Geselle und Gemahl. Da erzählte er ihr, er wäre von einer bösen Hexe verwünscht worden, und niemand hätte ihn aus dem Brunnen erlösen können als sie allein, und morgen wollten sie zusammen in sein Reich gehen. Dann schliefen sie ein, und am andern Morgen, als die Sonne sie aufweckte, kam ein Wagen herangefahren, mit acht weißen Pferden bespannt, die hatten weiße Straußfedern auf dem Kopf und gingen in goldenen Ketten, und hinten stand der Diener des jungen Königs, das war der treue Heinrich. Der treue Heinrich hatte sich so betrübt, als sein Herr war in einen Frosch verwandelt worden, daß er drei eiserne Bande hatte um sein Herz legen lassen, damit es ihm nicht vor Weh und Traurigkeit zerspränge. Der Wagen aber sollte den jungen König in sein Reich abholen; der treue Heinrich hob beide hinein, stellte sich wieder hinten auf und war voller Freude über die Erlösung. Und als sie ein Stück Wegs gefahren waren, hörte der Königssohn, daß es hinter ihm krachte, als wäre etwas zerbrochen. Da drehte er sich um und rief:

»Heinrich, der Wagen bricht.«
»Nein, Herr, der Wagen nicht,
Es ist ein Band von meinem Herzen,
Das da lag in großen Schmerzen,
Als Ihr in dem Brunnen saßt,
Als Ihr eine Fretsche (Frosch) wast.«

Noch einmal und noch einmal krachte es auf dem Weg, und der Königssohn meinte immer, der Wagen bräche, und es waren doch nur die Bande, die vom Herzen des treuen Heinrich absprangen, weil sein Herr erlöst und glücklich war.

(1812/14)

Robert Gernhardt / F. K. Waechter: Der Froschkönig

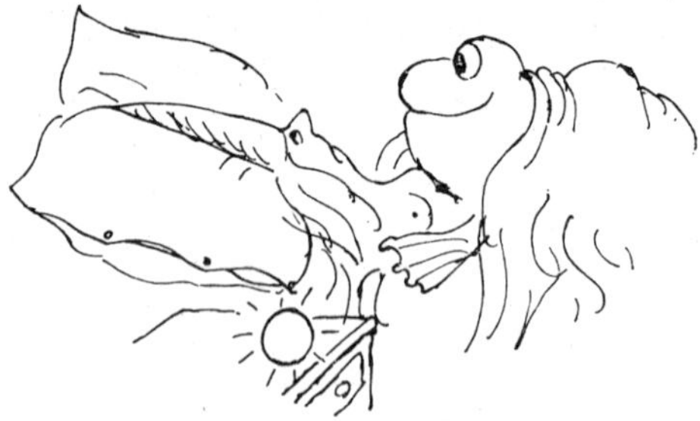

Pierre Choderlos de Laclos: Der Briefbote

Sechsundneunzigster Brief

Der Vicomte de Valmont an die Marquise de Merteuil

[...] Da ich seit einigen Tagen von meiner zärtlichen Betschwester etwas besser behandelt wurde und daher weniger mit ihr beschäftigt war, bemerkte ich, daß die kleine Volanges wirklich sehr hübsch ist und daß, wenn es auch eine Dummheit ist, sich in sie so zu verlieben wie Danceny, es von mir vielleicht nicht weniger dumm wäre, bei ihr nicht eine Zerstreuung zu suchen, die ich in meiner Einsamkeit so nötig habe. Ich fand es nur recht und billig, mich für die Mühe, die ich mir für sie gab, bezahlt zu machen, und erinnerte mich überdies daran, daß Sie sie mir angeboten hatten, ehe noch Danceny irgendwelche Ansprüche stellte. So fand ich, ich habe gewisse Anrechte auf ein Gut geltend zu machen, dessen Besitz er nur meiner Weigerung und meinem Verzicht verdankt. Das hübsche Gesicht des Persönchens, ihr frischer Mund, ihre kindliche Art und sogar ihre Unbeholfenheit bestärkten mich in diesen klugen Überlegungen. Ich beschloß also, dementsprechend zu handeln, und der Erfolg hat meine Unternehmung gekrönt.

Schon suchen Sie zu erraten, durch welches Mittel ich so schnell an die Stelle des geliebten Anbeters trat, welche Verführungskünste diesem Alter, dieser Unerfahrenheit angemessen seien. Sparen Sie sich die Mühe – denn ich wandte überhaupt keine Mühe an. Während Sie, die Waffen Ihres Geschlechts kunstvoll gebrauchend, durch Schlauheit triumphierten, habe ich, dem Mann sein unverjährbares Vorrecht wiedergebend, durch Gewalt unterworfen. Sicher, meine Beute zu fassen, wenn ich nur zu ihr gelangen konnte, bedurfte ich der List lediglich, um mich ihr zu nähern; und die List, derer ich mich bediente, verdient kaum diesen Namen.

Ich machte mir den ersten Brief zunutze, den ich von Danceny für seine Schöne erhielt, und verwendete, sobald ich sie davon durch das zwischen uns verabredete Zeichen benachrichtigt hatte, meine Geschicklichkeit nicht auf seine Übergabe, sondern darauf, keine Gelegenheit dazu zu finden. Die Ungeduld, die ich auf diese Weise hervorrief, teilte ich scheinbar und gab, nachdem ich das Leid verursacht hatte, das Gegenmittel an.

Die Kleine wohnte in einem Zimmer, dessen eine Tür auf den Korridor hinausgeht; aber aus guten Gründen hatte die Mutter den Schlüssel an sich genommen. Es handelte sich also nur darum, sich seiner zu bemächtigen. Nichts war leichter als das: ich wollte ihn nur für zwei Stunden haben und verpflichtete mich, einen ähnlichen zu beschaffen. Dann würden der Austausch der Briefe, Besprechungen, nächtliche Zusammenkünfte und all das bequem und sicher vonstatten gehen. Indessen – würden Sie es glauben? –, das schüchterne Kind bekam Angst und weigerte sich. Ein anderer an meiner Stelle hätte den Mut verloren; ich aber sah darin nur die Gelegenheit zu einem um so reizvolleren Vergnügen. Ich schrieb an Danceny einen Brief, in dem ich mich über Cécile beklagte, und stellte es so klug an, daß der unbesonnene Knabe nichts Eiligeres zu tun hatte, als seine zaghafte Geliebte durch Vorwürfe zu bewegen, meine Bitte zu gewähren und sich ganz meinem Belieben auszuliefern.

Ich war, ich gestehe es, über diesen Rollentausch sehr entzückt: der junge Mann tat nun für mich, was ich, wie er hoffte, für ihn tun sollte. Dieser Gedanke verdoppelte in meinen Augen den Wert des Abenteuers. So sputete ich mich denn, kaum daß ich den kostbaren Schlüssel in den Händen hielt, von ihm Gebrauch zu machen. Das geschah in der folgenden Nacht.

Nachdem ich mich vergewissert hatte, daß im Schloß alles ruhig war, stattete ich, bewaffnet mit meiner Blendlaterne und in der Bekleidung, die die Stunde und die Umstände erforderten, Ihrer Schülerin meinen ersten Besuch ab. Ich hatte alles vorbereiten lassen – und zwar durch sie selbst –, um ohne Geräusch eintreten zu können. Sie lag im ersten Schlaf, im tiefen Schlaf ihrer jungen Jahre, so daß ich bis zu ihrem Bett gelangte, ohne daß sie erwachte. Mein erster Gedanke war, noch weiter zu gehen und als Traum zu gelten; aber aus Angst, sie aufzuschrecken und dadurch Lärm zu machen, zog ich es vor, die hübsche Schläferin vorsichtig zu wecken, und es gelang mir wirklich, den gefürchteten Aufschrei zu vermeiden.

Nachdem ich sie beruhigt hatte, erlaubte ich mir – ich war ja nicht zum Plaudern gekommen – einige Freiheiten. Offenbar hatte man sie im Kloster nicht gelehrt, wie vielen verschiedenen Gefahren die schüchterne Unschuld ausgesetzt ist und was sie alles zu schützen hat, um nicht überrumpelt zu werden; denn während sie ihre ganze Aufmerksamkeit und Körperkraft darauf verwandte, sich eines Kusses zu erwehren, der nur ein Scheinangriff war, blieb alles andere ohne Verteidigung. Wie hätte ich mir das nicht zunutze machen sollen! Ich änderte also meine Marschroute und faßte sofort Posto. Jetzt wären wir beinahe alle beide verloren gewesen: das kleine Mädchen wollte in ihrem Schrecken nun allen Ernstes schreien; zum Glück erstickte ihre Stimme in Schluchzen. Schon griff sie nach der Klingelschnur, aber meine Geschicklichkeit hielt ihren Arm rechtzeitig auf.

»Was wollen Sie tun?« sagte ich zu ihr; »sich für immer unglücklich machen? Man mag nur kommen, was mache ich mir daraus? Wen werden Sie überzeugen, daß ich hier nicht mit Ihrer Einwilligung bin? Wer anders als Sie hat mir das Mittel geliefert, hier einzudringen? Und diesen Schlüssel, den ich von Ihnen habe und nur von Ihnen bekommen konnte – werden Sie eingestehen wollen, zu welchem Zweck Sie ihn bestimmt haben?« Diese kurze Ansprache besänftigte weder ihren Schmerz noch ihren Zorn, aber sie führte zur Unterwerfung. Ich weiß nicht, ob mein Ton sehr beredt war, meine Gebärden waren es sicher nicht. Die eine Hand damit befaßt, Gewalt anzuwenden, die andere mit Liebkosungen beschäftigt, welcher Redner könnte in einer solchen Lage Anspruch auf Anmut machen? Wenn Sie sich meine Situation richtig ausmalen,

werden Sie zugeben, daß sie wenigstens für einen Angriff günstig war; aber ich verstehe ja bekanntlich von nichts etwas, und das einfältigste Frauenzimmer, eine Klosterschülerin, führt mich, wie Sie sagen, am Bändel.
Diese nun sah allerdings trotz ihrer Verzweiflung ein, daß sie einen Entschluß fassen und in Unterhandlung treten müsse. Da alles Flehen mich unerbittlich fand, mußte sie zu Angeboten übergehen. Sie glauben wohl, daß ich diesen wichtigen Posten teuer verkauft hätte? O nein, ich habe alles für einen Kuß versprochen. Freilich hielt ich mein Versprechen nicht, nachdem ich meinen Kuß hatte; aber ich brachte dafür gute Gründe vor. Hatten wir ausgemacht, daß er genommen oder gegeben werden sollte? Nach vielem Feilschen einigten wir uns auf einen zweiten, den ich nun von ihr bekommen sollte. Ich legte ihre zaghaften Arme um meinen Leib, drückte sie mit den meinen innig an mich und empfing in der Tat den süßen Kuß, ganz richtig, wie er sein muß; die Liebe hätte es nicht besser zustande gebracht.

Soviel guter Wille verdiente eine Belohnung, darum gewährte ich auch sofort ihre Bitte. Die Hand zog sich zurück; aber ich weiß nicht, welcher Zufall es fügte, daß ich mich selbst an ihrer Stelle befand. Sie vermuten, daß ich mich nun sehr eifrig und tätig benahm, nicht wahr? Keine Spur. Ich habe – ich sagte es Ihnen schon – Geschmack an der Langsamkeit gefunden. Sobald man einmal sicher ist, ans Ziel zu gelangen, wozu soll man dann die Reise beschleunigen?
Im Ernst: es interessierte mich sehr, die Macht der Gelegenheit zu beobachten, und ich fand sie hier jeder fremden Hilfe bar. Sie hatte gegen die Liebe zu kämpfen, gegen eine Liebe, zu der sich noch die Scham und die Furcht vor der Schande gesellten und die überdies durch den Zorn unterstützt wurde, den ich in der Kleinen in hohem Grade hervorgerufen hatte. Die Gelegenheit stand allein, aber sie war da, immer sich anbietend, immer gegenwärtig – und die Liebe war fern.
Um meine Beobachtungen recht zuverlässig anzustellen,

war ich so schlau, nur so viel Gewalt anzuwenden, als die Kleine hätte abwehren können. Nur wenn meine entzückende Gegnerin, meine Gefälligkeit mißbrauchend, Anstalten machte, mir zu entwischen, hielt ich sie durch die Drohung zurück, mit der ich bereits so gute Erfolge erzielt hatte. Mit einem Wort, ich brauchte mich nicht weiter anzustrengen: die zärtlich Liebende vergaß ihre Schwüre, gab nach und willigte schließlich ein – natürlich nicht, ohne daß nach diesem ersten Gewähren die Vorwürfe und die Tränen sich wieder einstellten. Ich weiß nicht, ob sie echt oder erheuchelt waren, aber wie immer in solchen Fällen hörten sie auf, sobald ich damit beschäftigt war, ihnen neuen Grund zu liefern. Kurz, von Schwäche zu Vorwürfen und von Vorwürfen zu Schwäche eilend, haben wir uns erst getrennt, als wir sehr zufrieden miteinander waren und uns im besten Einvernehmen auf ein Rendezvous in der heutigen Nacht geeinigt hatten.

Schon graute der Tag, als ich mich in mein Zimmer zurückzog. Ich war todmüde und sehnte mich nach Ruhe und Schlaf, aber ich opferte beides dem Wunsch, am Morgen beim Frühstück zugegen zu sein. Ich bin ganz versessen darauf, die Mienen »am Tage hernach« zu sehen. Vom Gesicht unserer Kleinen können Sie sich keine Vorstellung machen. Welche Befangenheit in der Haltung! Welch zaghafter Schritt! Ihre Augen blickten unablässig zu Boden und waren ganz geschwollen und dunkel umrändert. Das sonst so runde Gesicht war richtig in die Länge gezogen. Das sah sehr spaßhaft aus. Zum erstenmal bezeigte ihr die über die außerordentliche Veränderung erschrockene Mutter eine ziemlich zärtliche Teilnahme! Und zudem bemühte sich noch die Präsidentin um sie. Oh, was deren tröstende Fürsorge betrifft, so ist sie nur geliehen; der Tag wird kommen, da man sie ihr zurückerstatten wird, und dieser Tag ist nicht fern. Adieu, meine schöne Freundin.

Schloß …, den 1. Oktober 17…

Siebenundneunzigster Brief

Cécile de Volanges an die Marquise de Merteuil

Ach, mein Gott, Madame, wie bin ich betrübt! Wie bin ich unglücklich! Wer wird mich in meinem Kummer trösten, wer mir in meiner Verwirrung raten? Dieser Herr de Valmont ... Und Danceny! Nein, der Gedanke an Danceny bringt mich zur Verzweiflung ... Wie soll ich's Ihnen erzählen, wie Ihnen sagen? ... Wie fange ich nur an? ... Und doch ist mein Herz so voll ... Ich muß es jemandem ausschütten, und Sie sind die einzige, der ich vertrauen kann, der ich zu vertrauen wage. Sie haben mir immer soviel Güte bewiesen! Aber heute dürfen Sie keine für mich haben, denn ich bin ihrer nicht würdig – was sage ich? Ich verlange gar keine Güte. Alle hier haben mir heute ihre Anteilnahme bezeigt ... und haben damit meinen Kummer nur vergrößert. Ich fühlte, daß ich es nicht verdiene. Im Gegenteil, schelten Sie mich, zanken Sie mich tüchtig aus, denn ich habe mich sehr schuldig gemacht. Nachher aber retten Sie mich! Wenn Sie nicht die Güte haben, mir zu raten, muß ich vor Kummer sterben.

So wissen Sie also ... meine Hand zittert, wie Sie sehen, ich kann fast die Feder nicht halten, mein Gesicht brennt wie Feuer ... Ach, das ist natürlich die Röte der Scham! Nun wohl, ich muß es leiden; das wird die erste Strafe für meine Sünde sein. Ja, ich will Ihnen alles erzählen.

So erfahren Sie denn, daß Herr de Valmont, der mir bisher die Briefe des Herrn de Danceny übergab, plötzlich fand, das sei zu schwierig, und einen Schlüssel zu meinem Zimmer verlangte. Ich kann Ihnen fest versichern, daß ich nicht wollte; aber dann schrieb er an Danceny, und Danceny wünschte es auch, und ich möchte ihm doch nichts abschlagen, weil mir das so weh tut, besonders seit unserer Trennung, die ihn so unglücklich macht – und da willigte ich schließlich ein. Das Unglück, das daraus entstehen sollte, sah ich nicht voraus.

Gestern hat Herr de Valmont diesen Schlüssel benutzt und ist in mein Zimmer gekommen, während ich schlief.

Ich war so wenig darauf gefaßt, daß ich heftig erschrak, als er mich weckte. Aber da er gleich mit mir sprach, erkannte ich ihn und schrie nicht; auch dachte ich erst, daß er vielleicht käme, um mir einen Brief von Danceny zu bringen. Aber weit gefehlt! Eine kleine Weile später wollte er mich küssen, und während ich mich zur Wehr setzte, wie es nur natürlich ist, hat er es so geschickt angestellt … ich wollte nicht um alles in der Welt … aber er wollte vorher einen Kuß. Ich mußte wohl, was sollte ich tun? Um so mehr, als ich schon versucht hatte zu rufen. Aber erstens kam ich gar nicht dazu, und dann hatte er mir auch erklärt, daß er, wenn man komme, die Schuld auf mich schieben werde; und das konnte er natürlich leicht, wegen des Schlüssels. Nach dem Kuß hat er sich trotzdem nicht zurückgezogen. Er wollte durchaus einen zweiten; ich weiß nicht mehr, wie es mit dem war, aber der zweite Kuß hat mich ganz verwirrt gemacht, und dann kam es noch schlimmer als zuvor. Oh, es ist so schrecklich schlecht! Und dann … Sie ersparen es mir wohl, Ihnen das übrige zu erzählen, aber ich bin so unglücklich, wie man es nur überhaupt sein kann.

Was ich mir am meisten vorwerfe und worüber ich mit Ihnen sprechen muß, ist, daß ich fürchte, mich nicht so gut verteidigt zu haben, wie ich es gekonnt hätte. Ich weiß nicht, was mit mir geschah, sicherlich liebe ich Herrn de Valmont nicht, aber es gab Augenblicke, da mir war, als ob ich ihn liebte … Sie können sich denken, daß ich mich dadurch nicht hindern ließ, ihm immer nein zu sagen; dabei fühlte ich aber genau, daß ich mich nicht so verhielt, wie ich sagte, und das war wie gegen meinen Willen, und ich war auch so benommen! Wenn es immer so schwierig ist, sich zu verteidigen, gehört schon große Übung dazu! Es ist ja wahr, Herr de Valmont hat eine Art, mit einem zu reden, daß man nicht weiß, was man ihm antworten soll. Und – würden Sie es glauben? – als er ging, war ich fast betrübt darüber, und ich hatte die Schwäche, ihm zu erlauben, daß er heute abend wiederkommt. Das bringt mich noch mehr zur Verzweiflung als alles andere.

Oh, trotz alledem, ich verspreche Ihnen hoch und teuer, daß ich ihn daran hindern werde, zu kommen. Kaum war er fort, als ich schon fühlte, daß es unrecht von mir war, ihm das zu versprechen. Darum habe ich auch die ganze übrige Zeit geweint. Besonders Dancenys wegen tat es mir so leid! Jedesmal, wenn ich an ihn dachte, kamen mir die Tränen so reichlich, daß ich zu ersticken meinte, und ich denke immerfort an ihn ... auch jetzt noch, Sie sehen es ja; mein Papier ist ganz durchnäßt. Nein, ich werde mich nie darüber trösten, wäre es auch nur um seinetwillen ... Endlich konnte ich nicht mehr, aber es gelang mir doch nicht, auch nur eine Minute zu schlafen. Und heute früh, als ich aufstand und in den Spiegel blickte, sah ich zum Fürchten aus, so verändert war ich.

Mama hat es gleich bemerkt, als sie mich sah, und sie fragte mich, was mir fehle. Darauf fing ich zu weinen an. Ich glaubte, sie würde mich auszanken, und das hätte mir vielleicht gutgetan, aber nein, im Gegenteil, sie redete so liebevoll auf mich ein! Das habe ich wahrhaftig nicht verdient. Sie sagte, ich solle es mir nicht so zu Herzen nehmen! Sie wußte ja nicht, warum ich so traurig war. Es würde mich krank machen, meinte sie. Es gibt Augenblicke, in denen ich am liebsten tot sein möchte. Ich konnte nicht mehr an mich halten, warf mich schluchzend in ihre Arme und rief aus: »Ach, Mama, Ihre Tochter ist sehr unglücklich!« Mama mußte auch ein wenig weinen, und dadurch wurde mein Kummer noch größer. Glücklicherweise hat sie mich nicht gefragt, warum ich so unglücklich bin; denn ich hätte nicht gewußt, was ich ihr antworten sollte.

Ich bitte Sie inständig, Madame, schreiben Sie mir, sobald Sie nur können, und sagen Sie mir, was ich tun soll; denn ich habe nicht die Kraft, richtig nachzudenken, und tue nichts als mich grämen. Lassen Sie mir gütigst Ihren Brief durch Herrn de Valmont zukommen; aber ich flehe Sie an: erwähnen Sie, wenn Sie ihm gleichzeitig schreiben, nicht, daß ich Ihnen etwas gestanden habe.

Ich habe die Ehre, Madame, mit stets größter Zuneigung zu sein Ihre sehr ergebene und gehorsame Dienerin … Ich wage nicht, den Brief mit meinem Namen zu unterzeichnen.

Schloß …, den 1. Oktober 17…

(1782)

Camilo José Cela: Das Leichenbegängnis

Die Beerdigung war, wie vor Jahren die meines Vaters, ärmlich und langweilig. Hinter dem Sarge gingen, ohne Übertreibung, nicht mehr als fünf oder sechs Personen: Don Manuel, das Mönchlein Santiago, Lola, einige alte Weiber und ich. Vorneweg ging Santiago mit dem Kreuz. Er pfiff sich eins und trat nach den Steinen. Dahinter kam der Sarg, dann Don Manuel, über der Soutane den weißen Ornat, der wie ein Frisiermantel aussah, und zum Schluß die Alten, klagend und weinend, daß, wer sie sah, meinen konnte, sie seien alle zusammen die Mutter dessen, der da zu Grabe getragen wurde.

Halb und halb war ich damals schon mit Lola verlobt. Ich sage halb und halb verlobt, denn obwohl wir uns mit gewisser Zuneigung anschauten, hatte ich in Wirklichkeit nie gewagt, ihr auch nur die kleinste Liebeserklärung zu machen. Ich fürchtete, sie könnte mich abweisen. Und trotzdem sie mir, so oft es nur ging, über den Weg lief, damit ich mich entscheide, war die Schüchternheit in mir stärker und ließ mich die ganze Angelegenheit, die sich schon länger als schicklich hinzog, weiter und weiter hinausschieben. Ich muß damals achtundzwanzig oder dreißig Jahre alt gewesen sein. Und sie, die etwas jünger als Rosario, meine Schwester, war ein- oder zweiundzwanzig. Lola war groß gewachsen, hatte schwarzes Haar, war von dunkler Hautfarbe und hatte Augen, so tief und so dunkel, daß es einem durch und durch ging, wenn man sie ansah. Sie hatte sehr festes Fleisch; ihr Körper war abgehärtet und gesund. Dazu war sie gut entwickelt, daß man meinen konnte, eine Mutter vor sich zu haben. Bevor ich jedoch fortfahre und es vielleicht vergessen könnte, möchte ich Ihnen an dieser Stelle und, um in allem bei der Wahrheit zu bleiben, sagen, daß sie damals so unberührt wie bei ihrer Geburt war und so wenig vom Manne wußte wie eine Novize. Ich möchte dies besonders betonen, um kein schiefes Bild von ihr entstehen zu lassen. Was sie später in den letzten Jahren ihres Lebens trieb – Gott allein weiß warum – muß sie mit ihrem Gewissen abmachen. Doch was sie zu jener Zeit tat, so bin ich ganz sicher, daß ihr jeder unzüchtige Gedanke fernlag, so daß ich augenblicklich meine Seele dem Teufel verschreiben würde, wenn man mir das Gegenteil beweisen sollte. Sie trat beherrscht und sicher auf und mit solch ungezwungenem Anstand und solcher Unbekümmertheit, daß sie alles eher zu sein schien als ein armes Bauernmädchen. Ihr reiches Haar trug sie zu einem dicken Zopf geflochten über den Rücken hängend. Er erregte viel Aufsehen, und als ich einige Monate später als Ehemann darüber bestimmen konnte, machte es mir Spaß, mir mit dem Zopf übers Gesicht zu streichen, so weich war er und so köstlich duftete er: wie nach Sonne, nach Thymian und nach den kühlen Schweißperlen, die ihr auf die Oberlippe traten, wenn sie außer Atem geriet …

Die Beerdigung – um auf den Tod meines Bruders zurückzukommen – ging ohne weitere Schwierigkeiten zu Ende. Das Grab war schon ausgehoben, wir legten meinen Bruder hinein und deckten ihn mit Erde zu. Don Manuel sprach ein lateinisches Gebet, und die Frauen knieten nieder. Als Lola niederkniete, sah ich über ihrem schwarzen Strumpf ihre Beine, weiß und prall wie Würste … Ich schäme mich dessen, was ich jetzt sagen muß. Aber möge Gott es zur Rettung meiner Seele anrechnen; unendlich viel Mühe hat es mich gekostet: in jenem Augenblick war ich über den Tod meines Bruders froh … Lolas Schenkel leuchteten wie Silber, das Blut hämmerte mir in den Schläfen, und das Herz wollte mir aus der Brust springen …

Ich sah weder Don Manuel noch die Frauen fortgehen. Als ich wieder zu mir kam, saß ich auf der Erde, die wir eben über Marios Leiche geschaufelt hatten. Warum und wie lange ich so da saß, sind zwei Dinge, die ich nie heraus bekam. Ich erinnere mich, wie das Blut weiter in meinen Schläfen kochte, das Herz davonfliegen wollte ... Die Sonne sank schon; ihre letzten Strahlen lagen auf der trauernden Zypresse, meiner einzigen Gesellschaft. Es war heiß. Ich zitterte am ganzen Körper, konnte mich nicht rühren, als hielt mich der Blick eines Wolfes gebannt.
Mir zur Seite stand Lola. Ihre Brust hob und senkte sich beim Atmen ...
»Und du?«
»Das siehst du doch!«
»Was machst du hier?«
»Nun ... gar nichts weiter. Hier herum ...«
Ich stand auf, packte sie am Arm.
»Was tust du hier?«
»Nichts, das siehst du doch, nichts!«
Lola schaute mich mit einem Blick an, der mich schaudern machte. Ihre Stimme kam wie aus dem Jenseits, tief und hohl, war wie die einer Erscheinung ...
»Du bist wie dein Bruder!«
»Ich?«
»Ja, du!«

Es war ein wilder Kampf. Zur Erde geworfen, bezwungen, war sie schöner denn je ... Ihre Brüste hoben und senkten sich, während sie immer schneller atmete ... Ich packte sie bei den Haaren und preßte sie fest gegen den Boden ... Sie wehrte sich mit all ihren Kräften, wand sich hin und her ... Ich biß sie bis das Blut kam, bis sie sich ergab und willig war wie eine junge Stute ...

»War es das, was du wolltest?«
»Ja!«
Lola lachte mich mit ihren schönen weißen Zähnen an ... Dann strich sie mir die Haare glatt.

»Bist du doch nicht wie dein Bruder! ... Bist ein Mann!«
Von ihren Lippen schienen die Worte widerzuhallen:
»Bist ein Mann ... ein Mann!«
Die Erde war weich, ich erinnere mich gut daran ... und auf der Erde ein halbes Dutzend Mohnblüten für meinen toten Bruder: sechs Blutstropfen ...
»Du bist nicht wie dein Bruder! Du bist ein Mann! ...«
»Liebst du mich?«
»Ja!«

(1942)

Anna-Leena Härkönen:
Jede Menge einschlägige Erfahrung

82 war ich sechzehn und so in Panik, daß ich noch Jungfrau war, daß ich für jeden halbwegs appetitlichen Macker die Beine breitgemacht hätte.

Natürlich wollte ich im Prinzip auf den Mann meines Lebens warten wie alle anderen, und natürlich träumte ich davon, daß beim ersten Mal die Wahnsinnsfanfare der Liebe erklingen würde, aber es tauchte erst gar kein geeigneter Kandidat auf.
In meinem Bekanntenkreis gab es nur zappelige Briefmarkensammler mit Topfschnitt und pflaumengroßen Pickeln im Gesicht und Eishockey spielende Schweinsaugen. Keinen von ihnen konnte man sich als Supermann im Bett vorstellen.
Und eines Tages war ich schon in der Neunten und traute mich kaum auf die Straße, weil ich meinte, man müsse es mir am Gesicht ablesen können, daß ich noch von nichts eine Ahnung hatte.
Nur darum ging ich in den Osterferien mit ins Zeltlager der Gemeindejugend, wo man, wie ich wußte, Jungs aus anderen Orten kennenlernen konnte, und etwa in der Mitte der Ferien traf ich meine Wahl: Jussi Raappana sollte es sein, der fünfzehnjährige Sproß des Besitzers

eines Schuhgeschäfts, der durchblicken ließ, daß er über jede Menge einschlägige Erfahrungen verfüge.
Also liege ich eines leicht bewölkten Tages in der Nähe des Zeltlagers auf dem Boden eines alten Schuppens, habe die offenen Haare um meinen Kopf arrangiert und die Lippen halb geöffnet wie die Frauen in alten finnischen Filmen und warte, während Jussi Raappana die flattrige Unterhose fallen läßt. Er plumpst wie ein Sack auf mich. Und ich mache die Beine breit und biete ihm mein Bestes, und er schiebt sein zitterndes Glied in mich hinein, küßt mich suchend wie ein Neugeborenes auf den Hals und die Wangen, und ich schließe die Augen und denke, jetzt, endlich, und spüre, daß mir die Brustwarzen stehen, wie es sich gehört, wenn eine Frau scharf ist, und das bin ich weiß Gott. Mir ist auch kalt, aber das spielt jetzt keine Rolle. Jussi stößt mit seinem Glied gegen den Eingang meiner Höhle, und ich verkrampfe mich, weil ich mich instinktiv wehre gegen den Schmerz, und zittere, und mein Mund steht immer noch halb offen. Jussi hilft seinem Glied mit der Hand, und es kommt tatsächlich ein paar Millimeter vorwärts, während ich so feucht zu sein versuche, wie es nur irgend geht, so breit und schlüpfrig wie eine Frau nur sein kann, aber es tut so verdammt weh, es tut weh, obwohl meine Brustwarzen hart sind wie kleine Kiesel und obwohl ich doch wollte, daß es jetzt und hier passiert; es war, als würde ich auseinandergerissen und plattgewalzt.
»Es geht nicht, es geht nicht«, sabbelt Jussi mir ins Ohr, und ich spüre, wie mir sein Speichel in den Gehörgang läuft.
»Es muß gehen«, japse ich.
Man konnte doch nicht mittendrin aufhören, das würde ich nicht verkraften, ich würde einen solchen Knacks weghaben, daß man nicht mal mit einer Eisenstange …
»Wart einen Augenblick«, flüstere ich und hänge ein »Liebling« dran, und meine Brust füllt sich mit überirdischer Wärme, als ich das Wort ausspreche. Geschlechtsverkehr ist das Schönste, was zwischen zwei Menschen passieren kann!
Jussi hält mit einem verwirrten Lächeln inne. Ich lasse

mich ganz schlaff werden, atme den Geruch von Jussis billigem Rasierwasser ein und konzentriere mich auf das einzige Ziel, durchzuhalten.
»Jetzt!« befehle ich. Und Jussi schiebt sein Ding, so fest er mit seinen wackeligen Hüften kann, bis zum Ende hinein, er fletscht die Zähne dabei, und auf seinem Gesicht breiten sich große pfannkuchenförmige Flecken aus.
»Oi!« stöhnt er nach dem Kraftakt. »Oi, oi, oi, oi, oi ...«
Ich kann nicht antworten, nur Tränen stürzen unter meinen zusammengepreßten Lidern hervor, und Jussi beginnt zu stoßen, vor und zurück, und jeder Stoß ist so, als wollte er mir die Möse zu Hackfleisch verarbeiten; das soll es sein, dieses lächerliche Gestochere? Ein weißer Knabenkörper stochert in meinem Unterleib, der sich anfühlt wie mit Ameisenpisse gefüllt, im Schuppendach ist ein Loch, durch das man ein Stück bewölkten Himmel sieht, und Jussi Raappana ist nicht mehr der männlichste aus der Hochwasserhosenriege des Zeltlagers, der einzige, dem wenigstens ein paar Härchen am Kinn sprießen, und der einzige, der nicht mehr im Stimmbruch krächzt. Jetzt ist er nur noch ein grimassenschneidender Zwerg mit Sommersprossen und einer roten Nase, sein täppisch tastender Mund schmeckt nach der Sauermilch, die es zum Frühstück gegeben hat, und mir wird gerade der einzige Schatz genommen, den eine Frau besitzt.
Als er endlich aufhört, drückt er mich für einen Augenblick an sich, schnappt nach einer meiner immer noch harten Brustwarzen und saugt daran, als wäre sie der Schlußpunkt unter die ganze Veranstaltung. Es gibt einen kleinen quietschenden Laut, der schüchterne Schmerzensschrei meines geschundenen Körpers.
Für den Rest der Zeit hing Jussi mir ununterbrochen auf der Pelle und schlug einsame Spaziergänge vor. Ich ließ ihn noch zweimal dran, nur um zu sehen, ob sich an seinem Gestochere irgendwie was änderte, aber es änderte sich nichts. Von wegen einschlägige Erfahrungen, nichts als blödes Imponiergehabe. Einen Gummi haben wir übrigens bei keinem der drei Male benutzt. Ich war noch

dämlich genug zu glauben, mir könne »so was« nicht passieren.
Ich bereute nichts, aber ich konnte den Typ nicht mehr sehen. Schon diese bescheuerten Haare: eine steife gelbe Bürste, mit der er in jeder Volkstanzgruppe aus Schonen die Glanznummer abgegeben hätte.
Ich redete nicht mehr mit ihm. Nach den Ferien rief er noch mal an und erzählte mir was von Autos. Ich war kurz angebunden, schnitt mir beim Telefonieren die Nägel, und er versuchte es nie wieder. Jahre später hörte ich, daß er Polizist geworden war.

(1991)

Liebe beginnt …

Senel Paz: Sag ihr ja nicht, daß du sie liebst

Arnaldo erzählte überall herum, ich würde diese Nacht mit einer Frau schlafen. Natürlich verriet er nicht, daß Vivian die Auserwählte war. Na ja, irgend jemand mußte doch drauf gekommen sein, weil an dieser Schule niemand mit Scheuklappen herumläuft. Also, ich wartete bis alle geduscht hatten, und als sie fort waren und mir niemand mehr auf den Geist gehen konnte, ging ich in aller Ruhe unter die Dusche. Ich scheuerte mich, was das Zeug hielt, seifte mich immer wieder ein und dann noch mal mit der Bürste. Ich dachte daran, daß sie vielleicht die eine oder andere Stelle meines Körpers riechen oder berühren würde, wer weiß, sicherlich würde sie mich berühren, und ich wollte ganz sauber sein und gut riechen und ging in Gedanken alle Stellen durch, an denen ich sie selbst küssen würde, an denen ich sie nach den Worten Arnaldos unbedingt küssen *mußte*, damit sie mich niemals vergessen würde, damit sie *niemals* dieses erste Zusammensein mit einem Mann, eben mit mir, vergessen und noch im Alter eine hohe Meinung von mir haben würde. Arnaldo hatte mir drei oder vier Sachen erklärt, die man mit den Frauen machen *muß*, vor allem, daß ich ihr um nichts in der Welt sagen solle, daß ich sie liebe, selbst nicht im schönsten Augenblick der Vereinigung, weil eine Frau, sobald sie weiß, daß du sie liebst, also dann bist du schon verloren, abgemeldet, und sie läßt dich nach Herzenslust leiden. Aber an jenem Tag sang ich sogar. Ich scheuerte mir die Ohren, hier und dort, ich wusch mir die Haare mit Shampoo, ganz vorsichtig, rieb mir den Rücken ab, rasierte mich gründlich, putzte die Zähne und die Zunge. Ich kann dir sagen! Ich glänzte richtig und war so zufrieden mit mir, daß ich jedesmal grinsen mußte, wenn ich mich im Spiegel sah. Stell dir vor, ich bewegte mich dann wie Charlie Chaplin oder jemand wie er, weil ich genau wußte, was auf mich zukam, und es war das erste Mal, und es war Vivian, und ich schwöre dir, daß ich versuchte, nicht daran zu denken, nicht daran zu denken, die Ereignisse nicht vorwegzunehmen und sie im Geiste ganz zu respektieren. Aber du weißt ja wie das so ist mit dem Geist, jedenfalls mit meinem Geist. Du sagst ihm, denk nicht an so etwas, weil es respektlos ist und er sagt dir: ja, ja, ich werde nicht daran denken. Alles Lüge, er denkt nun erst recht daran. Also stell dir vor, ich merkte, woran mein Geist gerade im Begriff war zu denken, aber ich wollte Vivian respektieren und den Ereignissen eben nicht vorgreifen. Trotzdem dachte mein Geist daran und mein Geschlecht spielte verrückt. Ich krallte mich am Waschbecken fest, konzentrierte mich stark und stellte mir ein ganz weites Blumenfeld mit vielen, vielen Blumen vor, es ging vorüber, und ich fühlte Respekt vor ihr. Wenn ich vor Freude oder in einem unpassenden Augenblick erregt bin, beispielsweise im Unterricht, denke ich nämlich immer an Blumen und dann überwinde ich es. Aber sie müssen gelb sein. Ich war also, wie gesagt, an jenem Tag in der Dusche, sehr zufrieden und mit einem Gefühl, das ich immer habe, wenn ich an Vivian denke, aber auch mit anderen Gefühlen, und dann war ich fertig, glänzte und öffnete die Tür, eben an jenem besagten Tag. Es war zum Verrücktwerden, alle waren da und erwarteten mich, so leise, daß ich sie nicht gehört hatte, im Spalier, das bis an mein Bett reichte, wie der Hofstaat bei der morgendlichen Weckzeremonie des Königs. Sie empfingen mich mit »heeeeeee!«. Diese Mistkerle. Und sofort bewarfen sie mich mit Kopfkissen und schlugen mir ins Genick. Ich versuchte, die Tür zu schließen. »Du wolltest also zum Mann werden, ohne es den Kumpels zu sagen, was?« sagten sie. »Wir müssen ihn einparfümieren!« Und sie stellten mich nackt auf einen Stuhl, wobei sie mich immer wieder stießen und pufften. »Reiben wir ihm doch die Eier mit Schuhcreme ein, damit sie glänzen!« »Nein, nein, Leute, das nicht, dauert zu lange.« »Und wie wär's mit Zahnpasta unter den Armen?« »Bringt doch mal Talkum her!« Sie waren der Meinung, daß ich mit meinem Ausgehhemd nicht elegant genug sei – wie ich überhaupt nur so ruhig dabei bleiben kann –, sondern den lila Pullover anziehen müsse, ein Mitbringsel für Jorge aus der

Tschechoslowakei, und ich hatte doch nicht etwa Austern gegessen?! Sie besprühten mich mit mindestens fünf verschiedenen Deodorants und Parfüms, zwangen mich, ein Pfefferminzbonbon zu essen, damit ich keinen Mundgeruch habe. »Ich habe überhaupt keinen Mundgeruch!« Sie überprüften meine Nägel, schleppten mich zum Spiegel, und als sie keine Lust mehr hatten mich zu kämmen, kamen sie zu dem Schluß, daß es kein Filmschauspieler mit mir aufnehmen könnte. Sie durchwühlten meine Tasche und taten als Kumpels eine kleine Spende hinein. Sie waren eben Spaßvögel, Freunde, Neidhammel, aber es war schon bald drei Uhr nachmittags, also spät, und sie hauten ab, die Mistkerle. Arnaldo erklärte mir noch einmal, wie ich es anstellen sollte, damit niemand mitbekam, daß ich ein Neuling auf diesem Gebiet war, und wünschte mir Glück, viel Glück. Ich solle ihn, sobald ich zurück war, wecken und ihm alles erzählen. Und ich solle Vivian auf keinen Fall sagen, daß ich sie liebe, auf keinen Fall. Man sähe mir schon an, daß ich leicht schwach werden könnte. Ehrlich gesagt, hatte ich zu dem Zeitpunkt noch so meine Zweifel. Schlimmer noch, ich fing an, mehr denn je zu zweifeln und nervös zu werden. Ich wünschte, die Zeit verginge nicht und der besagte Augenblick rückte damit in weite Ferne. Ich fragte mich, ob ich gut daran tat, Vivian darum gebeten zu haben, und ob das hieß, sie zu lieben, wie ich sie liebte. Aber, stell dir vor, ich konnte nicht zurück, es war einfach nicht mehr möglich. Was würde Arnaldo denken? Und noch dazu jetzt, wo es die anderen eh wußten?! Verstehst du, daß ich nicht zurückkonnte? Wenn ich doch ungeheure Magenschmerzen bekäme oder wirklich in Tränen ausbräche! Doch nichts dergleichen passierte. Plötzlich mußte ich an Pudding denken. Ja, an Pudding. Früher habe ich mir aus diesem süßen Zeug überhaupt nichts gemacht, aber hier in der Internatsschule gibt es oft Pudding und seine sanfte Art, sich zu bewegen oder zu stehen, seine Farbe, diese Art und Weise wie er dich anlacht, so daß du Lust bekommst, ihn zu essen, das alles erinnert mich an die Brüste von Vivian, auch wenn du mich für verrückt hältst, an ihre so schönen Brüste, die in meine Hände passen, wenn ich sie küsse. Und ich esse drei, vier, fünf Portionen Pudding, tausche sie gegen den Fisch. Ich weiß nicht mehr, ob mir der Pudding in dem Augenblick durch den Kopf ging, als ich zu ihrem Wohnheim gelangte und sie schwarz gekleidet herauskam, oder erst später. […]

Wir gingen ins Kino. Und als wir aus dem Payret herauskamen, war es eine herrliche Nacht geworden. Es hatte geregnet, alles war beleuchtet und bunt, und es waren viele Menschen auf der Straße, alles war vom Regen naß. Und sie ging an meiner Seite, ganz nah, mit offenem Haar. »Warum hast du es denn so eilig? Hat dir der Film gefallen? Laß uns darüber reden!« Und sie fing an, ihre Meinung zu sagen, über den sozialen Gesichtspunkt und was weiß ich für andere Sachen. Ich hörte gar nicht zu und hatte von dem Film auch überhaupt nichts mitbekommen. Stell dir vor, mir schlug so das Herz, weil mir im Kino plötzlich wieder einfiel, daß es Paare geben soll, die beim ersten Mal kein Glück haben: Sie bekommt Angst, das Jungfernhäutchen ist zu widerstandsfähig, das Mädchen hat ungeheure Blutungen, und der Notarzt muß gerufen werden, oder er hat Probleme, weil er viel zu nervös ist. Wenn meine Nerven mir das antun, dann gnade ihnen Gott! Und ich sagte zu ihr: »Wir gehen nicht zum Internat zurück.« »Und wo gehen wir dann hin?« »Irgendwohin.« Ich hatte weiter keine Erklärungen gegeben, sie kam aber trotzdem mit, und da waren wir dann auch schon am Ziel. Wir gingen rasch in ein Gebäude hinein, ich sprach kurz mit einem Mann, bezahlte schnell zwei Pesos achtzig und wir stiegen ebenso schnell eine Treppe hinauf, gingen an vielen Türen vorbei. Der Schlüssel wollte nicht schließen, endlich ging die Tür doch auf, wir gingen hinein … und ich mußte mich erst mal an die Wand lehnen, so klopfte mir das Herz. Das Zimmer war erleuchtet, und Vivian ging zwei oder drei Schritte nach vorn, blieb stehen, nahm die Tasche in die andere Hand, so wie sie es immer tut. Das Zimmer war hoch und häßlich, gräßlich, was soll ich dir sagen. Es stand dort ein kleiner Schrank ohne Türen, in dem ein paar verbogene Drahtbügel hingen. Auf einem Tisch, von dem die Farbe abblätterte, sah man eine Waschschüssel mit Wasser, einen Aluminiumkrug, zwei Gläser aus der Sowjetunion, Toilettenpapier und Duftseife. Das fahlgelbe Licht warf unsere Schatten an die Wand, die voll von Zeichnungen und gemeinen Wörtern war. Vivian ging bis zum Fenster, das offen stand, und ich konnte genau über ihrem Kopf, ganz weit entfernt, ein bißchen dunkler durch ihr Haar, die rote Propagandazeile *Revolution heißt Aufbau* auf einem der Häuser von Havanna sehen. Ich las sie bestimmt an die fünfmal und traute mich nicht, was zu sagen. Am Fenster stand auch der Mond und ein paar Wölkchen, die vor ihm langzogen. Er war wunderschön, und ich schaute ihn unaufhörlich an. Plötzlich wurde ich ein wenig ruhiger. Ich weiß, daß wir den Mond nicht unbedingt brauchen und daß es bedeutet, romantisch und schmalzig zu sein. Diesen Teil der Geschichte werde ich Arnaldo auch nicht erzählen, aber er war doch schön anzusehen, ich schwör's dir. Und Vivian drehte sich langsam um. Sie machte gewaltig Eindruck auf mich. Wie nie zuvor. Ich schließe die Augen und sehe sie dennoch. Du kannst dir nicht vorstellen, wie schön sie war, wie schön. Ich bin so verliebt in sie, daß ich mich schäme, es noch nicht ausgesprochen zu haben. Sie fragte mich mit einer schrecklichen Stimme: »Das ist ein Stundenhotel, nicht wahr?« Ich wollte verneinen, ihr sagen, daß es nur ein schlechtes, zweitklassiges Hotel sei, aber ich sagte ihr die Wahrheit. »Ja.« Ein ganz zaghaftes Ja. Sie drehte mir den Rücken zu. Nach einer Weile hörte ich sie sagen: »Mein Gott, jetzt bin ich schon in einem Stundenhotel gelandet. Das ist das, was Mama immer sagt: Ich sei schlecht, man könne mir nicht vertrauen. Sie ist in dem Glauben, ich sei in der Schule und dabei bin ich mit meinem Freund in einem Stundenhotel.« Ich näherte mich ihr, wußte nicht, was ich ihr sagen, was ich tun sollte. Stell dir vor, sie hatte ja recht. Jeder faßt das eben anders auf, denn wenn ich meiner Mutter erzählen würde, daß ich mit einer Frau im Stundenhotel war, wäre sie sehr zufrieden. Ein Gefühl des Unwohlseins stieg in mir hoch. Ich bereute, sie hergebracht zu haben, und verstand plötzlich ihre Situation. Wenigstens erinnerte ich mich an Arnaldos Worte, daß man die Frauen nicht bedauern darf, weil es ihnen selbst nicht gefällt, bedauert zu werden. Sie drehte sich um, mit weit geöffneten Augen. »Hattest du keinen anderen Ort, wo wir hingehen konnten?« Nein, hatte ich nicht. Was wußte ich denn schon von solchen Orten? Für mich war es auch das erste Mal. Es tat mir weh, wie sie sprach, daß sie mich nicht verstand, und ich fühlte mich noch unwohler. »Wenn du willst«, sagte ich, »wenn es dir hier nicht gefällt, gehen wir, und ich werde dir deswegen überhaupt nicht böse sein.« Und ich umarmte sie, um ihr zu zeigen, daß sie nicht allein war, nicht allein die Schuld an der Situation hatte, der Schuldige auf jeden Fall ich war. Und ich wollte ihr sagen, daß sie zwar hier war, aber mit einem Jungen, der sie wahnsinnig liebte, der Mann ihres Lebens. Und das ließ den Ort weniger wichtig erscheinen. Sie umarmte mich ebenfalls, sie wollte mich, und ich blieb vor dem offenen Fenster stehen. Ein Bus fuhr lärmend vorbei. »Das ist sicher der Siebenundzwanziger«, dachte ich. »Wir lassen uns nicht nervös machen«, sagte sie, »schade nur, daß wir es in einem so häßlichen Zimmer tun müssen.« Du, also wirklich, diese Orte müßten eigentlich hübscher sein, damit man nicht das Gefühl bekommt, etwas Schlechtes zu tun. Dann machte sie das Licht aus – Frauen gefällt es im Dunkeln – und zog sich aus. Du kannst dir nicht vorstellen, welch schöner Anblick das war. Sie setzte sich auf den Bettrand. Die Helligkeit von draußen, das Mondlicht fielen auf sie. Ich zog den Pulli aus. Ich hörte, wie er auf den Boden fiel, und war froh, daß ich die schwarze Hose anhatte und nicht die andere, weil die schwarze einen Reißverschluß hat und ich das Geräusch, das ein Reißverschluß verursacht, so mag. Ich fühlte mich so männlich, als ich ihn vor einer

Frau aufmachte und wußte, daß auch sie dieses Geräusch gehört hatte. Und die Hose rutschte die Oberschenkel herunter, über meine Füße, fiel auf den Boden. Wir waren beide nackt, keiner schaute den anderen an, wir waren ein wenig fahl durch das einbrechende Licht, auch ein wenig rot, und wußten einfach nicht, was wir nun tun sollten. Wir hatten Angst, daß in diesem Moment die Tür aufgeht und der Schuldirektor, ihre Mutter, der Bildungsminister wütend hereinkommen, und ihre Mutter schreit: »Mein Gott! Heilige Jungfrau! Großer Gott! Was tut meine Tochter nur. Wenn ihr Vater das erfährt, bringt er sie um.« So war's, das schwöre ich dir. Wir warteten eine ganze Weile, aber niemand kam. Ich rückte näher an sie heran, wir schauten uns an wie beim allerersten Mal und ließen uns langsam auf das Bett fallen. Wir fingen an, unsere Zurückhaltung aufzugeben, in die Zukunft zu sehen und uns von einer Meeresbrise einfach nur dahintragen zu lassen. Dabei wurden wir von unserem Instinkt geleitet und unsere Umarmung schien uns keinesfalls fest genug, bis wir die Blumen entdeckten. Überall im Zimmer waren mit Feuchtigkeit bedeckte Blumen: Auf dem Boden und auf dem Bett, sie schmückten die Wände, hingen an der Decke und über dem Fensterbrett. Wir konzentrierten uns, und tatsächlich hörten wir die kleinen Geräusche der Liebe: Ein weit entfernter Fluß, Muscheln, zwei Blätter. Und da waren auch unsere Körper, ihre Haut und meine, unsere Lippen und Hände und Augen und unser Haar. Wir tranken uns gegenseitig, so sehr, daß wir zwei Kinder sahen, die im Morgengrauen über eine Wiese mit glänzenden Sonnenblumen bergauf liefen und dabei die Schmetterlinge erschreckten. Sie trug einen Schirm, er einen Degen und eine Trommel, beide weiß gekleidet, und sie hielten sich an den Händen. Als der Regen begann, warfen sie sich auf die Sonnenblumen, gingen aber nicht unter, sondern trieben dahin und fingen an, sich in der Umarmung zu drehen, umgeben von Schmetterlingen. Sie schauten sich in die Augen, und sie sah, wie er sich aufrichtete, den Degen erhob, der so hoch oben glänzte, bläuliche Blitze, und sie fühlte, daß er sie umbrachte, und sie blieben in der Umarmung, umkreisten erneut die Blumen, mit geschlossenen Augen, und dann begannen sie, nach unten zu fallen, gefolgt von allen Sonnenblumen, und im Fallen ließen sie eine Farbspur hinter sich, sahen und sprachen sie Wörter wie Jambuse, Laub, Sand, Diele, Obelisk, Kätzchen, Königspalme, Kalebasse, Stärke, Tauben ... Und als das letzte Wort sich löste und verlor, hingen sie an einem dicht belaubten Baum, wie von der Brandung zurückgelassen, und wir zwei, Vivian und ich, starben an einem anderen Ort oder auch dort, sehr weit entfernt oder ganz nah, und im letzten Augenblick des Lebens sahen oder fühlten wir, daß die Kinder sich uns anschlossen, weiß gekleidet, sich an den Händen haltend, sich wieder entfernten. Sie schwebten über uns hinweg, sie mit dem Band in der Hand, sie hatte den Schirm verloren, er trommelte. Sie sagte etwas zu Vivian, sehr laut, weil sie schon weit entfernt waren, und ich verstand sie nicht, obwohl ich glücklich war. Er sprach zu mir, zufrieden, mit der Hand grüßend und immer weiter entfernt, glücklicher, bis sie nicht mehr zu sehen waren ... Ganz langsam kamen wir wieder zu uns. Es kamen uns die Wörter in den Sinn, das Atmen der Lunge und ich bewegte mich auf Vivian, die sich sanft beschwerte und lächelte und kraftlos die Finger aus meinem Haar gleiten ließ. Ich glitt in sie hinein, ein wenig, und verstand nicht, was ich dabei fühlte. Ich hörte weit entfernt eine mir unbekannte Musik, und ich erhob mich noch mehr, roch und hatte immer noch dasselbe Gefühl. Und ich sah ihr auf dem Kopfkissen ausgebreitetes Haar und ihr Lächeln und ihre Brüste und ihre offenen und gleichzeitig geschlossenen Augen, aus denen ein Glanz tropfte. Und obwohl ich an Arnaldo dachte, konnte ich nicht anders und sagte es ihr: *Ich liebe dich.* Ich umschlang erneut ihren Körper, und ein riesengroßer Schwarm Vögel erhob sich in meinem Geiste, wie ein Donnerschlag.

(1980)

Vladimir Nabokov: Ada und Van

In jener Nacht hatte Van, wegen des störenden Blinkens eines weit entfernten Wetterleuchtens durch die schwarzen Herzen seiner Schlaflaube, die beiden Tulpenbäume aufgegeben und war in seinem Zimmer zu Bett gegangen. Der Tumult im Haus und der Aufschrei der Magd unterbrachen einen seltenen, brillanten, dramatischen Traum, an dessen Gegenstand er sich später nicht mehr erinnern konnte, obwohl er ihn immer noch in einem geretteten Schmuckkasten bewahrte. Wie üblich schlief er nackt und schwankte nun, ob er ein Paar Shorts anziehen oder sich in sein Schottenplaid hüllen sollte. Er entschloß sich für das zweite, ließ eine Streichholzschachtel rasseln, zündete seine Nachtschrankkerze an und fegte aus seinem Zimmer, bereit, Ada und all ihre Larven zu retten. Der Flur war dunkel, irgendwo bellte ekstatisch der Dachshund. Van hörte aus den schwächer werdenden Rufen heraus, daß die sogenannte »Herrschaftliche Scheune«, eine riesige, geliebte Konstruktion in drei Meilen Entfernung, in Flammen stand. Fünfzig Kühe hätten kein Heu gehabt und Larivière keine Sahne für ihren Mittags-Kaffee, wäre es zu späterer Jahreszeit passiert. Van fühlte sich gekränkt. Sie sind alle fort und haben mich zurückgelassen, wie der alte Firs am Schluß vom *Kirschgarten* murmelt (Marina war eine angemessene Mme Ranevskij).

Die Schotten-Toga um sich geschlungen, begleitete Van seinen schwarzen Doppelgänger die Zusatz-Wendeltreppe hinab, die zur Bibliothek führte. Er stützte ein bloßes Knie auf den zottigen Divan unterhalb des Fensters und zog die schweren roten Vorhänge zurück.

Onkel Dan, dem eine Zigarre zwischen den Zähnen steckte, und Marina mit Kopftuch, Dack im Griff, der die Wachhunde verbellte, waren drauf und dran, zwischen erhobenen Armen und schwingenden Laternen mit dem Zweisitzer – so rot wie eine Feuerwehr! – loszufahren, wurden aber schon in der knirschenden Kurve der Ausfahrt von drei englischen Lakaien zu Pferde mit drei französischen Zofen *en croupe* überholt. Die gesamte Dienerschaft schien aufzubrechen, um das Feuer zu genießen (ein seltenes Ereignis in unserer feuchten, windstillen Gegend), und benutzte dabei jeden verfügbaren oder vorstellbaren Apparat: Telegas, Telesitze, Straßenboote, Tandems und sogar die Aufzieh-Gepäckwagen, mit denen der Bahnhofsvorsteher die Familie in Gedenken an Erasmus Veen, den Erfinder derselben, versah. Nur die Gouvernante, die pfeifend und stockend schnarchte, verschlief die ganze Angelegenheit (wie Ada, nicht Van, inzwischen entdeckt hatte) in dem Zimmer gleich neben dem alten Kinderzimmer, wo Klein Lucette eine Minute lang wach lag, ehe sie ihrem Traum nachsprang in den letzten Caravan.

Van, am Aussichtsfenster kniend, sah das entflammte Auge der Zigarre sich entfernen und verschwinden. Der vielfältige Aufbruch ... Mach weiter.

Der vielfältige Aufbruch bot wirklich einen prachtvollen Anblick vor dem blassen, sternübersäten Firmament des praktisch subtropischen Ardis, das zwischen den schwarzen Bäumen von einer fernen Flamingo-Röte gefärbt war an der Stelle, wo die Scheune brannte. Um hin zu kommen, mußte man ein großes Wasserbecken umrunden, das ich erkennen konnte, wenn es hier und dort in schuppiges Licht aufbrach in den Augenblicken, da irgendein tollkühner Stallknecht oder Küchenjunge auf Wasserskiern oder in einem Kanu oder mittels eines Floßes darüber hinwegfuhr – typische Floß-Wellen wie Feuerschlangen in Japan; und man konnte nun mit den Augen des Künstlers den Lampen der Motorkutschen folgen, wie sie in Kiellinie sich ostwärts voranbewegten entlang dem AB-Ufer jenes rechteckigen Sees, dann, beim Erreichen seines B-Winkels, scharf wendeten, sich die kurze Seite hinaufschleppten und wieder in verschwommener und verminderter Gestalt nach Westen zurückkrochen auf einen Mittelpunkt am entfernten Rand los, wo sie nach Norden schwenkten und verschwanden.

Als zwei letzte Gefolgsleute, der Koch und der Nachtwächter, über den Rasen auf einen pferdelosen Zweirädler oder Jungpferd-Wagen zuhasteten, der da stand und sie mit aufgerichteten Deichseln grüßte (oder war es eine Rikscha? Onkel Dan hatte einmal einen japanischen Diener), war Van entzückt und schockiert, als er eben dort, im tintigen Buschwerk, Ada in ihrem langen Nachthemd mit einer brennenden Kerze in der einen Hand und einem Schuh in der anderen vorüberwandeln sah, als ob sie den verspäteten Ignicolisten nachschlich. Es war nur ihre Spiegelung in der Scheibe. Sie ließ den aufgelesenen Schuh in den Papierkorb fallen und kniete sich neben Van auf den Diwan.

»Kann man irgend etwas sehen, oh, kann man's sehen?« wiederholte das dunkelhaarige Kind dauernd, und hundert Scheunen loderten auf in ihren bernstein-schwarzen Augen, als sie vor seliger Neugier strahlte und umherspähte. Er befreite sie von ihrem Kerzenständer, indem er ihn zu seinem eigenen längeren auf den Fenstersims stellte.

»Du bist nackt, du bist schrecklich unschicklich«, bemerkte sie ohne hinzuschauen und ohne Nachdruck oder Tadel, woraufhin er sich noch fester verhüllte, Ramses der Schotte, da sie neben ihm kniete. Einen Augenblick lang betrachteten sie beide das romantische Nachtstück, das vom Fenster eingerahmt war. Er hatte angefangen sie zu streicheln, zitternd, geradeaus starrend, durch den Batist hindurch mit der Hand eines Blinden die Senke ihrer Wirbelsäule nachziehend.

»Schau, Zigeuner«, flüsterte sie und zeigte dabei auf drei schattenhafte Figuren – zwei Männer, einer mit einer Leiter, und ein Kind oder Zwerg –, die sich vorsichtig über den grauen Rasen bewegten. Sie sahen das kerzenerleuchtete Fenster und machten sich aus dem Staube, wobei der kleinere *à reculons* lief, als ob er photographierte.

»Ich blieb absichtlich zu Hause, weil ich hoffte, du würdest es auch tun – es war ein ausgeheckter Zufall«, sagte sie oder sagte später, sie hätt's gesagt – während er fortfuhr, die Flut ihrer Haare zu liebkosen und ihr Nachthemd zu reiben und zu knittern, zwar noch nicht wagend, dar-

unter und aufwärts zu gehen, jedoch mit dem Mut, ihr Gesäß nachzuformen, bis sie sich mit einem kleinen Zischen auf seine Hand und ihre Hacken setzte, als das brennende Karten-Schloß zusammenfiel. Sie wandte sich ihm zu, und im nächsten Augenblick küßte er ihre bloße Schulter und stieß gegen sie wie der Soldat hinter ihr in der Schlange.
Höre das erste Mal von ihm. Ich dachte, der alte Mr. Nymphobottomus sei mein einziger Vorgänger gewesen.
Im vergangenen Frühjahr. Ausflug in die Stadt. Französische Theater-Matinée. Mademoiselle hatte die Karten verlegt. Der arme Bursche dachte vielleicht, »Tartuffe« sei eine Hure oder Striptease-Tänzerin.
Ce qui n'est pas si bête, au fond. Was gar nicht mal ganz dumm war. Okay. In jener Szene aus der Brennenden Scheune aber –
Ja?
Nichts. Mach weiter.
Oh, Van, in jener Nacht, in jenem Augenblick, da wir Seite an Seite im Kerzenlicht knieten wie Betende Kinder auf einem sehr üblen Bild, und zwei Paar weichfaltige, einstmals Baumtier-Sohlen zeigten – nicht der Großmutter, die die Weihnachtskarte bekommt, sondern der überraschten und erfreuten Schlange –, wollte ich dich, daran erinnere ich mich noch, unbedingt um eine kleine, rein wissenschaftliche Auskunft bitten, weil mein heimlicher Blick –
Nicht jetzt, jetzt ist es kein schöner Anblick, und es wird gleich noch schlimmer werden (oder Worte in dieser Richtung).
Van konnte nicht entscheiden, ob sie wirklich äußerst unwissend und so rein war wie der – nun seiner Feuerfarbe beraubte – Nachthimmel, oder ob völlige Erfahrenheit ihr riet, sich ein kaltes Spiel zu erlauben. Es war eigentlich nicht wichtig.
Warte, nicht gerade jetzt, antwortete er mit gedämpftem Murmeln.
Sie bestand darauf: möchtgernfragen, möchtgernwissen –

Er liebkoste und teilte mit seinen fleischigen Falten, *parties très charnues*, im Falle unserer leidenschaftlichen Geschwister, ihr leichtes, loses, fast lendenlanges (wenn sie ihren Kopf wie jetzt zurückwarf) schwarzes Seidenhaar und versuchte, an ihren bettwarmen Splenius zu gelangen. (Es ist weder hier noch anderswo, es gab da schon einen ähnlichen Abschnitt, nötig, einen einigermaßen klaren Stil mit vagen anatomischen Begriffen zu bekleckern, an die sich ein Psychiater aus seiner Studienzeit erinnert. In Adas letzter Schrift.)
»Möchtgernwissen«, wiederholte sie, als er gierig sein heißes, blasses Ziel erreichte.
»Ich möchte dich gern fragen«, sagte sie ganz deutlich, aber auch ganz außer sich, denn seine aufwärtswühlende Hand hatte sich unter der Achselhöhle hindurch einen Weg gebahnt, und sein Daumen auf einem Brustwärzchen ließ ihren Gaumen prickeln: das Läuten nach der Zofe in georgianischen Romanen – undenkbar ohne das Vorhandensein von *elettricità* –
(Ich protestiere. Das nicht auch noch. Sogar im Lithuanischen und Lateinischen ist das verboten. Adas Anmerkung.)
»– dich fragen ...«
»Frag«, rief Van, »aber verdirb nicht alles« (wie von dir sich zu nähren, an dir sich zu winden).
»Also warum«, fragte sie (verlangte sie, forderte sie heraus, eine Flamme knisterte, ein Kissen lag auf dem Fußboden), »warum wirst du da so dick und hart, wenn du –«
»Werde wo? Wenn ich was?«
Um es klar zu machen, taktvoll, tastbar, bauchtanzte sie gegen ihn, immer noch mehr oder weniger kniend, ihre langen Haare gerieten dazwischen, ein Auge starrte in sein Ohr (ihre gegenseitigen Positionen waren inzwischen ziemlich verworren).
»Sag's noch einmal!« rief er, als wäre sie weit fort, eine Spiegelung in einem dunklen Fenster.
»Du zeigst es mir auf der Stelle«, sagte Ada fest.

Er ließ seinen Behelfs-Kilt fallen, und sofort änderte sich der Tonfall ihrer Stimme.
»Ach je«, sagte sie wie ein Kind zum anderen. »Es ist ganz gehäutet und roh. Tut es weh? Tut es schrecklich weh?«
»Faß an, schnell«, flehte er.
»Van, armer Van«, sprach sie weiter mit jenem kleinen Stimmchen, mit dem das süße Mädchen zu Katzen, Raupen, sich verpuppenden Welpen sprach, »ja, ich bin sicher, daß es schmerzt, würde es helfen, wenn ich anfaßte, bist du sicher?«
»Und ob!« sagte Van. *»On n'est pas bête à ce point«* (»Dummheit hat Grenzen«, umgangssprachlich und grob).
»Reliefkarte«, sagte die Primel-Pedantin, »die Flüsse Afrikas.« Ihr Zeigefinger folgte dem blauen Nil hinab in seinen Dschungel und wanderte wieder nach oben. »Und was ist das hier? Der Hut vom Roten Boletus ist nicht halb so samtig. Wirklich (regelrecht daherplappernd), ich fühle mich an die Geranien- oder eher an die Pelargonienknospe erinnert.«

»Gott, wer wohl nicht«, sagte Van.
»Oh, ich mag diese Textur, Van, ich mag sie! Ganz bestimmt!«
»Drück zu, du Gans, siehst du nicht, daß ich umkomme.«
Aber unsere junge Botanikerin hatte nicht die leiseste Ahnung, wie das Ding richtig zu handhaben sei – und Van, nun in extremis, stieß es roh in den Saum ihres Nachthemds und konnte ein Stöhnen nicht verhindern, als er in einer Lache von Lust dahinschmolz.
Sie blickte bestürzt nach unten.
»Nicht was du glaubst«, bemerkte Van ruhig. »Dies ist *nicht* das kleine Geschäft. Übrigens ist es so sauber wie Grasmilch. Also, jetzt ist der Nil erledigt, Stop Speke.«
(Ich frage mich, Van, *warum* du dir soviel Mühe gibst, unsere poetische und einzigartige Vergangenheit in eine schmutzige Farce umzuwandeln? Ehrlich, Van! Oh, ich *bin* ehrlich, so ist es gelaufen. Ich war meiner nicht sicher, daher die Dreistigkeit und das dumme Grinsen. *Ah, parlez*

pour vous: ich, Lieber, kann bestätigen, daß jene berühmten Fingerreisen dein Afrika hinauf und an den Rand der Welt beträchtlich später kamen, als ich die Reiseroute auswendig kannte. Verzeih, nein – wenn alle Leute sich an dasselbe erinnerten, wären sie nicht verschieden. So ist-es-gelaufen. Aber wir sind nicht »verschieden«! Denken und Träumen ist im Französischen dasselbe. Denke an *la douceur,* Van! Oh, ich denke daran, natürlich denke ich daran – es war nur *douceur,* mein Kind, mein Reim. Das ist besser, sagte Ada.)

Bitte, erzähl du weiter.

Van streckte sich nackend aus in dem nun reglosen Kerzenlicht.

»Laß uns hier schlafen«, sagte er. »Sie sind nicht eher zurück, als bis das Morgenrot Onkel Dans Zigarre neu entzündet.«

»Mein Hemdchen ist *trempée*«, flüsterte sie.

»Zieh's aus, diese Decke faßt zwei.«

»Guck weg, Van.«

»Das ist nicht fair«, sagte er und half ihr, es über ihren haareschüttelnden Kopf zu ziehen. Ein Hauch von Kohle bloß beschattete den Punkt des Mysteriums auf ihrem kreideweißen Körper. Ein schlimmer Furunkel hatte eine rosa Narbe zwischen zwei Rippen hinterlassen. Dort küßte er sie und legte sich zurück auf seine verschränkten Hände. Sie betrachtete aus der Höhe über seinem gebräunten Körper die Ameisenkarawane auf die Oase des Nabels zu; er war entschieden haarig für seine Jugend. Ihre jungen, runden Brüste hingen genau über seinem Gesicht. Ich mißbillige als Arzt wie als Künstler die post-koitale Zigarette des Philisters. Es stimmt indessen, daß Van der Glasbehälter mit Türkischen Traumatis auf einer Konsole nicht verborgen geblieben war, die aber zu weit weg stand, um mit einem längeren Ausstrecken erreichbar zu sein. Die Standuhr schlug ein anonymes Viertel, und Ada beobachtete gerade, Wange auf Faust, die eindrucksvollen, obwohl merkwürdig mürrischen Regungen, den gleichmäßig rechtsläufigen Start und gewichtigen Aufschwung männlicher Wiederkehr.

Aber der Sofa-Plüsch war so kitzlig wie der sternenbestäubte Himmel. Bevor irgend etwas Neues geschah, machte Ada sich auf allen vieren daran, Wolldecke und Kissen neu zu drapieren. Eingeborenen-Mädchen, Kaninchen nachahmend. Er griff und umfaßte von hinten ihr heißes kleines Moos, dann raffte er sich ungestüm hoch in die Position eines sandburgenbauenden Jungen; sie aber drehte sich um, naiv bereit, ihn zu umarmen, so wie Julia empfohlenermaßen ihren Romeo empfängt. Sie hatte recht. Zum ersten Male in ihrer Liebesgeschichte stieg der Segen, der Genius lyrischen Sprechens auf den rauhen Burschen hernieder, er stammelte und stöhnte, während er ihr Gesicht mit zungenfertiger Zärtlichkeit küßte, in drei Sprachen – den drei größten der ganzen Welt – Koseworte ausrufend, auf denen ein Wörterbuch geheimer Diminutiva basieren und durch viele Revisionen bis zur endgültigen Ausgabe 1967 gehen sollte. Als er zu laut wurde, beschwichtigte sie ihn, atmete beschwichtigend in seinen Mund, und nun waren ihre vier Gliedmaßen frank und frei um ihn herum, als hätte sie schon jahrelang in all unseren Träumen geliebt – aber ungestüme junge Leidenschaft (randvoll wie Vans überlaufende Badewanne, während er dies bearbeitet, ein grauer, verschrobener alter Wortmann auf der Kante eines Hotelbetts) überlebte die paar ersten blinden Vorstöße nicht; sie barst an der Lippe der Orchidee, und eine Drossel stieß ein warnendes Trillern aus, und nun stahlen sich die Lichter unter einer zerklüfteten Dämmerung zurück, Glühwurm-Signale umschrieben das Wasserbecken, die Pünktchen der Kutschlaternen wurden Sterne, Räder mahlten auf dem Kies, alle Hunde kehrten sehr zufrieden mit dem Nachterlebnis heim, des Kochs Nichte Blanche hüpfte mit ihren bestrumpften Füßen aus einem kürbisgoldenen Polizeiwagen (weit, weit nach Mitternacht, ach) – und unsere beiden nackten Kinder griffen nach Decke und Nachthemd, gaben der Couch einen Abschiedstaps und tapsten samt ihren Kerzenhaltern zurück in ihre unschuldigen Schlafzimmer. […]

Keiner von beiden konnte im Rückblick feststellen, wollte es in der Tat auch gar nicht, wie, wann und wo er sie denn nun wirklich »deflorierte« – ein Vulgarismus, den Ada im Wunderland zufällig in *Phrody's Encyclopedia* folgendermaßen erläutert fand: »die jungfräuliche Membrane der Vagina mit männlichen oder mechanischen Mitteln durchstoßen«, mit dem Beispiel: »Die Süße seiner Seele ward defloriert (Jeremy Taylor).« War es die Nacht auf der Reisedecke? Oder der Tag im Lärchenwald? Oder später im Schießstand oder auf dem Boden oder auf dem Dach oder auf einem abgeschiedenen Balkon oder im Badezimmer oder (nicht sehr bequem) auf dem »Zauberteppich«? Wir wissen's nicht und wollen's auch nicht wissen. (Du hast mich dort so arg und oft geküßt und geknabbert und gestoßen und gestochen und mir zugesetzt, daß meine Jungfernschaft im Eifer des Gefechts verlorenging; aber ich erinnere mich genau, daß spätestens im Hochsommer die Maschine, genannt »Sex« von unseren Vorvätern, so glatt und gleichmäßig lief wie später, 1888 etc., Liebling. Randnotiz in roter Tinte.)

(1969)

Michail Sostschenko: Die Hochzeit

Wir fuhren so früh los, daß die Nacht noch nicht zum Morgen geworden war, und die Dämmerung fand uns im Zug, im halbleeren Wagen. Das Licht war gelöscht, und das Schnarchen unserer zufälligen Reisegefährten machte es uns beiden nur noch gemütlicher.
Shenja und ich fühlten uns wie Flüchtlinge, dabei waren wir das eigentlich auch. Wir waren aus der Stadt geflohen, ohne jemandem ein Wort zu sagen, hatten Seminare, Angehörige, Studienkollegen hinter uns gelassen. Unsere Flucht sollte eine Woche dauern, sie führte in ein zufälliges Erholungsheim, und ihr Zweck war wichtig genug – wir wollten unsere Hochzeit feiern.

»Und unsere Hochzeit machen«, fügte sie betont hinzu. Vor uns lag nichts Sicheres: kein Zimmer, keine Anstellung, kein Geld. Wir waren einfach zwei Studenten: Er hatte das Studium fast beendet und sollte dann weit wegfahren, sie war noch im ersten Studienjahr. Trotzdem hatten wir beschlossen, die Hochzeit zu feiern, darum saßen wir jetzt im Zug.

In meiner Tasche steckten zwei Einweisungsscheine zu sieben Tagen für das weitab gelegene Erholungsheim auf dem ehemaligen Besitz des Grafen Polowzew bei Lgow. Wir hofften zuversichtlich, dort keine Bekannten zu treffen, zumal es Winter war und das Heim so weit weg lag …

Und dann gab es noch eine Überlegung, die ich nicht vorzeitig zur Sprache bringen mochte. Wir wollten im Erholungsheim ein Zweibettzimmer haben, aber wir hatten keinen Beweis, daß wir verheiratet waren, denn wir … waren nicht verheiratet.

Ich hatte keine Lust gehabt, am wichtigsten Tag meines Lebens mit dem geliebten Wesen zum Standesamt zu gehen und von einer gleichgültigen Person meine Gefühle registrieren zu lassen. Auch eine Gästeschar, ein Hochzeitsabend nebst Fresserei und dem unvermeidlichen Trinken, das »Küssen!«-Gerufe und das Tanzen – dieses ganze Zurschaustellen unseres jungen Bundes – war mir zuwider. Ich finde, ein Ereignis wie eine Hochzeit sollte sehr still und nur zu zweit begangen werden.

Sie werden mir vielleicht beipflichten, wenn ich sage, daß man sich im späteren Leben nicht an den hektischen Tag der standesamtlichen Trauung erinnert, nicht an den Ansturm Verwandter und Fremder, nicht an Gewimmel und Gelage, sondern an ganz andere Dinge – einen Blick, in dem sich ein Gefühl spiegelte, vielleicht ein zartes »Ja« oder einfach eine Haarsträhne, die dir auf die Hand fiel, als du sie zum erstenmal linkisch umarmtest.

Über Geschmack läßt sich nicht streiten, ich jedenfalls wollte unsere Hochzeit nur zu zweit feiern.

Im Zug beschlossen wir, dem Heimleiter zu sagen, wir seien schon lange verheiratet, ein Jahr etwa, und hätten

zusammen eine Woche Urlaub genommen. Den wollten wir in seinem Haus in einem Zweibettzimmer angenehm und geruhsam verbringen.
»Du darfst nur nicht so gucken, wie du mich jetzt anguckst, sonst weiß er gleich, daß wir nicht verheiratet sind.«
»Aber warum kann ein alter Ehemann nicht in seine alte Ehefrau verliebt sein, selbst wenn sie schon ziemlich lange verheiratet sind?«
»Na schön! Aber mit dem Heimleiter sprich du lieber. Meine Mutter hat mir oft genug gesagt, man sieht es mir an der Nasenspitze an, wenn ich lüge.«
So wurde es denn beschlossen. Ich war ein wenig in Sorge, denn man würde ja meinen Paß verlangen, und darin fehlte die Bemerkung »verheiratet«, aber andere Eindrücke lenkten mich von solch düsteren Gedanken ab. Wir fuhren hinein in das herrliche Land voller Schnee und Sonne. Der Zug hielt auf der kleinen Station, ließ uns aussteigen und eilte weiter, und sein schneeweißer Rauch zerflatterte über dem dunkelgrünen Nadelwald. Auf der Station waren wir mutterseelenallein, und nur ein Schild am Weg, der in den Wald führte, sagte uns, wo wir lang mußten. Wir folgten diesem wunderschönen Weg, wo uns mächtige Tannen, mit weißen Kissen belegt, empfingen und das Wunder des Waldes, der Specht, einen Gruß hämmerte. Die Sonne lachte in jedem Schneeflöckchen, und von den Bäumen flogen uns weiße Bäuschchen entgegen. Zwischen den Baumstämmen war der zugefrorene Fluß zu sehen, und wenn das Eis plötzlich gleißte, war uns, als lächelte er uns zu …
Auf einer weißen Lichtung schrieb ich mit riesigen Buchstaben unsere Initialen in den Schnee, und Shenja setzte ihre Unterschrift darunter, dabei fiel sie hin und war ganz zerzaust. Ihr Gesicht sah rosig aus vom Laufen, von der Sonne und den Küssen. Ja, es war ein wunderschöner Weg: ich bin viele Wege in meinem Leben gegangen, aber einen solchen nie wieder.
Das alte Haus war schön, und der Heimleiter entpuppte sich als ein prachtvoller Kerl, und er bezweifelte mein Ge-

flunker nicht im mindesten, obwohl Shenja in diesem Moment wie ein unartiges Schulmädchen aussah. Er kontrollierte unsere Pässe nicht, sondern gab uns voll Herzlichkeit und Großzügigkeit ein abgelegenes Zimmer in einem der Seitengebäude.

»Nur eine Vorschrift haben wir hier, liebe Genossen: Jeder muß sich einer sanitären Behandlung unterziehen. Begeben Sie sich also in die Wasserkur und machen Sie sich mit der lieben Tante Dunja bekannt. Sie wird Sie behandeln. Hinterher kommen Sie in den Speiseraum und in Ihr Zimmer.«

Wir beide, glücklich und sehr aufgeregt, liefen zur Wasserkur. Ja, lieber Leser, wir waren höchlich aufgeregt, denn ich muß Ihnen gestehen, dieses Zimmerchen im Seitenflügel, für das ich die Einweisung in der Hand hielt, war in unserer jungen Liebesgeschichte das erste gemeinsame Dach überm Kopf.

Eine kleine Tür führte zur Wasserkur, vom Flur gelangte man in winzige Umkleidekabinen, dann in einen großen Raum, in dessen Mitte ein Pult mit komplizierten Steuereinrichtungen, Schaltern und Wasserhähnen stand. Die Wand dem Pult gegenüber war gekachelt. Keine Menschenseele zu sehen. Tante Dunja glänzte durch Abwesenheit, und nur die Sonne, die sich lustig in all den glänzenden Nickelteilen spiegelte, war hier lebendig. Aber für uns war das ein neuer Anlaß zur Heiterkeit. Wir wirbelten im Walzer über den nassen Fußboden, schlüpften beide in eine der Zellen, und eben wollte ich, das mächtige Strahlrohr in der Hand, das Wasser andrehen, da ertönte ein Ruf.

Eine bejahrte Frau stand an der Schwelle und rief uns gutmütig zu: »In Sachen dürft ihr hier nicht rein! Los, fix in die Kabinen, alles ausziehen! Ich nehm euch gleich dran.«

Ihre Miene war die eines Kommandeurs; sie gehörte zu den Frauen, von denen man sagt, sie hätten das »Befehlen in der Stimme«.

Ein wenig verlegen von der unerwarteten Wendung der Dinge, gingen wir uns ausziehen, ich in die eine Kabine,

Shenja in die andere. Wir hörten Tante Dunja ungeduldig rufen: »Hört zu, Kinderchens, wir sind hier unter uns, und ich hab's eilig. Muß meinen Enkel vom Kindergarten abholen. Zieht euch also rasch aus, ich nehm euch flink unter den Strahl, am besten gleich beide zusammen, denn die Zeit drängt.«

Was war das für ein mörderisches Schweigen in Shenjas Kabine? Endlich verlegenes Flüstern: »Ich komm nicht raus. Sag ihr alles, dieser Verrückten ...«

Ich antwortete mit einem Argument, das mir unwiderleglich schien: »Aber wenn wir das sagen, nehmen sie uns das Zimmer weg und bringen uns in Mehrbettzimmern unter. Shenja, ich bitte dich!«

»Kommt nicht in Frage!«

Ich fand allmählich Geschmack an der spaßigen Situation. Lachend bestand ich auf dem gemeinsamen Bad. Die arme Shenja war den Tränen nahe. Aber Tante Dunjas Stimme schallte immer fordernder in alle Winkel des Wasserkurraums. Ich entschloß mich, allein hinauszugehen, steckte mir die Finger in die Ohren, um das klägliche Flüstern nicht zu hören, und lief über den Lattenrost in den nickelblinkenden Raum.

Tante Dunja, groß und fröhlich, saß jetzt mit einer Gummischürze am Pult mitten im Raum. Sie empfing mich mit triumphierendem Lachen; nachdem sie ihren Stuhl hinterm Pult ein paarmal zurechtgerückt hatte wie ein Pianist seinen Hocker, ergriff sie mit fester Hand das mächtige Strahlrohr, und im nächsten Moment war ich betäubt, geblendet, von Kopf bis Fuß umtost von dem starken frischen Strahl.

»Wo ist denn das Frauchen? He, du, junge Frau, mach schnell«, dröhnte ihre Stimme. »Mann und Frau, was gibt's da zu genieren! Und vor mir braucht sich keiner zu schämen. Ich bin geschlechtslos, ich wasche Männer und Frauen gleichermaßen. Komm schon!«

Schweigen, dann, nach einem weiteren ungeduldigen Ruf, sah ich durch die Wasserstrahlen, die erbarmungslos auf mich einschlugen, wie zaghaft die Tür aufging und

mein liebes Mädchen, vor Scham vergehend, ein schmales heimeigenes Handtuch vorhaltend, die Schwelle überschritt.
Oh, mein teures geliebtes Mädchen, wie war es schön! Die Wasserstrahlen schlugen gleichsam erfreut auf sie ein, umströmten sie von Kopf bis Fuß, hüllten sie in leichten Dampf, sie glänzte darin wie ein Sonnenstrahl. Nun wandte sich das Wasser wieder mir zu, und so vollführte es, uns abwechselnd blendend und betäubend, wieder und wieder seinen fröhlichen Tanz um uns herum. Aber selbst durch die Wasserströme hindurch sah ich Shenjas Blick, verlegen und vertrauensvoll, unter den ungehorsamen rötlichen Locken, die ihr ins Gesicht fielen.
Nein, ich glaube nicht an Gott, aber ich erinnere mich, daß meine Hände sich falteten wie zum Gebet und meine Seele sich auftat für alles Gute und Schöne.
Tante Dunja sang laut hinterm Pult, die mächtigen warmen Ströme flossen und flossen, sie netzten und weihten uns beide …
Ja, es war eine wunderschöne Hochzeit.

Ich muß gestehen, aus unserem gemeinsamen Leben wurde nichts. Böse Menschen haben uns längst auseinandergebracht, und ich selber hatte auch ein gut Teil schuld …
Andere Frauen haben sich zwischen mich und Shenjas Bild geschoben, und ich vergesse allmählich das schöne blasse Gesicht unter den rötlichen Locken. Aber wenn Verzweiflung mir zusetzt, wenn mir der Schlamm schon fast bis an den Hals steht, wenn es draußen regnet und die Seele zu verzagen droht, dann brauche ich nur eines zu tun, um zu begreifen, daß das Leben trotz allem schön ist: die Erinnerung wachrufen an den Morgen in der Wasserkur, den goldenen Glanz in den mächtigen Fluten aus dem Strahlrohr und die sonnenfunkelnden Wassertropfen, die über ihre weiße Haut liefen …

(1927)

Rosa Montero: Sie wußte, daß es Sünde war

Als sie ein junges Mädchen war, hatte sie Trockenblumen gesammelt, während die übrigen Mädchen des Dorfes Verehrer sammelten, richtige Verehrer, die man an die Hand nahm und mit denen man sich am Fluß oder im Kornfeld verlieren konnte. Aber Vater hatte ihr nie erlaubt, mit Jungen auszugehen.

– Du bist meine Tochter und mußt dich wie eine Dame benehmen, so wie es deiner Klasse und deinem sozialen Status entspricht. Wehe, wenn ich dich mit irgendeinem Lumpenkerl des Dorfes flirten sehe, ich schlag dich grün und blau – sagte Vater.

Und hier saß sie nun, 44 Jahre alt und immer noch Jungfrau. Sie betrachtete sich in dem geschliffenen Spiegel: kurzes, braunes Haar, glanzlos durch die Dauerwelle: runde Augen, eine winzige Nase, ein kleiner Mund, der sich zwischen ihren übermäßigen Backen verlor. Heute hatte sie ein sauberes und ungeschminktes Gesicht, sie betrachtete es nämlich als unangebracht, geschminkt zur Messe zu gehen. Die Haut zumindestens war immer noch gut, hell, zart, gleichmäßig. Ihre Haut war das, was ihr selbst am meisten an ihrem Körper gefiel.

Mehr zum Zeitvertreib als aus einem anderen Grund beschloß sie, sich ein wenig zu schminken; sie puderte sich die Nase und beide Wangen, verdunkelte in Tiefblau die Falten ihrer Augenlider und zog die Lippen mit einem diskreten Rot nach. Sie begutachtete das Ergebnis und war nur halb zufrieden: Ihr Gesicht war zu rund und die Gesichtszüge zu klein. Am häßlichsten war die Nase, die wie ein Knübbelchen aussah. Sie beugte sich nach vorne und näherte sich langsam dem Spiegel, bis sie an ihn stieß, bis sie ihre Lippen gegen ihr eigenes Spiegelbild preßte. Das Glas war kalt, und es blieb eine Spur Lippenstift zurück. Ein Schweißtropfen rann über ihre rechte Wange und verlor sich an ihrem Hals.

– Was für eine Hitze …

Die Luft stand, und es wehte kein Hauch. Die Nachmittagsluft hielt sie wie umklammert, und ihrem Körper entstieg ein lauer und animalischer Geruch. Antonia band den Gürtel des Kittels auf und lockerte sich die Kleidung. Im Ausschnitt wölbten sich die umfangreichen, mit Sommersprossen übersäten Brüste, die in dem Gefängnis des Büstenhalters erzitterten. Da saß Antonia nun, den Kittel halb geöffnet, und betrachtete im Spiegel den schweißglänzenden Kanal über dem Brustbein, dieser Engpaß zwischen ihrem unberührten, jungfräulichen Fleisch. Sie fühlte einen Schauer, und ganz plötzlich stieg ihr die Hitze in die Schläfen. Sie zog den Kittel aus und streckte sich auf der rosa Steppdecke des Bettes aus, genau unterhalb des offenen Fensters, und versuchte, einen Windhauch zu ergattern. Im Hintergrund hörte man das altbekannte Gurgeln des Wasserbehälters im Bad, der seit Monaten kaputt war, und Antonia lag bewegungslos auf dem Rücken und war nicht in der Lage, sich auf irgend etwas anderes zu konzentrieren als auf die Anstrengung ihrer Transpiration. Sie knöpfte den Strumpfhalter auf und zog sich langsam die Strümpfe aus, dabei genoß sie den Moment der Kühle, der entstand, als der Schweiß auf ihren Beinen verdampfte. Die Bettdecke war aus Kunstfaser, eine Atlasimitation, und klebte am Körper. Sie richtete sich mit einiger Mühe auf, stützte sich auf die Ellbogen und zog den Büstenhalter aus. Ihr Keuchen war aber nur zum Teil auf diese Anstrengung zurückzuführen, und sie ließ sich wieder aufs Bett fallen. Ihre Brüste ergossen sich weich fließend und machten es sich auf ihren Rippen bequem, und die Brustwarzen, die sonst so diskret waren, begannen, kaum waren sie befreit, wie verrückt zu kribbeln. Solch eine Hitze, solch ein Körper, die Haut als Hauptdarsteller der Schwüle, eine Apotheose der Epidermis. Mit resignierter Hand zog sie sich die Unterhosen aus, sehr anständige Unterhosen von enormen Ausmaßen … Sie wußte genau, was jetzt passieren würde, und sie wußte ebenfalls, daß es Sünde war. So wie die Tatsache schon sündig war, hier so zu liegen, völlig nackt, und zu spüren, wie die Luft über das Gewebe ihres Kör-

pers glitt. Antonia hatte mit derartigen Exzessen erst vor kurzer Zeit, kaum ein paar Jahre war es her, angefangen. Ihr Wagemut fiel mit der Ablösung ihres alten Beichtvaters und seiner Ersetzung durch einen älteren Priester zusammen. So alt und so stocktaub war er, daß er, wenn er der Meinung war, die Sünderin, die gerade an der Reihe war, hätte die ihr angemessene Zeit zur Darlegung ihres Elends verbraucht, immer aufs Geratewohl dieselbe Buße auferlegte. So umging sie die Schande, ihre Befingerung zu beichten, und vergewisserte sich nichtsdestotrotz der tauben Lossprechung von ihren Vergehen; und daher gab Antonia nach und erlaubte sich ein wenig Tröstung. Aber auch die Schuld hatte ihre unterschiedlichen Schweregrade, und Antonia, um nicht noch mehr als das unbedingt Notwendige zu sündigen, gestattete sich nie, sich mit der Hand zu berühren (was schon eine sehr große Schweinerei gewesen wäre), sondern sie beschränkte sich darauf, von Vergewaltigungen zu phantasieren, war sie doch der Ansicht, daß schon allein das Akzeptieren der Sexualität, und sei es auch nur in der Vorstellung, eine gräßliche Sünde sein müßte.
Sie drehte das Bild ihres Bruders Antonio, der sie von ihrem Nachttisch aus grimmig anstarrte, zur Wand (das der Mutter drehte sie nicht um, die Arme war fast blind) und schnappte sich Lulu, ihren Plüschhund, den sie seit ihrer Kindheit besaß und der jetzt noch, obwohl sie doch schon lange erwachsen war, das Kopfende ihres Bettes schmückte. Sie ließ sich langsam zurücksinken, bis der Kopf das Kissen berührte: Die Bewegung löste einen rasenden Sturm in ihrer Brust aus. Sie schloß die Augen und fühlte nur noch Schweiß und Körper, ihr Bewußtsein war irgendwo auf das Abstellgleis gestellt worden, und sie trieb in einem unendlichen Meer aus Wärme. Sie führte die abgeschabten Pfoten Lulus über ihre schon aufrecht stehenden Brustwarzen und ließ die ganzen Gespenster heraus, die sie in ihrem Innersten festhielt. Die Türglocke, sie macht auf, ein riesiger Mann, der behauptet, der Klempner zu sein, sie läßt ihn voller Unschuld

rein, er stürzt sich ganz plötzlich auf sie, packt ihr an die Brüste (ach, an den Busen), der Hund tanzt auf den sommersprossigen Auswuchtungen ihres Körpers, sie widersetzt sich, er reißt ihr die Knöpfe vom Kittel, sie fleht, er wirft sie ohne Gnade aufs Bett, Lulu galoppiert schon in der Nähe des Nabels, sie sträubt sich, er reißt ihr die Kleider in Fetzen vom Leib, so als würde er ein Tier häuten, sie schreit, er spreizt ihr die Beine, einige schreckliche Sekunden lang zeichnen sich im Gesicht des Klempners die bekannten Gesichtszüge des Nachbarn ab, sie wimmert und windet sich, er zieht seine Hosen herunter und holt ein gewaltiges Geschlechtsteil heraus, sie zuckt zusammen, er hält sie fest, offen und sich anbietend, Lulu hat schon seinen Platz zwischen den Beinen eingenommen, er dringt in sie ein, steckt ihn ihr rein, Lulu reibt immer und immer wieder seinen abgeschabten Rücken an der feuchten und geschwollenen Furche, er stößt zu und murmelt dabei Ungehörigkeiten, die Antonia nicht auszusprechen wagt, Lulu rast wild an der Spalte auf und ab, er besitzt sie, und Antonia weiß nicht, was das ist, sie ist bemüht, es sich vorzustellen, während Lulu zwischen ihren Schenkeln tobt, er besitzt sie, und sie kann es sich nicht vorstellen, auf und ab, Lulus Rücken ist klitschnaß, und sie kann es sich nicht vorstellen, auf, ab, auf, ab, ohhh.

Antonia fand etwas verwirrt zu ihrer Umgebung zurück: das müde Tropfen des kaputten Wasserbehälters, der heiße Nachmittag, das unangenehme Gefühl der Kunstfaserdecke, die klebrige Feuchtigkeit des Schweißes. Sie schmiß Lulu weit von sich, denn nach diesen Maßlosigkeiten widerte sie die willige Bereitschaft des Plüschtieres etwas an. Das Schwindelgefühl verschwand, und an seine Stelle traten Schmutz und Schuldgefühl. Die Sonne stand schon tief, bald würde es dunkel werden. Und da, als sie durch das Fenster blickte, bemerkte Antonia das Grausige: Auf der Dachterrasse, kaum ein paar Meter von ihr entfernt, sich mit seinem schwächlichen, jugendlichen Körper scharf gegen den Himmel abzeichnend, sie mit etwas vortretenden, schielenden Augen regungslos beobachtend, stand Damian, der schweigsame Neffe des Hausmeisters. […]

Der Hausmeister ging in Urlaub und ließ die Verwaltung des Gebäudes in den Händen seines Neffen. Eines Tages, Antonia sah gerade fern und fächelte sich mit einem alten Briefumschlag Luft zu, klingelte es an der Tür. Es war vier Uhr nachmittags.

– Hihihiersisindddzzzweirere … – stotterte Damian; er stand mitten im Gang, ziemlich weit von der Türschwelle entfernt, ganz als hätte er nach dem Schellen einen Sprung nach rückwärts getan.

Wie bitte?

– Zweirererrechnungen – wiederholte er mit hängendem Kopf.

– Ach ja – begriff Antonia endlich beim Anblick der Handvoll zitternder Rechnungen, die der Junge ihr hinhielt, als reichte er seine Hand dem Henker, sie ihm abzuhauen.

– Nein … Nein, ich habe kein Geld hier – fügte sie verwirrt hinzu. – Du mußt warten, bis mein Bruder kommt.

– Istegal – murmelte Damian als Antwort.

Und dann schwiegen beide wie zwei Schwachköpfe, wobei sie ganz versunken waren in die Betrachtung des Kachelfußbodens, der doch keinerlei interessantes Detail aufwies. Antonia betrachtete die Füße des Jungen: Strandschuhe von etwas gräulichem Weiß mit verwaschenen blauen Streifen. Riesengroße Strandschuhe wie die des Deutschen aus dem Zug. Aufs neue verspürte sie diesen plötzlichen Drang zu pinkeln.

– Möchtest du … möchtest du einen Kaffee? Ich kann Ihnen Eiswürfel reintun, wenn Sie möchten … Mein Bruder trinkt ihn immer mit Eiswürfeln, ich meine jetzt, im Sommer – sie schwieg und wußte, entsetzt bei dem Gedanken an die kommende Stille, nicht mehr, was sie noch sagen könnte. – Er ist gut für die Verdauung, der Kaffee mit Eiswürfeln, meine ich. Nichts. Der Junge stand weiterhin so stumm und bewegungslos wie ein Stein da.

– Obwohl es ja Leute gibt, die behaupten, daß der Kaffee

sie sehr nervös macht und ihnen schlecht bekommt – fügte Antonia, jetzt schon völlig verzweifelt, hinzu. – Aber das ist eine Geschmackssache. Und über Geschmack läßt sich nicht streiten.
– Neineinvieldanke – sagte endlich der Junge.
Aber er machte keinerlei Anstalten zu gehen. Er stand weiterhin vor ihr aufgebaut, knetete sich die Hände und ließ die Gelenke krachen. Er hob den Kopf und warf der Frau einen schnellen Blick zu.
– Ja – sagte er plötzlich mit ungewöhnlich klarer Stimme. Ja danke, ich habe es mir anders überlegt. Ja, ich möchte einen Kaffee. –
Die beiden gingen in die Küche. Die Sonne brachte die metallenen Rolladen zum Glühen, und der Kühlschrank schnurrte in seiner Ecke. Antonia begann mit der Espressomaschine herumzuwirtschaften, wobei sie krampfhaft nach einem geeigneten Gesprächsthema suchte. Aber es fiel ihr nichts ein: Sie hatte da, wo normalerweise ihr Gehirn saß, ein Loch, und sie kam sich mit jedem Moment ungeschickter und unglücklicher vor. Sie füllte ein Glas mit dem heißen Getränk und reichte es dem Jungen; ihre Hände berührten sich, und es war, als hätte sie die Finger in eine Steckdose gehalten: Ein Stromstoß durchfuhr sie. O mein Gott, ich sehe furchtbar aus, diese Haare, dieser Kittel, stöhnte sie im Geiste und strich sich dabei den Rock über den ausladenden Hüften glatt, zupfte sich die Locken des Ponys zurecht und verfluchte sich, weil sie nicht, wie sie eigentlich vorgehabt hatte, diesen Morgen zum Friseur gegangen war. In ihrer geistigen Verwirrung vergaß sie, die Eiswürfelform unter Wasser zu halten, und sie war so vereist, daß die Würfel sich einfach nicht lösen ließen. Sie ergriff ein Messer und stach wie wild in die Form, und dabei schnitt sie sich ein wenig in den Finger.
– Au!
Sie blieb, erschrocken von ihrem eigenen Blut, wie erstarrt stehen und versuchte, den Wunsch zu weinen zu unterdrücken. Nicht wegen des Schmerzes, es tat nämlich nicht weh, sondern überhaupt. Damian räusperte sich

(das war ein Tick von ihm, eine Art Krachen, wobei sich derAdamsapfel auf und ab bewegte) und näherte sich ihr; er nahm die dickliche, verletzte Hand, führte sie an seine Lippen und saugte ganz sanft an der Verletzung. Und genau da, als er vor der völlig verblüfften Antonia an dem Schnitt leckte, stieß er ungewollt das Glas um und goß sich den kochendheißen Kaffee über die Brust.

– Autsch! –

O mein Ärmster, du armer Junge, stöhnte Antonia und flatterte um ihn herum wie eine entsetzte Mutter. Tut es sehr weh? Dabei knöpfte sie Damians dunkelgraues Hemd auf, heile, heile Gänschen, und legte einen weißen, haarlosen, zarten Brustkorb frei, dem die Verbrennung einen dunkelroten Fleck über dem Brustbein beigebracht hatte. Antonia lief nach der Ölkanne und verteilte mit großzügiger Begeisterung einen Viertelliter Rohöl über die Verbrennung, die Hose des Jungen und die Küche. Sie massierte mit den Fingerspitzen die weiche Haut des Jünglings, die gerötete Brust, die Rippen, die Seiten, ja, sie rieb sogar in Höhe der feuchten Achselhöhlen und tränkte die Achselhaare des Jungen mit Öl, obwohl die Verbrennung nicht bis dorthin reichte. Da schloß Damian langsam seine Arme und umfing sie. Er preßte sie an sich, er verschmierte sie, so klebrig wie er war, küßte scheu ihre Wangen; dann einen ihrer Nasenflügel; dann den Mund. Sie blieben eine ganze Weile so stehen, die Lippen aufeinandergepreßt (so ist das also, dachte Antonia, so ist das also, ich werde geküßt wie in diesen Filmen, man küßt mich, mich, ich werde geküßt), und dann schob der Junge seine Zunge zwischen ihren Zähnen hindurch und ließ sie dort drinnen, eine dicke, kalte und unbewegliche Zunge, vor der es Antonia ein bißchen ekelte, die sie aber nicht zurückwies, sondern ganz im Gegenteil: Sie blieb ganz ruhig stehen, mit offenem Mund und ohne zu atmen, so wie sie es beim Zahnarzt tat, wenn der Doktor ihr die Instrumente in den Mund steckte. Sie war so verwirrt, daß sie, als sie einen harten Druck an ihren Oberschenkeln bemerkte, für einen Moment glaubte, daß der Junge sie zwischen den Beinen anfaßte, und es bedurfte einer ganzen Zeit, bis ihr bewußt wurde, daß beide Hände Damians auf ihren Schultern lagen. Als sie fast am Ersticken war, zog Antonia ihren Mund aus der bewegungslosen Zunge des Jungen, und sie betrachteten sich von Angesicht zu Angesicht, als hätten sie sich noch nie vorher gesehen: Dem Jungen zitterte das Kinn, er keuchte, und seine schielenden Augen schienen aus den Höhlen zu fallen. Ohne ein Wort schlugen sie die Richtung des rosa Atlasgemaches ein. Antonia drehte die Familienfotos zur Wand, diesmal sogar das der Mutter, und schmiß Lulu unters Bett. Schweigend und ungeschickt zogen sie sich aus, einander den Rücken zugewendet, ohne sich anzusehen. Damian war schneller und kroch blitzschnell zwischen die Bettücher. Antonia war nicht geistesgegenwärtig genug, sich auch noch die Unterhose auszuziehen, und legte sich mit ihr ins Bett.

– Ich ... – stotterte sie. – Es ist das erste Mal.

Sie blieb ganz ruhig und wartete darauf, daß Damian das tat, was zu tun war: Die Männer kannten sich in diesen Sachen aus. Angst, ja, Angst hatte sie vor den körperlichen Schmerzen. Angst und das beklemmende Gefühl zu sündigen. Zu ihren Füßen tat sich ein Abgrund auf, und sie fiel und fiel immer weiter nach unten, der ewigen Verdammnis und dem Morast entgegen. Antonia hielt züchtig die Arme über der Brust gekreuzt und unter ihrer rechten Hand schlug das Herz wie verrückt. Fast hätte sie aufgeschrien, als Damian zögerlich ein Bein an ihren Körper drängte. Das Knie des Jungen war kalt, und weiter unten, in Höhe der Füße, fühlte sie etwas Rauhes und Hartes. Antonia schaute heimlich und höchst neugierig dorthin. Damian betrachtete, auf dem Rücken liegend, die Decke, hatte die Stirn gerunzelt und einen abwesenden Gesichtsausdruck angenommen, so als hätte er mit diesem verspielten Bein nicht das geringste zu tun. Plötzlich verstand sie, warum der Fuß so rauh war:

– Aber, was ist das denn? Legst du dich immer mit Schuhen ins Bett – rief sie verwundert aus.

Und sofort bereute sie, das gesagt zu haben, denn es fiel ihr ein, daß es vielleicht normal war, daß vielleicht die Männer immer, wenn sie mit einer Frau schliefen, die Schuhe anbehielten. Aber Damian war ganz furchtbar rot geworden:

– Schuhe? – stöhnte er.

Und er zog das rechte Bein unter dem Bettuch her: eine behaarte Wade, die in Socken und blau-weißen Strandschuhen endete. Der Junge betrachtete mit verdutztem Ausdruck seinen Fuß, wie jemand, der etwas zum allerersten Mal sieht. Er räusperte sich, und der Adamsapfel tanzte in seiner Kehle.

– Ach ... Ja ... Es ist ... Nein, natürlich ... Wie ... Wie blöblöblöd, wirklich. Ich schlaf doch nicht mit Strandschuhen, natürlich nicht, nur ... In der Eile habe ich es ververgessen, stell dir mal vor, wie wie wie blöd ...

Er sprang aus dem Bett, wobei er über sie herkroch und ihr dabei auf eine Hand trat. Es bedurfte einer ganzen Weile, bis er, verwickelt in den verbissenen Kampf mit den Schnürsenkeln, es fertigbrachte, die Schuhe auszuziehen, und Antonia konnte ihn ganz schamlos beobachten: die kleinen Pobacken, der schmale Rumpf, der scharfgeschnittene Gebirgszug der Wirbel. So, ihr den Rücken zugewandt und ohne daß man seine männlichen Attribute sehen konnte, bot Damian eine geschlechtslose, zerbrechliche Nacktheit; eine mit eiternden Pickeln übersäte Haut; ein zaghaftes Popöchen, das einer sanften Hand und Talkumpuders bedurfte. Antonia zerfloß in ihrem Inneren vor lauter Zärtlichkeit; sie seufzte und hob den Blick zu dem niedrigen Himmel, zu der cremefarbenen Decke, dort wo die Gottheiten hausten; »das« machen sie jetzt alle, sagte sie zu sich: Gott konnte einfach nicht so unerbittlich sein, die halbe Menschheit zum ewigen Höllenfeuer zu verdammen. Sie fühlte sich erleichtert, überraschend stark, ihrer selbst sicher. In einem Anfall von Entschlossenheit zog sie die Unterhosen aus, und dann bekreuzigte sie sich, um das Glück zu beschwören.

Sie empfing ihn mit einem ruhigen und mütterlichen

Arm. Damian war ein knöchernes Fliegengewicht, das sich in ungeschickten, krampfartigen Bewegungen abrackerte. Er schwitzte auf ihr, und er drehte und wendete sich, und er rieb sich an ihr, und er fügte ihr dort unten, wo normalerweise Lulu seinen Rücken durchtränkte, schreckliche Schmerzen zu, aber Antonia fürchtete die Schmerzen nicht mehr. Sie blieb ganz still liegen und umfaßte mit ihren Armen die kindlichen Schultern, wobei sie mit den Fingerspitzen die bösartigen Kegel der Pickel zählte und sich sagte, daß sie ihm später mit einem in Alkohol getauchten Wattebausch über die Schultern würde fahren müssen, daß der Junge ihrer Pflege bedurfte. Zwischen Röcheln und Röcheln stieß Damian vergeblich zu, und kurze Zeit später verströmte er sich mit einem lauten Klagelaut in ihr. Da er sich nicht mehr bewegte, nahm Antonia an, daß jetzt alles vorbei war; sie bemerkte etwas Feuchtes und Klebriges zwischen ihren Beinen, aber so groß war ihre Liebe, daß nicht einmal das ihr widerlich war. Da stützte sich Damian auf seine Ellenbogen auf und betrachtete sie, wobei er mehr denn je schielte.

– Antonia – murmelte er, und sein Gesicht nahm einen weinerlichen Ausdruck an. Sie zog den Jungen nah zu sich, verbarg sein tränendes Gesicht an ihrer Brust. Dort blieb Damian, schluckte, weinte, flüsterte ihren Namen und verteilte Rotze und Küßchen über ihre umfangreichen Brüste, während sie, jetzt völlig Herrin der Situation, mit königlichen Gebärden verwöhnend und Trost spendend ihm den Kopf streichelte. Nach einer Weile wurde die Atmung des Jungen gleichmäßiger, und Antonia bemerkte, daß er schlief. Sie glitt vorsichtig, um ihn nicht zu wecken, unter seinem Körper hervor und betrachtete ihn verzückt. Er lag auf dem Bauch und schlief wie ein Engelchen; er schnaubte ganz leicht, und neben seinen Mundwinkeln wurde das Bettuch von kleinen runden Speichelflecken durchtränkt. Es war halb sechs nachmittags, und im Zimmer war es wie in einem Backofen. Bei dem ganzen Umtrieb war das Bettzeug runtergeglitten, und Damian lag mit schweißglänzendem

Körper da. Antonia betrachtete ihn einige Minuten lang und gelangte zu dem Schluß, daß der Junge, schliefe er so nackt, sich Zug holen könnte. Sie öffnete höchst vorsichtig die Kommode, holte eine dicke, zweifarbige Wolldecke heraus und deckte ihn sorgfältig zu. Dann setzte sie sich an seine Seite, bereit, seinen Schlaf zu bewachen, stolz, ihn hier bei sich zu haben, und ganz versunken in die Betrachtung seines hochroten und glänzenden Jungengesichtes.

(1983)

Christiane Rochefort: Amore!

Die Schule war vorbei. Es war Sommer. Ich traf Guido alle Tage nach seiner Arbeit; man ging ein bißchen weiter spazieren, zwischen den Gärten. Als ich ihm sagte, wir würden wegfahren, in die Ferien, wurde er düster. Er sah mich an, begann einen Satz und sprach ihn nicht zu Ende, dann gingen wir wieder los ohne zu sprechen, während seine Hand die meine preßte, sie zerquetschte. Mein Herz war schwer und auch ich vermochte nicht mehr zu sprechen. Schließlich fragte er mich, ob ich am nächsten Tag, am Donnerstag, nicht früher einkaufen gehen könne; er würde es auch so einrichten, daß er frei wäre; natürlich konnte ich. Wir hatten ein richtiges Rendez-vous zu einer richtigen Stunde, an einem bestimmten Ort, ein bißchen entfernt von unseren Häusern, am Verkehrsschild nach Montreuil.
Er hatte ein Moped; ein Kumpel hatte es ihm geliehen; er fragte mich, ob ich gern mit ihm ein wenig herumfahren wollte. Ob ich wollte! Auf einem Moped!
Ich war begeistert. Er sah immer noch gleich finster drein, er fuhr schnell, trieb einen Haufen Unfug, ich mußte mich ganz fest an ihm festhalten, es war wunderbar. Wir fuhren in den Bois. Er steuerte in eine Allee, wir machten halt.

– Wir vertreten uns ein wenig die Beine, sagte er. Magst du?
Ich sprang vom Moped. Er lehnte es an einen Baum.
– Wird man es dir nicht stehlen?
– Wir gehen nicht weit. Grad ein paar Schritte. Um dir was zu sagen.
Wir machten ein paar Schritte, einen Pfad entlang. Er hatte meine Hand genommen.
– Also du fährst morgen weg?
– Ja, antwortete ich traurig. Ich versprach mir nichts davon.
– Weißt du …, sagte er.
– Was? fragte ich nach einem Augenblick, da ich sah, daß nichts kam.
– Ach! sagte er. Er wandte sich mir zu, sah mich irr an. Er nahm meine beiden Hände und plötzlich fiel er auf die Knie und zog mich an sich, und fing an italienisch zu sprechen. Was er sagte, weiß ich nicht, ich kann kein Italienisch, aber ich weiß es, ich hörte es, ich habe nie so etwas Schönes gehört, ich verstand alles. Als er mir das Gesicht küßte, war er ganz in Flammen, brennend waren seine Hände auf mir, und von Zeit zu Zeit hob er die Hände zu mir und stellte mir eine Frage, ob ich wollte, ob ich wirklich wollte, er sagte mir nur auf französisch: Ich will dir nichts Böses tun. Ich schwöre dir, ich schwöre dir, es ist, weil ich dich liebe, und er wiederholte auf italienisch, daß er mir nichts Böses antun wolle, ich glaubte ihm, ich ließ ihn gewähren, ich hatte keine Lust, ihn zu hindern, nicht im mindesten und immer weniger, je näher mir seine Lippen kamen, und als ich ihre Wärme spürte, da hätte ich um ein Königreich ihn nicht aufgehalten. Es war süß, es hörte nicht auf, ich stand an einen Baum gelehnt, Guido kniete vor mir, ich hörte die Vögel, ich wußte nicht, daß es so herrliche Dinge gab, und schließlich gab es eine Grenze, ich mußte einfach stöhnen, Guido preßte mich irr an sich und stöhnte auch, meine Beine trugen mich nicht mehr. Er bettete mich auf den Boden, oder ich fiel hin, ich weiß es nicht, er sah glücklich aus, er sprach wie-

der, und er fing wieder an, er sagte, er werde nie aufhören, ich verstand immer besser italienisch. Auch ich hätte nie aufgehört, wenn er sich ein wenig zurückzog, hielt ich ihn fest, am Ende hatte ich beinahe weh davon, ich ertrug es kaum mehr, aber wie schade drum! Ich hätte gewollt, daß es ewig dauere.

– Du bist mir nicht böse? fragte er, als wir dann doch zum Moped zurückkehrten, und außerdem sank der Tag, ich hatte mich schon nicht schlecht verspätet.

– O nein! rief ich. Und das war ehrlich. Er küßte mich. Ich sagte: Ich wußte nicht, daß es das gibt.

– Mein Gott, sagte er zu mir, wie gut du warst! Ich wußte es. Ich war im voraus ganz sicher.

(1961)

Carme Riera: Und laß als Pfand, mein Liebling, Dir das Meer

Auf einmal trug mich eine Wolke von Meeresgeruch mitten auf die Wellen hinaus. Das Wasser schlug gegen die Scheibe des Bullauges. Es spiegelte die Himmelsstille, tiefes Blau traf meinen Blick, und ich wußte nicht recht, war es das Blau des Meeres oder das Blau deiner Augen. Wir lagen in der Koje. In der Kajüte, die für acht Personen war, waren nur noch wir. Sprühende Wogen, Möwenflügel, Wasserfurchen von Delphinen schauten herein durch die runde Scheibe des Vollmondes, eines Mittagsmondes jedoch, unseres Bullauges. Langsam begannst du dich zu entkleiden, zogst dich nach und nach aus, ohne mich anzuschaun und mit Bewegungen, die natürlich sein wollten, aber, wie ich jetzt errate, von kränklicher Naivität erfüllt waren. Du bedecktest deinen Körper mit einem Laken: vielleicht hattest du Angst vor meiner Angst, ihn nackt zu sehen, vielleicht hattest du mich, erschrocken vor dem Anblick, der sich mir hier zum ersten Mal bot, davonlaufen sehen. Ich versichere dir, daß ich nicht in

Angst geriet. Mir pochten heftig die Schläfen, und in meinem Innern hob ich die Schleier hoch vom schönsten Jugendtraum. Dein Körper war mir immer wunderbar erschienen; in diesen Augenblicken verspürte ich Neugier und den Wunsch, mich an ihm sattzusehn, solange ich wollte. Darum deckte ich ihn auf. Und er wurde sichtbar – ich fühlte mich als sein Schöpfer, denn meine Augen waren es, die ihn so sahen – in statuenhafter Vollkommenheit. Meine Finger – wie einem Ritus folgend, der gleitende Tanz meiner Finger auf deiner Haut – zeichneten noch einmal deine Lippen und jede einzelne Form deines Körpers. Da batest du mich, mit der Berührung mehr als mit der Stimme, um die Erlaubnis, mich auszuziehen. Du selbst wolltest es tun, beharrtest du, um die Momente langsam auszukosten, die uns von jenem Augenblick trennten, da ich dann endlich nackt vor dir wäre, und zogst, wie um sie zu verewigen, die Minuten absichtlich in die Länge, obwohl dein Verlangen groß war. Jede Sekunde, die verging – auf der Uhr unsrer Adern war es Mittagsfülle, und es zitterte mein von deinen Händen liebkoster Körper –, brachte uns mit heftigem Locken einem geheimnisvollen, unbeschreiblichen Ort näher. Ein Ort außerhalb der Zeit, des Raums (ein Mittag, ein Schiff), wie für uns gemacht, wo wir unrettbar fallen würden. Unrettbar, da wir uns nur so retten konnten, denn dort unten, im Reich des Absoluten, des Unsagbaren erwartete uns die Schönheit, die mit deinem-meinem Bild verschmolz, wenn ich mich im Spiegel deines Fleisches betrachtete. Und im sicheren Schutz, im geheimsten Winkel deines Körpers, dort begann das Abenteuer, nicht der Sinne, des Geistes vielmehr, das mich den letzten Pulsschlag deines Seins kennenlernen ließe, nun schon für immer und ewig dem Geheimnis der Liebe und des Todes zugewandt …

(1975)

Manuel Puig: Nur für einen Moment

– Ahhhh…
– Was für ein Seufzer!
– Wie schrecklich schwer ist dieses Leben …
– Was ist denn los, Molina?
– Ich weiß nicht, ich habe Angst vor allem, ich habe Angst, daß ich mir nur einbilde, sie werden mich freilassen, ich habe Angst, daß sie mich nicht freilassen … Und am meisten habe ich davor Angst, daß sie uns trennen und mich in eine andere Zelle legen, und da bleib ich dann noch und noch mit wer weiß was für einem Knilch …
– Besser, an gar nichts denken, denn schließlich: nichts hängt von uns ab.
– Siehst du, da bin ich nicht einverstanden, ich glaube, wenn wir nur gut nachdenken, finden wir vielleicht einen Ausweg, Valentin.
– Was denn für einen Ausweg?
– Wenigstens … daß sie uns nicht trennen.
– Hör zu … damit du dich nicht selber quälst, denk nur an das eine: daß du freikommen willst, um deine Mutter zu pflegen. Sonst an nichts. Denk an nichts anderes. Denn ihre Gesundheit ist für dich das Wichtigste, oder nicht?
– Ja …
– Konzentrier dich darauf, dann geht es.
– Nein, ich will mich nicht darauf konzentrieren … nein!
– Oho … Was ist los?
– Nichts …
– Komm, sei doch nicht so verzweifelt … nimm den Kopf aus dem Kissen.
– Nein, laß mich …
– Aber was ist denn los? Verheimlichst du mir etwas?
– Nein, verheimlichen nicht … Aber …
– Was, aber? Wenn du hier rauskommst, bist du frei, du wirst Leute kennenlernen, du kannst, wenn du willst, irgendeiner politischen Gruppe beitreten.
– Du bist verrückt, kein Mensch wird mir, einem Strichjungen, vertrauen.

– Ich kann dir sagen, an wen du dich wenden sollst.
– Nein, bei allem, was dir lieb und teuer ist, nie, niemals, verstehst du?, sag mir nie etwas von deinen Genossen.
– Warum? Wer wird auf den Gedanken kommen, du würdest sie besuchen?
– Nein, sie können mich verhören oder was immer, und wenn ich nichts weiß, kann ich nichts sagen.
– Auf jeden Fall gibt es viele Gruppen, die sich politisch betätigen. Und wenn eine dich überzeugt, kannst du dich ihr anschließen, auch wenn es Gruppen sind, die nur reden.
– Ich versteh davon nichts …
– Und stimmt das, daß du keine richtigen Freunde hast, keine guten Freunde?
– Ja, ich hab nur rosa Bubis, wie ich selber einer bin, als Freundinnen, mit denen kann ich eine Weile zusammensein und ein bißchen schäkern. Aber sobald wir dramatisch werden … gehen wir uns aus dem Weg. Ich hab dir ja erzählt, wie das ist, eine spiegelt sich in der andern, und dann läuft sie entsetzt davon. Wir deprimieren uns gegenseitig wie Hündinnen, du kannst dir das nicht vorstellen.
– Das kann sich ändern, wenn du herauskommst.
– Es wird sich nicht ändern.
– Komm, wein doch nicht … sei doch nicht so … Wie oft hab ich dich weinen sehen? … Schön, auch ich hab einmal Rotz und Wasser geheult. Aber jetzt langt's … Es macht mich … nervös, wenn du weinst.
– Ich kann einfach nicht mehr … Ich hab ein solches … Pech …
– Löschen sie schon das Licht?
– Ja, was glaubst du? es ist schon halb neun. Und um so besser, da siehst du mein Gesicht nicht.
– Mit dem Film ist uns die Zeit schnell vergangen, Molina.
– Heute nacht kann ich bestimmt nicht schlafen.
– Hör mir mal zu, in irgendwas kann ich dir bestimmt helfen. Wir müssen nur darüber reden. Du mußt vor allem dafür sorgen, daß du dich einer Gruppe anschließt und nicht allein bleibst, das wird dir sicher helfen.

– Welcher Gruppe soll ich mich denn anschließen? Ich versteh doch nichts von diesen Dingen, und ich glaub auch nicht besonders dran.
– Dann mußt du allein mit dir fertig werden.
– Reden wir … nicht … weiter.
– Komm, sei doch nicht so, Molinita.
– Nein … bitte … rühr mich nicht an …
– Darf dich dein Freund nicht ein bißchen tätscheln?
– Dadurch wird es nur schlimmer.
– Warum? … Komm, sag schon, es ist allmählich Zeit, daß wir einer dem anderen vertrauen. Ich möchte dir wirklich helfen, Molinita, sag mir, was los ist.
– Ich möchte nur noch sterben. Das ist alles, was ich mir wünsche.
– Sag doch so was nicht. Stell dir vor, wie traurig deine Mutter wäre … und deine Freunde, und ich.
– Dir würde das doch nichts ausmachen …
– Wieso denn nicht? Hör mal, du bist gut …
– Ich bin wahnsinnig müde, Valentin, ich bin müde vor lauter Kummer. Mir tut inwendig alles weh.
– Wo tut es dir weh?
– Innen in der Brust und in der Kehle … Woher es wohl kommt, daß man Kummer immer da spürt?
– Ja, das ist wahr.
– Und jetzt kommst du … und nimmst mir auch noch die Lust zu weinen. Jetzt kann ich nicht mehr weinen, und das ist noch schlimmer. Jetzt sitzt mir der Kloß in der Kehle und drückt mich, das ist schrecklich.
– …
– Ja, das stimmt, Molina, in der Kehle spürt man die Traurigkeit am meisten.
– …
– Fühlst du es stark? … drückt er dich sehr, der Kloß?
– Ja …
– …
– …
– Tut es dir da weh?
– Ja …

– Darf ich dich nicht streicheln?
– Doch …
– Da?
– Ja …
– Tut es dir gut?
– Ja … es tut gut.
– Mir auch.
– Wirklich?
– Ja … es ist wie eine Beruhigung.
– Warum Beruhigung, Valentin?
– Weil … ich weiß nicht …
– Warum?
– Wahrscheinlich, weil ich nicht an mich selber denke …
– Du tust mir gut …
– Wahrscheinlich, weil ich denke, daß du mich brauchst und daß ich etwas für dich tun kann.
– Valentin … für alles suchst du eine Erklärung … wie verrückt du bist …
– Vielleicht, weil ich nicht mag, daß die Dinge mich treiben … ich will wissen, warum etwas geschieht.
– Valentin … darf ich dich berühren?
– Ja …
– Ich möchte … dein Muttermal … berühren, dieses kleine dicke Muttermal über deiner Braue.
– …
– Und so darf ich dich auch berühren?
– …
– Und so?
– …
– Ekelt es dich nicht, daß ich dich streichle?
– Nein …
– Du bist sehr gut …
– …
– Du bist wirklich sehr gut zu mir …
– Nein, der Gute bist du.
– Valentin … wenn du willst, du kannst mit mir machen, was du möchtest … denn ich selber möchte.
– …

– Wenn es dich nicht ekelt.
– Sag doch so was nicht. Ohne zu reden, ist es besser.
– Ich rutsch ein bißchen an die Wand.
– …
– Man sieht aber auch gar nichts in dieser Finsternis.
– …
– Langsam …
– …
– Nein, so tut es zu weh.
– …
– Warte, nein, so ist es besser, laß mich die Beine hochnehmen.
– …
– Langsam, bitte, Valentin.
– …
– So …
– …
– Danke … danke …
– Danke, dir auch …
– Dir … So hab ich dich vor mir, obwohl ich dich nicht sehen kann in der Dunkelheit … Au … es tut noch immer weh.
– …
– Jetzt, ja, jetzt fängt es an, schön zu sein, Valentin … Es tut nicht mehr weh.
– Fühlst du dich besser?
– Ja …
– …
– Und du? … Valentin, sag …
– Ich weiß nicht … frag mich nicht … ich weiß einfach nicht …
– Ach, wie schön …
– Sprich nicht, Molinita, nur für einen kleinen Moment.
– Ich hab aber … so ein merkwürdiges Gefühl.
– …
– Grade hab ich mir unwillkürlich mit der Hand an die Braue gelangt, um das Muttermal zu suchen.

– Was für ein Muttermal? ... Ich habe ein Muttermal, nicht du.
– Ja, ich weiß schon. Aber ich habe mit der Hand an meine Braue gelangt, um das Muttermal zu berühren ... das ich nicht habe.
– ...
– Es steht dir so gut, wie schade, daß ich es nicht sehen kann.
– ...
– Ist es schön für dich, Valentin?
– Sei still, sei ein bißchen still.
– ...
– ...
– Und weißt du, was ich noch gefühlt habe, Valentin? wenn auch nur für eine Minute?
– Was denn, sag? aber bleib so, ganz ruhig ...
– Nur für eine Minute kam es mir so vor, als wäre ich gar nicht da ... weder hier noch draußen ...
– ...

– Es kam mir vor, als ob ich gar nicht da wäre ... als ob nur du da wärst ...
– ...
– Daß ich nicht mehr ich bin. Daß ich jetzt ... du bin.

(1976)

Carson McCullers: Rote Ohren

Schließlich kamen sie an die Stelle, die sie gesucht hatten. »Hier ist es! Siehst du die Tafel da? Privat-Besitz. Wir müssen über den Drahtzaun klettern und dann dort langgehen – siehst du?«
Im Wald war es ganz still. Der Boden war glatt von Tannennadeln. Nach wenigen Minuten erreichten sie den Fluß. Das braune Wasser floß kühl und hurtig dahin. Kein Laut war zu hören, nur das Plätschern des Wassers und das Singen des Windes hoch oben in den Wipfeln der Kie-

fern. Wie eingeschüchtert von der tiefen Waldesstille gingen sie leise am Ufer entlang.
»Ist das nicht hübsch hier?«
Harry lachte. »Warum flüsterst du? Horch mal!« Er schlug sich mit der Hand auf den Mund und stieß einen langen Indianerschrei aus, den das Echo zurückwarf. »Komm. Wir wollen ins Wasser springen und uns abkühlen.«
»Hast du keinen Hunger?«
»Doch. Essen wir erst was. Jetzt die Hälfte, die andre nachher, wenn wir aus dem Wasser kommen.«
Sie packten die Geleebrötchen aus, und als sie mit Essen fertig waren, knüllte Harry das Papier zusammen und stopfte es sorgfältig in einen hohlen Baumstumpf. Dann nahm er seine Badehose und ging den Pfad hinunter. Sie entkleidete sich hinter einem Busch und zwängte sich in Hazels Badeanzug. Der Anzug war ihr zu klein und kniff zwischen den Beinen.
»Fertig?« rief Harry.
Sie hörte einen Platsch, und als sie ans Ufer kam, war Harry schon ein Stückweit geschwommen. »Keinen Kopfsprung!« rief er. »Muß erst sehn, ob hier Baumstümpfe sind oder seichte Stellen.« Sie sah seinen Kopf untertauchen. Sie hatte gar keinen Kopfsprung vorgehabt. Sie konnte ja nicht einmal schwimmen. Sie war bisher nur sehr selten zum Schwimmen gegangen – und dann hatte sie immer einen Schwimmgürtel umgehabt, oder sie war im Flachen geblieben, wo sie noch stehen konnte. Harry würde das sicher albern finden. Sie wußte nicht recht, was sie tun sollte, bis ihr ein Lügenmärchen einfiel.
»Ich kann nicht mehr tauchen. Früher – da bin ich immer gesprungen, von ganz hoch oben. Dabei hab ich mir mal den Kopf aufgeschlagen; seitdem kann ich nicht mehr springen.« Nach kurzem Nachdenken fuhr sie fort: »Ich machte einen doppelten Salto, und als ich wieder hochkam, war das ganze Wasser rot von Blut. Ich dachte mir weiter nichts dabei, ich machte lauter Kunststücke im Wasser, bis die andern mir was zuschrien. Da merkte ich,

woher das viele Blut im Wasser kam. Seitdem kann ich nicht mehr gut schwimmen.«
Harry krabbelte aus dem Wasser. »Mein Gott, das hab ich ja gar nicht gewußt.«
Sie wollte noch weiterlügen, damit es recht wahrscheinlich klänge; statt dessen verstummte sie und sah Harry an. Seine leicht gebräunte Haut war naß und glänzend, und an Brust und Beinen war er behaart. In der enganliegenden Badehose war er so gut wie nackt, und ohne Brille wirkte sein Gesicht mit den feuchten blauen Augen offener und hübscher. Er sah sie an, und plötzlich wurde sie irgendwie befangen. »Das Wasser ist ungefähr drei Meter tief, bloß drüben am andern Ufer ist's flacher.«
»Komm, gehn wir rein. Muß doch schön sein im kalten Wasser.«
Sie hatte keine Angst. Die gleiche eisige Ruhe überkam sie, als wenn sie sich im Wipfel eines sehr hohen Baumes verstiegen hätte und nichts weiter tun konnte, als möglichst geschickt abzusteigen. Sie ließ sich am Ufer hinunter und stand in dem eiskalten Wasser. Sie hielt sich an einer Wurzel fest, bis diese unter ihren Händen nachgab; dann begann sie zu schwimmen. Einmal schluckte sie Wasser und ging unter; sie schwamm aber weiter und ließ sich nichts anmerken. Sie schwamm bis ans andere Ufer, und als sie dort wieder Grund fühlte, war ihr großartig zumute. Sie planschte mit den Fäusten und schrie wie besessen, um das Echo zu wecken.
»Sieh mal!«
Harry hangelte an einem hochaufgeschossenen, dünnen Bäumchen hinauf. Als er oben war, neigte der biegsame Stamm sich über das Wasser, und Harry plumpste hinein.
»Laß mich auch mal! Paß auf, ich kann's auch!«
»Ein ganz junges Bäumchen.«
Sie konnte so gut klettern wie jeder andere. Sie machte es Harry nach und landete ebenfalls mit einem lauten Platsch im Wasser. Und nun konnte sie auch schwimmen. Sie konnte ganz richtig schwimmen, genau wie die anderen.

Sie haschten sich uferauf und uferab, auch durch das kalte, braune Wasser. Zwei Stunden vergingen unter Springen, Klettern und viel Geschrei. Dann standen sie am Ufer und sahen einander an; es schien ihnen nichts Neues einfallen zu wollen. Plötzlich fragte sie:
»Bist du schon mal nackt geschwommen?«
Es war ganz still im Walde; es dauerte eine ganze Weile, bis er antwortete. Er schien zu frieren. Seine Brustwarzen sahen hart und blaurot aus. Auch seine Lippen waren blaurot, und seine Zähne klapperten. »Ich ... nein, ich glaube nicht.«
Sie war so merkwürdig aufgeregt und sagte etwas, was sie gar nicht sagen wollte. »Ich mach's, wenn du's auch machst. Wetten?«
Harry strich sich die nassen, dunklen Haarsträhnen zurück. »O. k.«
Sie zogen ihre Badeanzüge aus. Harry drehte ihr den Rücken zu. Er hatte rote Ohren, und einmal stolperte er. Dann wandten sie sich einander zu. Eine halbe Stunde mochten sie so gestanden haben oder auch nur eine Minute – sie wußten es nicht.
Harry riß ein Blatt von einem Baum und zerzupfte es in kleine Stücke. »Wir wollen uns lieber anziehn.«
Während des Essens sprachen sie kein Wort. Sie breiteten ihren Proviant auf der Erde aus, und Harry teilte alles in gleiche Hälften. Der schläfrig-heiße Sommernachmittag umhüllte sie. Kein Laut drang aus der Tiefe des Waldes – nur das Wasser plätscherte langsam dahin, und die Vögel sangen. Harry hielt ein abgeschältes Ei in der Hand und zerquetschte das Dotter mit dem Daumen. Woran erinnerte sie das? Sie hörte ihren Atem.
Harry beugte sich über ihre Schultern und sah zu ihr auf. »Weißt du was, Mick? Ich finde dich hübsch. Früher hab ich das nicht so gemerkt. Ich habe nicht etwa gedacht, daß du häßlich bist – das mein ich nicht ... bloß ...«
Sie warf einen Kiefernzapfen ins Wasser. »Wir sollten vielleicht lieber aufbrechen, wenn wir vor Dunkelwerden zu Hause sein wollen.«

»Nein«, sagte er. »Wir wollen uns hinlegen. Bloß ein paar Minuten.«
Er trug Tannennadeln, Blätter und graues Moos zusammen. Sie lutschte an ihrem Knie und beobachtete ihn. Mit geballten Fäusten, von Kopf bis Fuß gespannt, saß sie da.
»So, jetzt schlafen wir, dann sind wir frisch für die Rückfahrt.«
Sie legten sich auf das weiche Lager und blickten in die himmelhoch ragenden, dunkelgrünen Baumkronen. Ein Vogel sang ganz rein ein trauriges Liedchen, wie sie es noch nie gehört hatte: erst ein hoher Ton wie von einer Oboe – dann fünf Töne tiefer der gleiche Ruf. Ein trauriges Lied wie eine Frage ohne Worte.
»Den Vogel mag ich zu gern«, sagte Harry. »Ein Grünfink, glaub ich.«
»Wenn wir doch an der See wären. Am Strand liegen, und weit draußen auf dem Wasser fahren Schiffe. Du warst doch im Sommer mal an der See – wie ist das eigentlich?«

Seine Stimme klang rauh und gedämpft. »Na ja – da sind die Wellen – manchmal blau, manchmal grün, und wenn die Sonne scheint, sehn sie aus wie Glas. Und im Sand, da kann man kleine Muscheln suchen. Weißt du, solche, wie wir in der Zigarrenkiste mitgebracht hatten. Und über dem Wasser fliegen weiße Möwen. Wir waren am Golf von Mexiko – da weht immer eine kühle Brise von der Bucht, da ist es nie so backheiß wie hier. Immer …«
»Schnee«, sagte Mick. »Das möcht ich mal erleben. Kalte, weiße Schneehaufen, wie man sie abgebildet sieht. Schneestürme. Weißen, kalten Schnee, der im Winter immerfort sachte herunterrieselt und nie, nie aufhört. Wie in Alaska.«
Sie wandten sich beide gleichzeitig einander zu. Sie lagen dicht aneinander gepreßt. Sie fühlte, wie er zitterte, und sie ballte die Fäuste so fest, daß sie knackten. »O Gott«, sagte er immer wieder, »o Gott.« Ihr war als hätte man ihren Kopf vom Körper abgetrennt und weggeworfen.

Ihre Augen starrten in die blendende Sonne hinauf, während in ihrem Kopf ein Zählwerk zu arbeiten schien. Und dann geschah es. So also war das.

(1940)

Pitigrilli: Die Jungfrau von 18 Karat

Sie fuhren zusammen. Ein plötzlicher Hagelschauer, der gegen die Scheiben klirrte, ließ sie erzittern, als hätte er sie ins Gesicht getroffen. Und die Körner begannen hüpfend niederzufallen, sie sprangen, verfolgten sich in wilder Hast und lösten sich in Miriaden von ungereihten Perlen. Der Orkan drückte auf die Fenster und rüttelte an der Tür, als ob er sie öffnen wollte, und das ganze vom Sturm erschütterte Haus tönte wie ein zum Totentanz gestimmtes Instrument.
»Die Zigeunerwagen müssen düster und schaurig sein, so wie unsere Zuflucht hier, wenn die Pferde ausgespannt werden, damit der Wirbelwind sie nicht umwirft.«
Unter den Fingern, der Handfläche, dem Arm von Mauro zitterte das warme Fleisch des Mädchens, das er aufgedeckt hatte, da es ihm gelungen war, eine Hand zwischen Bluse und Leibchen zu schieben und zwischen die Wärme des Leibchens und die Weichheit des Busens zu gleiten.
Der Busen, dessen feste Halbkugel seine Hand ganz umspannte, wiederholte die Schläge des Herzens, und zwischen seinen zwei Fingern schwoll die sammetweiche Haut des Rückgrats, denn in diesem Zentralpunkt treffen alle Begierden, die ganze durch alle Adern verbreitete Sinnlichkeit zusammen.
Durch seine Liebkosungen geängstigt, richtete Melitta sich auf, warf sich nach rückwärts wie ein gespannter Bogen und überließ sich Mauros Arm. Mit dem andern Arm hob er sie bis an seine Brust, bis an seinen Hals, wollte sie, bevor er sie aufs Bett legte, an sich gepreßt halten, um sie

von der Welt zu lösen, um sie vom Erdboden zu isolieren, damit sie ihm zu eigen wäre.
In dem dunklen Zimmer auf dem finsteren Bett gab es nichts Helles außer ihren großen saugenden Augen mit den schimmernden Augäpfeln und ihren zwischen die halbgeöffneten Lippen gepreßten Zähnen. Und diese beiden weißen Flecke waren so weiß, daß sie durch den Kontrast das Gesicht des schmachtenden Mädchens dunkler erscheinen ließen.
Sie wehrte sich nicht, als Mauro ihre Brust entblößte und den Gürtel ihres Rocks löste; sie schmiegte sich mit wollüstigen Bewegungen gegen die ein wenig zitternden männlichen Hände, und sie wand sich lüstern nach seinen Liebkosungen und wurde ungeduldig, weil er beim Entblößen ihrer intimsten Reize allzu langsam war.
Zwischen den Brüsten hing ein Kettchen aus hellem Gold, an dem ein sonderbarer kleiner Gegenstand befestigt war, klein wie eine kleine Erdbeere, klein wie eine Brustwarze; ein an der Spitze abgestumpfter Bleikegel, dessen Basis ein silbernes Knöpfchen bildete.

Ein Amulett?
Mager. Aber eine völlige Harmonie von sanften, wundervoll verschmolzenen Kurven, die in Windungen sich senkten, in zarten Hebungen anstiegen und in unbestimmten Wölbungen erblühten.
Er liebkoste mit der Wange und mit dem Mund ihren ganzen Körper vom Hals bis zu den Knien, und in seiner langen Liebkosung begegnete er weder dem Widerstand ihres Schamgefühls noch der ungestümen Rauheit, die aus wilder Vorzeit durch die Evolution der Menschheit ein Erbe geblieben ist, um das Geschlecht zu verteidigen. Sie war ganz glatt, glatt wie eine Statue, und das Geschlecht, von schamloser Unschuld, wie die Kinder es haben, schien von einem eiligen Bildhauer mit dem Druck des Daumens geformt.

Die schamhafte Leserin, die nachlässig auf die gemeinsamen Laken des ehrbaren Ehebettes auf der linken Seite ausgestreckt liegt, während ihr Gatte auf der rechten Seite den »Bericht des Syndikus« und den »Vorschlag zur Erhöhung des Kapitals« liest; die züchtige Leserin, die sich am Knie kratzt oder den durch zu enge Schuhe verdorbenen Fuß abtastet und gähnt, weil ihr Herr Gemahl gähnt; die keusche Leserin, an diesem Punkt von Melittas und Mauros Geschichte angelangt, juckt sich nicht mehr am Knie.

Der makellosen Leserin, die empfängt, ohne zu sündigen und sündigt, ohne zu empfangen, sollte ich, um sie um die 1,60 Lire, die sie für meine Autorenrechte indirekt eingebracht, nicht zu betrügen, nun erzählen, was sich auf diesem nackten Mädchenleib, in dem bescheidenen Bett eines tristen Jagdhauses fern von der Welt, während der Hagel gegen die Fensterscheiben prasselte, zugetragen hat. Ich sollte ihr erzählen, wie oft und in welchem Maß, in welcher Quantität, Qualität und Wucht der Mann eingedrungen sei in das Geheimnis, das für niemanden ein Geheimnis ist, und ihr die akrobatischen Stellungen der Zeremonie genau beschreiben. Ich würde ihr, der unschuldigen Leserin, erstens damit eine angenehme, erwärmende, leicht befruchtende Erregung verschaffen und würde ihr für morgen beim Fünf-Uhr-Tee Gelegenheit bieten, sich über diese »Nachkriegs-Literatur« zu entrüsten, ein Ausdruck, den jene Blaßblütigen, kachektischen Schriftsteller mit Milch in den Adern aufgebracht haben, denen es weder vor noch nach dem Krieg gelungen ist, Leser zu finden.

Nun, unbefleckte Leserin mit der spiralförmigen Seele und dem rechtwinkligen Gewissen, die sich ihrer gesellschaftlichen Stellung wegen verpflichtet fühlt, meine Bücher schlecht zu machen; Sie, die den Gatten nur bei ganz großen Gelegenheiten betrügt, und wenn sie ihn betrügt, es ausschließlich tut, um ihn danach noch mehr zu lieben und um zu konstatieren, um wieviel er allen anderen Männern überlegen ist; übersinnlichste aller Frauen, malen Sie sich aus, was sich zwischen den beiden Liebenden dieser Geschichte zugetragen haben mag.

Doch halt: Sie haben auf Ihrer Kommode ein eiförmiges, in Stanniol verpacktes Kügelchen liegenlassen. Sie wickeln es aus. Beim metallischen Rascheln des Papiers versteht Ihr Gatte Ihre Absichten und lächelt Ihnen entweder dankbar oder resigniert zu. Was ist es?

Sehr wohl. Während Sie abwarten, daß es sich löst, will ich Ihnen sagen, daß zwischen Mauro und Melitta sich das nicht zugetragen hat, was Sie erwarten.

Sie enthielten sich der wunderbaren Zeremonie nicht aus Lasterhaftigkeit.

Ebensowenig aus einer literarischen Hemmung.

Sie enthielten sich, weil …

Aber beachten Sie, daß das empfängnisverhütende kleine Ei sich aufgelöst hat und Ihr Gatte den »Bericht des Syndikus« und den »Vorschlag zur Erhöhung des Kapitals« beendet hat. Benehmen Sie sich ruhig, als ob ich nicht anwesend wäre.

Inzwischen werde ich die Landschaft beschreiben.

Das Beschreiben der Landschaft entspricht dem »Nach-der-anderen-Seite-Sehen«, das der Autor verwendet, wenn er die Gesten und Worte seiner Personen nicht beschreiben will.

Das Gewitter hatte aufgehört. Von der Dachtraufe fielen noch vereinzelte Tropfen und …

Der Mond, erhaben durch die Dämmerung leuchtend, zog dahin über flockige Wölkchen, die …

Der Himmel schien …

Der See war fast …

Man hätte sagen mögen, daß …

Der Berg war wie …

Vereinzelte Vögel …

Der Regenbogen …

Sind Sie fertig? – So mögen Sie denn wissen, daß Mauro und Melitta sich nicht auf diesem Bette wie zwei plattalltägliche Ehegatten paarten. Ihnen widerstrebte es, auf diese Weise den erhabenen Akt zu vollziehen, den Sie und Ihr Ehemann, den alle anderen Gattinnen und alle anderen Gatten entweiht und auf das Niveau der er-

niedrigendsten körperlichen Notdurft herabgedrückt haben.
Melitta, das junge Kind mit den blauen Augen und den blonden Haaren (den äußeren Merkmalen von Puppen) konnte ihre Jungfräulichkeit nicht opfern auf den Bettlaken, auf denen eben noch Ausflügler geschlafen hatten, die von den Unterkunftshütten heruntergekommen waren, noch behaftet von dem Geruch nach Leder, nassem Stroh und Schweiß.
Melitta, die Zuckernäscherin, leckermäulig und goldglänzend wie die Bienen, hatte es hinauf in die Höhe gezogen, hoch hinauf, um fern von den Häusern der Menschen, fern von Gesetzen und Vorurteilen den Ritus der Liebe gleich der Bienenkönigin im Reich des ewigen Blaus zu vollziehen.
Das Zimmer war noch die Welt. Das Bett war noch das geschlossene Zimmer. Dort wollte sie sich nicht hingeben.
Ganz, uneingeschränkt gab sie sich ihm am nächsten Tag unter der Sonne, am vollen Mittag auf dem trockenen, thymianduftenden Gras. Die Tränen, die ihren blauen Augen unter dem blauen Himmel entströmten, füllten sich mit Sonne, und ein wenig Blut rötete ein Büschel jener weißen kleinen Blumen, deren Namen ich nicht weiß und die gerade deswegen um so schöner sind, weil ich ihren Namen nicht weiß.
In uralten Mittagsschatten, als der Handel noch nicht die Notwendigkeit der Lüge und jene Verschmitztheit gezeitigt hatte, die die Ware verbarg, um ihren Wert zu steigern, gab sich die schweifende Venus auf dem lebendigen Teppich des Grases hin, unter dem lebendigen Baldachin des blauen Himmels, der mit Geheimnis, Unendlichkeit und Sternen verwoben war.
Sie gab sich im Freien hin wie Melitta, inmitten des Raumes, wo alles in der Runde Liebe ist. Der entfesselte Funke zwischen Wolke und Wolke ist ein heftiger Kuß zwischen zwei elektrischen Kräften, die sich treffen; die unendlichen Evolutionen der Gestirne vollziehen sich durch die Gewalt der Liebe; der Sonnenstaub findet durch

die Macht der Liebe auf seiner blinden Reise durch die Luft den Blumenschoß, in den er sich senken kann; der Blütenduft ist ein Aphrodisiakum für das Liebesbedürfnis der Schmetterlinge; die Farbe der Federn dient der Liebe wie ein eleganter Pyjama; das Insekt, das von Salbei zu Salbei fliegt, erst einen Staubbeutel und dann einen Stengel streift, ist ein Ehestifter für die Hochzeit der Blumen.
Und jetzt, keusche Leserin mit der übersinnlichen Seele, spülen Sie sich aus (wenn Sie es für angezeigt halten), trocknen Sie sich ab und löschen Sie das Licht.

(1924)

Eine kleine Passionsgeschichte

Meine Abenteuer in der Minne
Müssen sehr gedrängt gewesen sein.
Wenn ich auf das erste mich besinne,
Fällt mir immer noch ein frühres ein.

(Joachim Ringelnatz, 1928)

Franz Kafka: Die Brücke

Ich war steif und kalt, ich war eine Brücke, über einem Abrund lag ich. Diesseits waren die Fußspitzen, jenseits die Hände eingebohrt, in bröckelndem Lehm habe ich mich festgebissen. Die Schöße meines Rockes wehten zu meinen Seiten. In der Tiefe lärmte der eisige Forellenbach. Kein Tourist verirrte sich zu dieser unwegsamen Höhe, die Brücke war in den Karten noch nicht eingezeichnet. – So lag ich und wartete; ich mußte warten. Ohne einzustürzen kann keine einmal errichtete Brücke aufhören, Brücke zu sein.

Einmal gegen Abend war es – war es der erste, war es der tausendste, ich weiß nicht, – meine Gedanken gingen immer in einem Wirrwarr und immer in der Runde. Gegen Abend im Sommer, dunkler rauschte der Bach, da hörte ich einen Mannesschritt! Zu mir, zu mir. – Strecke dich, Brücke, setze dich in Stand, geländerloser Balken, halte den dir Anvertrauten. Die Unsicherheit seines Schrittes gleiche unmerklich aus, schwankt er aber, dann gib dich zu erkennen und wie ein Berggott schleudere ihn ans Land.

Er kam, mit der Eisenspitze seines Stockes beklopfte er mich, dann hob er mit ihr meine Rockschöße und ordnete sie auf mir. In mein buschiges Haar fuhr er mit der Spitze und ließ sie, wahrscheinlich wild umherblickend, lange drin liegen. Dann aber – gerade träumte ich ihm nach über Berg und Tal – sprang er mit beiden Füßen mir mitten auf den Leib. Ich erschauerte in wildem Schmerz, gänzlich unwissend. Wer war es? Ein Kind? Ein Traum? Ein Wegelagerer? Ein Selbstmörder? Ein Versucher? Ein Vernichter? Und ich drehte mich um, ihn zu sehen. – Brücke dreht sich um! Ich war noch nicht umgedreht, da stürzte ich schon, ich stürzte, und schon war ich zerrissen und aufgespießt von den zugespitzten Kieseln, die mich immer so friedlich aus dem rasenden Wasser angestarrt hatten.

(1917)

Gustave Flaubert: Ich wußte wohl, wohin ich ging

Ganz plötzlich raste ich davon, zur Stadt zurück. Ich kam über die Brücken. Ich ging durch die Straßen, über die Plätze. Die Frauen kamen an mir vorüber. Es waren ihrer viele; sie gingen schnell. Alle waren wunderbar schön. Niemals hatte ich ihnen so tief in die glänzenden Augen geschaut, noch so sehr ihren gazellenhaft leichten Gang bewundert. Herzoginnen lehnten sich auf ihren wappengeschmückten Wagenschlag und schienen mir zuzulächeln und mich zu Liebkosungen auf seidenen Kissen einzuladen. Über ihre Balkons beugten sich Damen, in Schals gehüllt, um mich zu sehen, und sie blickten mich bittend an: »Liebe uns! Liebe uns!« Aus ihrer aller Haltung, aus ihren Augen, sogar aus ihrer Regungslosigkeit sprach Liebe zu mir, das sah ich deutlich! Und dann traf man die Frauen überall, im Gedränge war man neben ihnen. Ich streifte sie, ich sog ihren Duft ein, die Luft war davon erfüllt. An ihrem Hals sah ich Schweißperlen zwischen den Schalenden, sah die Federn ihrer Hüte bei jedem Schritte nicken. Ihr Hacken hob den Rock beim Gehen vor mir. Wenn ich an einer vorüberging, zuckte ihre behandschuhte Hand. Weder diese noch jene wünschte ich mir, die eine nicht mehr als die andere, doch alle zusammen, doch jede, in der unendlichen Mannigfaltigkeit ihrer Formen und des entsprechenden Verlangens. Waren sie auch bekleidet, ich schmückte sie sogleich mit prächtiger Nacktheit, und so standen sie vor meinen Augen. Indem ich möglichst nahe an ihnen vorüberging, nahm ich, soviel ich konnte, wollüstige Vorstellungen mit, Düfte, liebeerregende Düfte, aufreizendes Rascheln und anziehende Formen.

Ich wußte wohl, wohin ich ging. Es war ein Haus in einer kleinen Straße, durch die ich oft gegangen, um mein Herz schlagen zu fühlen. Es hatte grüne Läden, man stieg drei Stufen empor. Ach, ich kannte das alles genau. Ich hatte es oft betrachtet, da ich häufig einen Umweg gemacht hatte, nur um die geschlossenen Fenster zu sehen. Schließ-

lich kam ich nach einem Lauf, der mir eine Ewigkeit zu dauern schien, in die Straße. Ich glaubte zu ersticken. Niemand ging vorüber. Ich wagte mich weiter, weiter. Ich fühle noch die Berührung der Tür, die ich mit der Schulter aufstieß. Sie gab nach. Ich hatte gefürchtet, sie möchte fest in der Mauer sitzen; aber nein, sie drehte sich in ihren Angeln, sachte, ohne Geräusch.
Ich stieg die Stufen empor, auf der Treppe war es dunkel. Die Stiegen waren ausgetreten, sie schwankten unter meinen Tritten. Ich stieg immer höher. Man sah nichts; mir schwindelte. Ich hörte niemanden; mein Atem setzte aus. Endlich kam ich in ein Zimmer; es schien mir groß; das lag an seiner Dunkelheit. Die Fenster standen auf, doch große, gelbe, bis zur Erde reichende Vorhänge hielten das Tageslicht ab. Der Raum schwamm in blaßgoldigem Widerschein. Weiter hinten am rechten Fenster saß eine Frau. Sie mußte mich nicht gehört haben, denn sie wandte sich nicht um, als ich eintrat. Ich stand, ohne näher zu kommen, mit ihrem Anblick beschäftigt.
Sie trug ein weißes Kleid mit kurzen Ärmeln. Mit dem Ellenbogen stützte sie sich auf das Fensterbrett. Eine Hand lag am Munde; ihr Blick hing vage und unbestimmt draußen am Boden. Ihr schwarzes Haar lag glatt und geknotet an den Schläfen und glänzte wie die Schwinge eines Raben. Sie hielt den Kopf ein wenig vornüber geneigt. Im Nacken hatten sich ein paar Haare gelöst und kräuselten sich am Halse. Ihr großer gebogener Kamm war oben mit Korallen besetzt.
Sie stieß einen Schrei aus, als sie mich bemerkte, und sprang auf. Ich fühlte mich von dem glänzenden Blick ihrer Augen getroffen. Als ich, vom Gewicht dieser Blicke bedrückt, meine Stirn wieder zu heben vermochte, sah ich in ein Gesicht von wunderbarer Schönheit: eine gerade Linie lief, vom Scheitel beginnend, zwischen ihren großen geschweiften Augenbrauen hindurch auf ihre Adlernase, deren zitternde Flügel emporgezogen waren, wie man es auf antiken Kameen sieht, und teilte ihre sinnliche Lippe, die ein bläulicher Flaum beschattete. Dann

kam der Hals, der volle, weiße, rundliche Hals. Durch ihr zartes Gewand sah man die Rundungen ihrer Brüste beim Atmen steigen und fallen. So stand sie mir gegenüber, in Sonnenlicht gehüllt, das durch den gelben Vorhang fiel und das weiße Kleid und den dunklen Kopf hob.
Schließlich fing sie an zu lächeln, fast mitleidig und sanft, und ich kam näher. Ich weiß nicht, womit sie ihr Haar parfümiert hatte, doch duftete sie wunderbar, und mein Herz war weicher und hingebender als ein Pfirsich, der auf der Zunge zerschmilzt. Sie sagte zu mir:
»Was möchten Sie denn? Kommen Sie!«
Und sie setzte sich auf ein langes Sofa, das mit grauem Stoff überzogen war und an der Wand stand. Ich nahm an ihrer Seite Platz, sie faßte meine Hand; die ihrige war heiß. So verharrten wir lange schweigend, einer den andern anschauend.
Niemals hatte ich eine Frau aus solcher Nähe gesehen; ihre ganze Schönheit drang auf mich ein, ihr Arm berührte den meinigen, die Falten ihres Gewandes fielen über meine Knie, die Wärme ihrer Hüften setzte mich in Flammen. Ich fühlte bei dieser Berührung ihre wogenden Körperformen, ich betrachtete die Rundung ihrer Schulter und die blauen Adern ihrer Schläfen. Sie sagte:
»Nun?«
»Nun?« erwiderte ich vergnügt, den Zauber gewaltsam abschüttelnd, der mich einschläferte.
Doch weiter kam ich nicht, ich war ganz damit beschäftigt, sie mit Blicken zu verzehren. Schweigend legte sie einen Arm um mich und zog mich in stummer Umschlingung an sich. Da schlang ich meine beiden Arme um sie und preßte meinen Mund auf ihre Schulter. Ich trank wonnevoll den ersten Kuß der Liebe. Ich trank darin die lange Sehnsucht meiner Jugend und die verwirklichte Wollust aller meiner Träume, und dann warf ich den Kopf zurück, um ihr Gesicht besser zu sehen. Ihre Augen leuchteten, sie setzten mich in Flammen. Ihr Blick faßte mich fester als ihr Arm. Ich war in ihre Augen versunken, und unsere Finger verstrickten sich ineinander;

die ihrigen waren lang und zart, sie spielten in meiner Hand mit lebhaften, bebenden Bewegungen; mit geringer Anstrengung hätte ich sie zerbrechen können; ich drückte sie in dem Wunsche, sie besser zu fühlen.

Ich erinnere mich jetzt nicht mehr genau, was sie mir sagte und was ich ihr antwortete. Lange verharrte ich so, versunken, schwebend, gewiegt in dem Klopfen meines Herzens. Mit jeder Minute wuchs mein Taumel, in jedem Augenblick fluteten neue Ströme in meine Seele. Mein ganzer Leib erschauerte vor Ungeduld, vor Verlangen, vor Lust. Und doch war ich schwer gestimmt, eher düster als froh, ernst, in etwas Göttlichem und Höchstem vergehend. Sie drückte mit der Hand meinen Kopf an ihr Herz, aber zart, als wenn sie gefürchtet hätte, ihn an ihrer Brust zu zerbrechen.

Mit einer Bewegung der Schulter schlüpfte sie aus dem Ärmel. Ihr Kleid ging auf; sie trug kein Korsett; ihr Hemd stand offen. Ein prächtiger Busen wurde sichtbar, an dem man in Liebe hätte vergehen können. In kindlicher, träumerischer Haltung saß sie auf meinen Knien. Ihr schönes Profil zeichnete sich in reinen Linien ab. Unter der Achsel bildete die Haut eine Falte von wundervollem Schwung, die wie das Lächeln der Schulter war. Ihr weißer Rücken war leicht gekrümmt, als sei sie müde, und ihr herabgesunkenes Kleid fiel in weiten Falten auf den Boden. Sie blickte zum Himmel und summte eine traurige, sehnsuchtsvolle Melodie durch die Zähne.

Ich faßte ihren Kamm und zog ihn heraus. Ihre Haare umflossen sie wie eine Woge, und die langen, schwarzen Strähnen fielen zitternd auf ihre Hüften. Ich fuhr mit der Hand zuerst darüber, dann hinein, darunter. Ich tauchte meine Arme hinein, ich badete mein Gesicht darin, ich wollte vergehen. Zuweilen belustigte ich mich damit, sie hinten zu teilen und nach vorn zu legen, so daß ihre Brüste davon verhüllt waren; dann wieder faßte ich sie wie ein Netz zusammen und zog daran, um ihren nach hinten geneigten Kopf und den zarten vorgestreckten Hals zu sehen. Sie ließ es geschehen wie eine Tote.

Plötzlich machte sie sich von mir frei, zog die Füße aus dem Kleide und sprang mit der Behendigkeit einer Katze auf das Bett. Die Matratze sank unter ihren Füßen ein, das Bett krachte, sie zog mit brüsker Bewegung die Vorhänge zurück und legte sich nieder. Sie streckte ihre Arme nach mir aus und umfaßte mich. Oh, selbst die Laken schienen noch warm von den Liebkosungen, die dort ausgetauscht waren.

Ihre sanfte feuchte Hand betastete meinen Leib. Sie gab mir Küsse auf das Gesicht, auf den Mund, auf die Augen. Jede einzelne ihrer hervorstürzenden Liebkosungen nahm mir die Besinnung. Sie streckte sich auf dem Rücken aus und seufzte. Bald schloß sie die Augen halb und blickte mich mit wollüstiger Ironie an, dann wieder stützte sie sich auf den Arm, drehte sich herum, streckte die Füße empor und war voll bezaubernder Schäkereien, raffinierter und unverdorbener Bewegungen. Schließlich gab sie sich mir hin, sah empor und stieß einen tiefen Seufzer aus, der durch ihren ganzen Leib ging … Ihr warmes, zitterndes Fleisch breitete sich erschauernd unter mir. Von Kopf zu Füßen fühlte ich mich von Wollust umfangen. Ich preßte meinen Mund auf den ihrigen. Unsere Finger waren ineinander verschlungen, im selben Beben zuckend, in einer Verstrickung verschränkt. Während ich den Duft ihres Haares und den Hauch ihrer Lippen einsog, fühlte ich mich vor Wonne vergehen. Einige Zeit verharrte ich noch gespannt, das Klopfen meines Herzens und das letzte Zittern meiner Nerven genießend; dann schien alles zu erlöschen und zu versinken.

(1842)

Giovanni Boccaccio: Alibech wird Einsiedlerin

Dioneo, der die Geschichte der Königin aufmerksam verfolgt hatte, bemerkte, als sie beendet war, daß ihm allein noch zu erzählen oblag.
Er begann daher, ohne eine Aufforderung abzuwarten, lachend zu sprechen:
Meine anmutigen Schönen, ihr habt sicher noch niemals gehört, wie man den Teufel in die Hölle schicken kann. Ich will es euch darum erzählen, ohne mich damit von dem Thema zu entfernen, von dem ihr alle heute gesprochen habt. Wenn ihr recht achtgebt, könnt auch ihr vielleicht einmal eure Seele auf dieselbe Weise retten.
Auch werdet ihr aus der Erzählung erkennen, daß Amor, wenngleich er lieber in heiteren Palästen und üppigen Zimmern als in dürftigen Hütten wohnt, es deshalb doch nicht ganz verschmäht, zuweilen auch in schattigen Wäldern oder auf hohen Bergen und selbst in einsamen Höhlen seine Kraft zu erproben; woraus wir ersehen, daß alle Dinge ihm untertan sind.
Doch um zur Sache zu kommen, vernehmet, daß in der Stadt Capsa in der Berberei einmal ein sehr reicher Mann lebte, der außer einigen Söhnen auch eine schöne, edle Tochter namens Alibech besaß. Sie war keine Christin, doch hatte sie von den vielen Christen, die in der Stadt lebten, den christlichen Glauben und Gottesdienst überschwenglich preisen hören. Deshalb fragte sie eines Tages einen der Christen, auf welche Weise man denn Gott am besten und ungestörtesten dienen könne. Der Christ antwortete, daß jene Menschen am besten Gott dienen könnten, die allen weltlichen Dingen ganz und gar entsagt hätten, wie zum Beispiel die frommen Männer, die sich in die Einsamkeit der Wüste von Thebaida zurückgezogen hätten.
Das Mädchen, das vielleicht vierzehn Jahre alt und noch ganz unerfahren war, machte sich am folgenden Morgen, mehr von kindlicher Neugier als von frommem Verlangen getrieben, ohne einen Menschen davon zu verständigen,

auf den Weg, wanderte ganz allein auf die Wüste von Thebaida zu und langte, da ihr Verlangen anhielt, auch wirklich einige Tage später in der Einöde an. Als sie in der Ferne eine Hütte entdeckte, ging sie darauf zu und traf vor der Tür derselben einen frommen Einsiedler, der sehr verwundert war, sie hier zu sehen, und sie fragte, was sie hier suche.

Das Mädchen antwortete, daß sie, Gottes Ruf folgend, hergekommen sei, um hier Gott zu dienen, und daß sie auch jemand suche, der sie darin unterweisen möchte. Der gute Mann aber fürchtete sogleich, daß er, wenn er sie bei sich behielte, durch ihre Jugend und Schönheit leicht in des Teufels Fänge geraten könnte. Er lobte daher zwar ihr edles Vorhaben und reichte ihr einige Wurzeln, wilde Äpfel und Datteln sowie etwas Wasser, dann aber sagte er zu ihr: »Meine Tochter, nicht weit von hier lebt ein frommer Mann, der dich in allem, was du suchst, weit besser unterweisen kann als ich. Zu diesem Mann gehe hin!«, und schickte sie fort.

Sie gelangte auch bald zu dem zweiten Einsiedler, doch hörte sie von ihm dieselben Worte und wanderte darum noch tiefer in die Wüste hinein, bis sie schließlich an die Klause eines jungen Einsiedlers kam, der ein demütiger, guter Mann war und Rustico hieß. Sie stellte ihm die gleichen Fragen wie den beiden anderen Einsiedlern, und da er sich selbst eine Probe seiner Standhaftigkeit erbringen wollte, schickte er sie nicht fort oder weiter, wie die anderen, sondern behielt sie bei sich in seiner Klause. Als es Nacht wurde, bereitete er ihr auf der einen Seite der Zelle ein dürftiges Lager aus Palmwedeln und bat sie, sich darauf zur Ruhe niederzulegen. Aber als dies geschehen war, dauerte es gar nicht lange, so begann die Versuchung einen harten Kampf gegen die Widerstandskraft des Einsiedlers zu führen. Dieser, der sich bald von letzterer im Stich gelassen sah, wandte ihr nach wenigen Angriffen kurzerhand den Rücken und erklärte sich für besiegt. Sodann schob er alle frommen Gedanken, Gebete und Bußübungen beiseite, rief sich dafür die Jugend und Schönheit des Mädchens ins Gedächtnis zurück und überlegte außerdem, auf welchem Wege und mit welchen Mitteln er es bei ihr versuchen sollte, damit sie nicht dahinterkäme, daß er, von sündigem Verlangen getrieben, das forderte, was er begehrte. Er forschte sie darum vorerst mit allerlei Fragen aus und stellte fest, daß sie noch keinen Mann erkannt hatte und so unschuldig war, wie sie aussah. Darauf beschloß er, sie unter dem Vorwand einer Art Gottesdienstes seinen Gelüsten dienstbar zu machen, und setzte ihr zu diesem Zweck als erstes mit vielen Worten auseinander, daß der Teufel der Feind des Herrgotts sei. Dann gab er ihr zu verstehen, daß der Dienst, der Gott am meisten wohlgefiele, kein andrer sei, als den Teufel in die Hölle zu schicken, in die der Herrgott ihn verbannt habe.

Das Mädchen fragte ihn darauf, wie man das mache, und Rustico antwortete: »Das sollst du gleich erfahren. Tue nur alles, was du mich tun siehst!« Damit begann er, seine wenigen Kleidungsstücke abzulegen, bis er nackt vor ihr stand. Das Mädchen tat es ihm nach. Dann kniete er wie zum Gebet nieder und gebot ihr, sich ihm gegenüber ebenfalls niederzuknien. In dieser Stellung wurde Rustico beim Anblick ihrer Schönheit heftiger als je von seiner Begierde gepackt, und die Auferstehung des Fleisches kam sogleich über ihn. Als Alibech das sah, fragte sie neugierig: »Rustico, was für ein Ding sehe ich da bei dir sich vordrängen, das ich nicht besitze?« – »Ach, meine Tochter«, entgegnete Rustico, »das ist ja der Teufel, von dem ich dir erzählt habe. Siehst du, gerade jetzt quält und martert er mich so sehr, daß ich es kaum ertragen kann.« Da sagte das Mädchen: »Gelobt sei Gott! Ich sehe, daß es mir besser geht als dir, denn ich habe keinen solchen Teufel.«

Rustico sprach: »Da hast du wohl recht, doch hast du an Stelle meines Teufels etwas anderes, was ich nicht habe.« Alibech fragte: »Und was habe ich?« Und Rustico entgegnete: »Du hast die Hölle, und ich gestehe dir, ich glaube, daß der Herrgott dich zur Rettung meiner Seele hergeschickt hat. Denn wenn du so barmherzig sein willst, zu dulden, daß ich meinen Teufel, immer wenn er mich

fortan quält, in die Hölle schicken darf, so würdest du mich damit sehr trösten und dem Herrgott auf eine ihm besonders wohlgefällige Art dienen, wozu du doch hergekommen bist, wie du sagst.« Das Mädchen antwortete treuherzig: »Oh, mein Vater, wenn ich wirklich die Hölle habe, so geschehe es, wann immer Ihr es wünscht.« – »Gesegnet seist du, meine Tochter!« rief Rustico. »So wollen wir ihn denn hineinschicken, damit er mich in Ruhe lasse!« Nach diesen Worten führte er das Mädchen auf eins der Lager und brachte ihr bei, wie man es anfangen müsse, um jenen Gottverdammten einzukerkern.
Das Mädchen, das noch niemals den Teufel in die Hölle geschickt hatte, fühlte bei dem erstenmal einen kleinen Schmerz und sagte darum zu Rustico: »Mein Vater, dieser Teufel muß wirklich ein böser Kerl und ein wahrer Feind unsres Herrgotts sein, denn er tut sogar, von anderm ganz zu schweigen, der Hölle weh, wenn er hineingeschickt wird.« Darauf sagte Rustico: »Das wird nicht immer so bleiben, meine Tochter.« Und um zu erreichen, daß es nicht so bliebe, schickten sie auf ihrem Lager den Teufel wohl an die sechsmal und mehr in die Hölle, so daß sie ihm für diesmal seine Hoffart völlig austrieben und er willig Ruhe gab. Zwar zeigte sich diese Hoffart in der nächsten Zeit noch unzählige Male, doch das Mädchen zeigte sich stets bereit, ihm dieselbe auszutreiben. So kam es, daß sie bald großes Vergnügen an diesem Spiel zu finden begann und zu Rustico sagte: »Jetzt sehe ich ein, daß die braven Christen in Capsa die Wahrheit sprachen, wenn sie behaupteten, daß es süß sei, Gott zu dienen. Ich weiß ganz genau, daß ich noch niemals ein größeres Vergnügen gekannt habe, als den Teufel in die Hölle zu schicken. Und ich behaupte darum, daß alle Menschen, die Gott nicht dienen wollen, dumm sind.« Fortan kam sie zu diesem Zweck oftmals zu Rustico und sagte:
»Mein Vater, ich bin hergekommen, um Gott zu dienen, und nicht, um hier müßig herumzusitzen. Laßt uns den Teufel in die Hölle schicken!« Und sagte auch zuweilen, wenn sie eben dabei waren, zu ihm: »Rustico, ich weiß

nicht, warum der Teufel immer wieder aus der Hölle flieht. Wenn er so gerne darinnen wäre, wie die Hölle ihn empfängt und hält, würde er niemals wieder herausgehen!«

Während das Mädchen nun den jungen Rustico auf solche Weise häufig ermunterte und zum Gottesdienst antrieb, zog sie ihm bald derart das Mark aus den Knochen, daß er zu frieren begann, wo jeder andre in Hitze geraten wäre. Er machte ihr darum schleunigst klar, daß der Teufel nur dann bestraft und in die Hölle gejagt werden müsse, wenn er sein Haupt verwegen erhöbe. »Wir aber haben ihn, Gott sei Dank, so gedemütigt, daß er froh ist, wenn man ihn in Frieden läßt!« Damit brachte er Alibech eine Weile zur Ruhe. Als sie aber feststellte, daß Rustico sie gar nicht mehr aufforderte, den Teufel in die Hölle zu schicken, sagte sie eines Tages zu ihm: »Rustico, wenn dein Teufel auch gezähmt ist und dich nicht mehr quält, so läßt mich die Hölle deshalb doch nicht in Ruhe. Du tätest gut daran, mir mit deinem Teufel zu Hilfe zu eilen, um den Aufruhr in meiner Hölle niederzuschlagen, ebenso wie auch ich dir mit der Hölle geholfen habe, die Aufsässigkeit deines Teufels zu bekämpfen.«

Rustico, der nur von wilden Wurzeln und Wasser lebte, vermochte nur schlecht dieser Aufforderung nachzukommen und antwortete, daß viele Teufel nötig seien, um eine Hölle zu bändigen, doch wolle er alles tun, was in seinen Kräften stehe. Er stellte sie denn auch noch hin und wieder zufrieden, doch geschah es so selten, daß es nicht mehr ausmachte, als ob man eine Bohne in den Rachen eines Löwen würfe, worauf das Mädchen, das nun ihren Gottesdienst nicht so ausüben konnte, wie sie es wünschte, heftig zu murren begann.

Während nun zwischen dem Teufel des Rustico und der Hölle Alibechs des heftigen Verlangens und geringen Könnens wegen der Krieg noch andauerte, brach zu Capsa eine große Feuersbrunst aus, der auch Alibechs Vater mit seinen Söhnen und der ganzen Familie im eigenen Hause zum Opfer fiel, so daß nur Alibech als Erbin seines großen Vermögens übrigblieb. Ein Jüngling namens Neerbal, der seinen Reichtum im Leichtsinn vertan hatte, hörte, daß das Mädchen noch am Leben sei. Er machte sich auf, sie zu suchen, und fand sie auch gerade noch so rechtzeitig, daß die Güter des angeblich ohne Erben verstorbenen Vaters von der Beschlagnahme durch den Hof verschont blieben. Er holte Alibech zur großen Erleichterung Rusticos und gegen ihren eigenen Willen nach Capsa zurück, wo er sie zu seiner Gattin machte und dadurch mit ihr zusammen Erbe des kostbaren Nachlasses wurde.

Als Alibech dort, noch bevor sie mit Neerbal geschlafen hatte, von andren Frauen gefragt wurde, wie man denn in der Wüste Gott dienen könne, antwortete sie, daß sie ihm damit gedient habe, den Teufel in die Hölle zu schicken, und daß Neerbal eine große Sünde auf sich geladen habe, als er sie von diesem Gottesdienst weggeholt habe. Die Frauen fragten darauf: »Und wie schickt man den Teufel in die Hölle?« Das Mädchen gab ihnen dies teils mit Worten, teils mit Gebärden zu verstehen, worauf die Frauen in ein so tolles Gelächter ausbrachen, daß sie bis heute noch nicht imstande gewesen sind, sich wieder zu beruhigen. »Ach!« schrien sie, »laß es dir nicht leid sein, Kleine! Das kannst du auch hier! Neerbal wird mit dir zusammen dem Herrgott noch manchen Dienst leisten!« Dann aber erzählte eine diesen Spaß der anderen, so daß er bald die ganze Stadt durchlief. Und so wurde es denn zum Sprichwort, der fröhlichste Dienst, den man dem Herrgott erweisen könne, sei, den Teufel in die Hölle zu schicken. Und das Sprichwort überquerte die Meere und wird noch heute gebraucht.

Darum, ihr jungen Frauen, die ihr alle die Gnade Gottes nötig habt, lernt, den Teufel in die Hölle zu schicken! Das ist ein Gott gar wohlgefälliges Werk, an dem alle Beteiligten ihr Freude haben. Manches Gute kann aus ihm entstehen und erwachsen.

(1349–53)

Luigi Malerba: Die jungfräuliche Eselin

Bellaugh spitzte die Ohren, alldieweyl er ein Hufscharren da unten vernommen, nicht weyth entfernet, inmitten des Laupes von einem großen Feygenbaume, und an dieser Stell spitzte er auch die Augen und sah, daß sich dorten etwas bewegte mit hellem Fell.
»Ich seh alldort ein grosz Thier!«
»Einen vierbeynichten Esel, Euer Hochwohlgeboren!«
Sie näherten sich und fandten eine junge Eselin mit hellem Fell an den Stamm des belaupten Feygenbaums gebundten, die ihre Ohren beym Erscheynen der zween aufrichtete, zwey neue Gesichter für sie, die ihre Augen rollte als wollte sie nach Hülffe suchen, ihren Kopf bewegte und im hohen Gras mit den Hufen scharrte.
»Ein schönes Thier!«
»Noch gantz jung.«
»Zartes Fleysch!«
»Mann könnt sie am Spiesze brathen mit starkem Gewürtze«, sagte Ulfredo.
»Und Speckscheypgen.«
Bellaugh näherte sich dem Thiere noch mehr, löste den Hanffstrick vom Baumstamm und reychte ihn an Ulfredo.
»Es ist eine weiplichte Eselin, Euer Hochwohlgeboren.«
»Du ziehest sie und ich schiep sie.«
Die Eselin kehrte sich zu Bellaugh um und leckte ihm die Handt.
»Ein wollüsticht Geprickel!«
Bellaugh kam ihr näher und liesz sich das Gesichte belecken. Ein Gelecke und noch eines, die Eselin leckte und leckte an Bellaugh. Und er ließ sich das Gesichte belecken, deinde den Hals und wieder die Handt. Er hielt der Eselin seyn Ohr hin, die ihm auch dieses leckte und ihre Zungenspitz in die Öffnung schop, und er begann vor Wollust zu winslen, alsdann begann er, die Zunge der Eselin zu lecken, Zunge an Zunge, und riep seyne Nas wider die Nase des Thieres. Ulfredo gaffte verwundtert. Was war

seynem Graffzog und der Eselin widerfahren? Er kehrete sich in eine andere Richtung, kratzete sich die Eyer und blickte verschämt herum, um zu sehen, ob nicht jemandt sich näherte. Niemandt.
Bellaugh sprach zu Ulfredo:
»Du hältst sie itzo am Halse feste, und ich fick sie.«
»Wen wollen Euer Hochwohlgeboren ficken?«
»Die Eselin.«
»Euer Hochwohlgeboren?«
»Hast du zufällicht etwas dawider zu sagen?«
»Oberhaupt nichts.«
Bellaugh gieng nach hinten und streychelte der Eselin weyches Fell, kitzelte mit den Fingern seyn die Öffnung und zog dann unter Anstrengung seynen Saftvogel heraus, der so hart war alswie Holtze, und ohn weythere Zeyth zu verlieren, bohrte er ihn in die Höhle. Deinde rammelte er vorwärts und rücke, umarmte das Hintertheyl des Thiers, das wollüstig sich zu freuen anfieng, seynen Rücken krümmte und mit heraushängendter Zung keichte. Und dieweil es Bellaugh hinten in sich aufnahm, leckte es Ulfredos Gesichte.

Eine Fickerey alswie diese konnte Bellaugh sich aus seynem gantzen Leben nicht herinnern. Tieff und in einem so warmen und jungfräulichen Loche, alldieweil die Eselin noch jungfräulich war. Bellaugh stockte der Athem, er gap einen letzten Stosz aus den Hüfften, dann zog er seynen Schwantz heraus und liesz sich ins Gras fallen, inmitten des Schattens, unter dem Laupe des Feygenbaums.
»Diese Eselin gehöret mir! Den soll die Pest holen, der sie von nun an berühret!«
»Euer Hochwohlgeboren, niemandt nicht wirdt sie berühren.«
»Es wirdt deyne Aufgape seyn, dich um sie zu kümmern.«
»Ich werdt mich um sie kümmern.«
»Sie soll am Hofe gehalten werdten alswie jed andrer Höfling.«
»So soll es geschehen, Euer Hochwohlgeboren.«

»Ich bestimme und verfüge, dasz sie zur höfischen Mätresse soll ernennet und in das Adelsbuch bey Hofe eingetragen werdten. Des weytheren soll sie Behandtlung erfahren und Speysen erhalten, alswie ihrer Stellung als Mätresse zukömmt.«

»Die Eselin?«

»Wer denn sonste? Schlieszlicht hast du zween Ohren, um zu hören!«

Ulfredo verneygte sich zum Zeychen der Zustimmung und der Ehrerbietung. Deinde öffnete er den Mundt:

»Dann soll sie wohl nimmer gebrathen werdten mit starken Gewürtzen und Scheypgen vom Speck.«

»So du nicht willst erhenket werdten.«

»Der Befehl, sie zu brathen, wirdt inde widerrufen.«

»Gäntzlicht widerrufen.«

Ulfredo zog am Hanffstrick das Thier hinter sich her. Bellaugh folgte hinterdreyn und berührte und glättete der Eselin Fell, das allwegen ihrer Jugendt noch gar wollig gewesen. Bisweilen gieng er auch dichte an ihr Ohr, um ihr Worthe zuzuflüstern, Worthe der Liebe, alswie Arsch und Fötzgen und noch andere Worthe mehr der Liebe.

(1978)

Umberto Eco: Der Novize

Reglos verharrte ich auf der Schwelle zwischen Küche und Refektorium, und ebenso reglos verharrte ein undefinierbares Etwas neben dem Ofen. Ein undefinierbares, aber – wie soll ich sagen – winselndes Etwas. Ja, denn ich hörte ein unterdrücktes Schluchzen, ein rhythmisches Wimmern vor Angst.

Nichts macht einen Ängstlichen mutiger als die Angst eines anderen, doch war es nicht unbedingt Mut, was mich antrieb, dem Schatten näherzutreten. Eher war es, so würde ich sagen, eine Art Trunkenheit ähnlich jener, die ich eben erst angesichts der Visionen verspürt hatte.

Irgendwie schien mir, daß ein schwerer Duft in der Küche lag, der mir ähnlich vorkam wie der Geruch des glimmenden Dochtes am Vorabend in der Bibliothek; vielleicht war es auch eine andere Substanz, doch auf meine erregten Sinne tat sie die gleiche Wirkung. Ich roch ein Gemisch aus Weinstein, Traganth und Alaun, wie es die Köche benutzen, um den gegorenen Rebensaft zu würzen. Oder es lag daran, daß man, wie ich später erfuhr, in jenen Tagen das Bier zubereitete (das sich in dieser Gegend Italiens einer gewissen Schätzung erfreute), wozu man, ähnlich wie in meiner Heimat, Sumpfmyrte, Erika und wilden Rosmarin nahm. Lauter Aromen jedenfalls, die rascher noch als meine Nase meinen Geist trunken machten.

Und während einerseits mein Instinctus rationalis in mir rief: *»Vade retro!«* und mich drängte, vor jenem schluchzenden Wesen zu fliehen, da es sicher ein Sukkubus war, den der Böse vor mir erstehen ließ, trieb mich andererseits etwas in meiner Vis appetitiva unwiderstehlich voran, als wollte ich teilhaben an einem Wunder.

So ging ich langsam auf jenen Schatten zu, bis ich im fahlen Mondlicht die Gestalt eines Weibes erkannte, die zitternd ein dunkles Bündel an ihre Brust drückte und zugleich leise weinend vor mir zurückwich.

Gott, die Heilige Jungfrau und alle Heiligen des Paradieses mögen mir beistehen, wenn ich jetzt berichte, was mir geschah. Die Scham und die Würde meines Standes (als nunmehr greiser Mönch in diesem schönen Kloster zu Melk, einem Ort des Friedens und der beschaulichen Einkehr) raten mir frömmste Zurückhaltung an. Eigentlich dürfte ich einfach nur sagen, daß etwas Schlimmes geschah, worüber wir besser nicht weiter reden. Das würde jedenfalls mir und meinem Leser manche Verwirrung ersparen.

Doch ich habe mir vorgenommen, die ganze Wahrheit über jene fernen Geschehnisse zu berichten, und die Wahrheit ist bekanntlich unteilbar, sie leuchtet kraft ihrer eigenen Klarheit und darf nicht verdunkelt werden durch

unsere Interessen und unsere Schamhaftigkeit. Mein Problem liegt eher darin, die Sache nicht so zu schildern, wie ich sie *heute* sehe und im Gedächtnis habe (obwohl ich sie bis zum heutigen Tage aufs lebhafteste im Gedächtnis habe – wobei ich offen gestanden nicht weiß, ob es die spätere Reue war, die mir Ereignisse und Gedanken so fest ins Gedächtnis eingepflanzt hat, oder die Unzulänglichkeit dieser Reue, die mich heute noch plagt und alle Einzelheiten meiner Schande wachhält in meinem betrübten Geist), sondern die Sache so zu schildern, wie ich sie *damals* erlebte. Was ich indes mit der Treue des guten Chronisten tun kann, denn wenn ich die Augen schließe, sehe ich alles genauestens vor mir, was ich damals tat und empfand, als hätte ich eine Schrift vor Augen, die damals geschrieben ward. Ich brauche also nur gleichsam diese Schrift zu kopieren, und möge der Erzengel Michael mir dabei Schutz gewähren. Denn zur Erbauung künftiger Leser und zur Geißelung meiner Schuld will ich nun erzählen, wie ein junger Mensch sich in den Stricken des Bösen verfangen kann, auf daß diese Stricke sichtbar und offenkundig werden und jeder, der künftig in sie gerät, sich rechtzeitig zu befreien vermag.
Es war also eine Frau. Was sage ich: ein Mädchen. Da ich seither (und Gott sei Dank bis heute) kaum viel Umgang mit den Wesen jenes Geschlechts gehabt habe, kann ich nicht genau sagen, wie alt sie war. Ich weiß nur, daß sie jung war, fast noch ein Kind, sie mochte vielleicht sechzehn oder achtzehn Lenze zählen, vielleicht auch zwanzig, und mich rührte die menschliche Wärme, die von ihrer Gestalt ausging. Nein, diese Gestalt war keine Vision, und sie erschien mir, was immer sie sein mochte, *valde bona.* Vielleicht weil sie zitterte wie ein kleiner Vogel im Winter und weinte und sich vor mir fürchtete.
So trat ich, gedenkend der Pflicht jedes guten Christen, stets hilfreich seinem Nächsten zur Seite zu stehen, mit großer Behutsamkeit näher und sagte in gutem Latein zu der zitternden Kreatur, sie brauche sich nicht zu fürchten, ich sei ihr freundlich gesonnen, jedenfalls sicher nicht

feindlich, gewiß nicht so feindlich, wie sie es offenbar wähnte.
Vielleicht war es die Sanftheit, die aus meinen Blicken strömte, jedenfalls wurde das arme Geschöpf nun etwas ruhiger und kam näher. Ich merkte, daß sie mein Latein nicht verstand, und sprach sie instinktiv in meiner Muttersprache an, also auf deutsch, aber das erschreckte sie wieder sehr, vielleicht wegen der harten Laute, die den Bewohnern dieser Gegend ungewohnt waren, vielleicht auch, weil diese Laute ihr eine andere Erfahrung, möglicherweise mit einem Landsknecht aus meiner Heimat, in Erinnerung riefen. So lächelte ich, in der Annahme, daß die Sprache der Gesten und Blicke allgemeinverständlicher sei als die der Worte, und sie beruhigte sich rasch wieder. Ja, sie lächelte ebenfalls und sagte ein paar leise Worte zu mir.
Ich verstand zwar nur wenig von ihrem Dialekt, und in jedem Falle klang er recht anders als der, den ich ein wenig in Pisa gelernt hatte, aber dem Tonfall entnahm ich, daß es zärtliche Worte waren, und mir schien, als sagte sie etwas wie: »Du bist jung, du bist schön …« Selten geschieht es einem Novizen, der seine ganze Kindheit im Kloster verbracht hat, daß jemand ihm etwas über seine Schönheit sagt; im Gegenteil, meist wird man daran erinnert, daß Anmut und Jugend vergänglich sind und keiner besonderen Hochschätzung würdig. Doch mannigfach sind die Wege des Bösen, und ich gestehe, daß diese unvermutete Anspielung auf meine Wohlgestalt, wie hinfällig diese auch immer sein mochte, mir gar süß in den Ohren klang und ein unbändiges Gefühl in mir aufstiegen ließ. Zumal das Mädchen, um auch dies zu sagen, dabei seine Hand ausstreckte und mir mit den Fingerspitzen leicht über die Wange strich, die damals noch gänzlich bartlos war. Eine niegekannte Lust überkam mich, doch ich verspürte dabei keinen Schatten von Sünde in meinem Herzen. So viel vermag zuweilen der Dämon, wenn er uns in Versuchung führen will und sich anschickt, die Spuren der Gnade aus unserer Seele zu tilgen.

Was geschah mir? Was fühlte, was sah ich? Ich weiß nur, daß mir für meine Gefühle im ersten Augenblick jeder Ausdruck fehlte, denn es war meiner Zunge und meinem Geist nicht beigebracht worden, solche Empfindungen zu benennen. Allmählich stiegen dann andere Worte aus meinem Innern auf, Worte, die ich zu anderen Zeiten vernommen und die gewiß zu anderen Zwecken gesprochen waren, die mir jedoch wie durch ein Wunder im Einklang zu stehen schienen mit der Lust jenes Augenblicks, als wären sie konsubstantiell zu ihrem Ausdruck ersonnen. Worte, die sich in den tiefsten Zonen meiner Erinnerung festgesetzt hatten, stiegen herauf und sprangen mir auf die (stummen) Lippen, und ich vergaß, daß sie einst in der Schrift oder in den Büchern der Heiligen dazu gedient hatten, Wahrheiten und Empfindungen von ganz anderer Art auszudrücken. Aber gab es denn wirklich einen Unterschied zwischen dem hehren Entzücken, von welchem die Heiligen sprachen, und der heißen Lust, die meine erregte Seele in diesem Moment empfand? Ja, ich gestehe, in diesem Moment erlosch in mir der wache Sinn für die Differenz. Und das ist stets, so scheint mir, das Zeichen der Entrückung und des Sturzes in die Abgründe der Identität.

Denn auf einmal erschien mir das Mädchen ganz wie die schwarze, aber schöne Jungfrau, von der das Hohelied Salomons spricht. Sie war angetan mit einem verschlissenen Kleid aus grobem Stoff, das sich recht schamlos über ihren Brüsten öffnete, und sie trug um den Hals eine Kette aus buntbemalten und sicher sehr billigen Steinen. Doch stolz erhob sich ihr Kopf auf einem weißen Hals, der wie aus Elfenbein war, ihre Augen leuchteten hell wie die Teiche zu Hesbon, ihre Nase war wie ein Turm auf dem Libanon, ihr Haar wie der Purpur des Königs in Falten gebunden. Ja, ihr Haar erschien mir wie eine Herde Ziegen, die am Berge lagern, ihre Zähne erschienen mir wie eine Herde Schafe, die frisch aus der Schwemme kommen und allzumal Zwillinge haben, und: »Du bist schön, meine Freundin, schön bist du«, kam es mir auf die Lippen, »dein Haar ist wie eine Herde Ziegen, die gelagert sind am Berge Gilead hernieder, deine Lippen sind wie eine scharlachfarbene Schnur, deine Wangen sind wie der Ritz am Granatapfel zwischen deinen Zöpfen, dein Hals ist wie der Turm Davids, mit Brustwehr gebaut, daran tausend Schilde hangen und allerlei Waffen der Starken.« Und ich fragte mich ebenso hingerissen wie bang, wer diese da sein mochte, die da aufging vor mir wie die Morgenröte, schön wie der Mond, strahlend wie die Sonne, *terribilis ut castrorum acies ordinata.*

Da trat sie noch einen Schritt näher zu mir, warf das Bündel, das sie bisher an ihre Brust gedrückt, in eine Ecke und hob von neuem die Hand, mir die Wange zu streicheln, und wiederholte noch einmal die Worte, die ich bereits von ihr vernommen. Und während ich noch zögerte, ob ich nun fliehen oder näher herantreten sollte, und es mir in den Schläfen dröhnte, als bliesen alle Posaunen Josuas, um die Mauern Jerichos krachend zusammenstürzen zu lassen, und es mich ebenso drängte wie schauderte, sie zu berühren, ging plötzlich ein strahlendes Lächeln über ihr Antlitz, und mit einem leisen Seufzer wie von einer Ziege, die sich hat erweichen lassen, löste sie die Bänder, die ihr Kleid über der Brust zusammenhielten, und streifte es ab und stand vor mir, wie Eva einst vor Adam gestanden sein mußte im Garten Eden. *»Pulchra sunt ubera quae paululum supereminent et tument modice«*, murmelte ich die Worte, die ich von Ubertin vernommen, denn ihre Brüste erschienen mir wie zwei junge Rehzwillinge, die unter Lilien weiden, ihr Nabel war wie ein runder Becher, dem nimmer mangelt würziger Wein, und ihr Bauch wie ein Weizenhaufen, umsteckt mit Rosen.

»O sidus clarum puellarum«, rief ich entzückt, *»o porta clausa, fons hortorum, cella custos unguentorum, cella pigmentaria!«* Und es zog mich hin zu ihr mit Macht, und ich spürte die Wärme ihres Körpers und den herben Geruch niegekannter Salben. Und der Spruch schoß mir durch den Sinn: »Kinder, wenn euch die Liebesglut überkommt, gibt es

kein Halten mehr«, und ich begriff, daß ich nichts mehr vermochte gegen die Regung, die mich trieb, mochte das, was ich da empfand, nun höllische Machenschaft oder himmlische Gabe sein. *»O langueo«,* rief ich aus, und : *»Causam languoris video nec caveo!«* Auch weil es von ihren Lippen wie Honig troff und ihre Beine wie Säulen waren und ihre Füße zierlich in den Sandalen standen und ihre Lenden sich bogen wie zwei Spangen, die des Meisters Hand gemacht hat. Oh Liebe, Tochter der Wonne, ein König hat sich in deiner Flechte verfangen, murmelte ich zu mir selbst, und dann lag ich in ihren Armen, und gemeinsam fielen wir auf den blanken Boden, und wenig später, ich weiß nicht, ob durch mein Betreiben oder durch ihre Kunst, sah ich mich meiner Kutte entledigt, und wir schämten uns nicht unserer Leiber, *et cuncta erant bona.*
Und sie küßte mich mit den Küssen ihres Mundes, und ihre Liebe war lieblicher denn Wein, und der Geruch ihrer Salben übertraf alle Würze, und ihre Wangen standen lieblich in den Kettchen und ihr Hals in den Schnüren. Siehe, meine Freundin, du bist schön, siehe, schön bist du, deine Augen sind wie Taubenaugen (murmelte ich), laß mich dein Angesicht sehen, laß mich deine Stimme hören, denn deine Stimme ist wohlklingend und dein Angesicht zauberhaft, du hast mich verzaubert, du hast mich vor Liebe krank gemacht, meine Schwester, du hast mir das Herz genommen mit deiner Augen einem und mit deiner Halsketten einer, deine Lippen sind wie triefender Honigseim, Honig und Milch ist unter deiner Zunge, deines Atems Duft ist wie der Duft von Granatäpfeln, deine Brüste sind wie Trauben, Trauben am Weinstock, dein Gaumen ist wie erlesener Wein, der meiner Liebe glatt eingeht, der mir über Lippen und Zähne fließt … Ein Gartenbrunnen bist du, Narde und Safran, Kalmus und Zimt, Myrrhen und Aloe. Und ich schlürfte meinen Nektar und meinen Honig, ich trank meinen Wein und meine Milch – wer war sie, wer, die da aufging vor mir wie die Morgenröte, schön wie der Mond, strahlend wie die Sonne und schrecklich wie eine waffenstarrende Heerschar?

Oh Herr, wenn die Seele entrückt ist, dann bleibt als einzige Tugend allein zu lieben, was man erschaut (ist das nicht wahr?) und als höchstes Glück einfach zu haben, was man hat, dann trinkt man das selige Leben an seiner Quelle (ward nicht so geweissagt?), dann kostet man von jenem wahren Leben, das uns nach dem Ende des sterblichen Lebens beschieden ist an der Seite der Engel in Ewigkeit ... So dachte ich bei mir, und mich dünkte, als ob diese Prophezeiungen sich erfüllten, während das Mädchen mich mit unsäglichen Liebkosungen überschüttete. Und mir war, als wäre mein Körper ganz und gar Auge geworden, hinten und vorn, und ich sah alles rundum mit einem Blick. Und ich begriff, daß eben diesem Blick, der die Liebe ist, zugleich die Einheit und die Zartheit und die Güte und der Kuß und die Umarmung entspringen, wie ich früher bereits gehört hatte, glaubend, es wäre dabei von ganz anderen Dingen die Rede gewesen. Und nur einmal, als mein Entzücken sich seinem Gipfel näherte, kam mir kurz in den Sinn, daß ich womöglich gerade in diesem Moment, noch dazu inmitten der Nacht, die Beute des Mittagsdämons war, der bekanntlich dazu verdammt ist, am Ende stets seine wahre Teufelsnatur zu offenbaren, wenn ihn die Seele in höchster Ekstase fragt: »Wer bist du?« – ihn, der Leib und Seele bis zu diesem Moment zu täuschen vermag. Doch gleich darauf war ich überzeugt, daß teuflisch nur noch mein Zögern war, denn nichts konnte richtiger, schöner und heiliger sein als das, was ich gerade empfand und was nun an Süße noch jeden Augenblick zunahm. Und gleichwie ein Wassertropfen, der in einen vollen Weinkrug fällt, sich gänzlich auflöst, um die Farbe und den Geschmack des Weins anzunehmen, gleichwie ein glühendes Eisen im Feuer seine ursprüngliche Form verliert und selber zu Feuer wird, gleichwie sich die Luft, wenn durchflutet von den Strahlen der Sonne, zu höchstem Glanze und höchster Klarheit wandelt, dergestalt, daß sie nicht mehr erleuchtet zu sein, sondern selber zu leuchten scheint – so fühlte ich mich vergehen in süßem Verströmen, und gerade noch blieb mir die Kraft, mit den Worten des Psalms

zu hauchen: »Siehe, meine Brust ist wie neuer Wein, der neue Schläuche zerreißt!« – Dann sah ich nur noch ein gleißendes Licht und in dem Licht eine glänzende saphirblaue Gestalt, die ganz und gar im lieblichen Schein einer hochrot funkelnden Lohe erglühte, und das gleißende Licht durchdrang die funkelnde Lohe, und die funkelnde Lohe durchdrang die glänzende blaue Gestalt, und das gleißende Licht und die funkelnde Lohe durchfluteten die Gestalt durch und durch.
Und während ich fast entseelt auf den Körper sank, mit welchem ich mich vereint, begriff ich in einem letzten Aufflackern meiner Lebensgeister: Die Flamme brennt in glänzendem Lichte, in purpurner Kraft und in feuriger Glut; durch das glänzende Licht aber leuchtet sie, durch die purpurne Kraft aber flammt sie, durch die feurige Glut aber wärmet sie! Dann blickte ich in den Abgrund und in die weiteren Abgründe, die sich unter ihm auftaten …

(1980)

235

Vagantendichtung: Coronis

Dank sag ich der Venus hier,
sie hat ja mir
durch des holden Lachens Macht
jetzt zugebracht
dankenswerten
und begehrten
Sieg ob meinem Mädel.

Lange kämpfend müht ich mich,
doch konnte ich
nicht gewinnen meinen Lohn.
Jetzt fühl ich schon
froh mich werden,
die Gebärden
Amors sich erheitern.

Ich kam zwar zum Genuß
von Blick und Wort und Kuß,
Streicheln auch, das gab sie mir;
doch fehlte schier
jenes allerletzte Heil,
der beßre Teil
der Liebe.
Nicht will den ich übergehn,
will nur gestehn:
Alles, was sich dann noch tut,
ist glühend Glut
der Triebe.

Aufs Ziel hin eil ich los,
sie aber reizt mich bloß
durch der zarten Zähren Fluß,
schwankt vor dem Schluß,
daß sie jungfräulicher Scham
die Schranken nahm,
das Steuer.

Tränen trink ich von der Maid
voll Süßigkeit,
immer trunkner mach ich mich,
mir wecke ich
mehr Feuer.

Küsse, die die Zähre netzt,
haben stets viel mehr ergetzt,
führen durch die Koserei
lockend größern Reiz herbei.
Immer mehr ergreift es mich,
es steigert sich
der Flamme heißes Wehen.
Was Coronis schmerzlich litt,
teilt sich mit
in geschwellter Seufzer Füll
und wird nicht still
durch Flehen.

Bitten füg ich Bitten an,
Küsse zu den Küssen dann,
doch sie setzt ihr Weinen fort,
reiht gleich scheltend Wort an Wort.
Und ihr Auge schaut mich an
erst feindlich, dann
hinwiederum mit Flehen.
Bald ja widersetzt sie sich,
bald bittet mich,
geht beim Bitten schmeichelnd vor,
schließt doch ihr Ohr
vorm Flehen.

Ich brauch Gewalt, kühn werd ich sehr,
sie setzt mit Nägeln sich zur Wehr,
Haare reißt sie,
Angriff weist sie
wacker ab,
drängt zusammen,
zwängt zusammen
ihre Knie:
nicht soll für sie
der Keuschheit Tor zerbrechen.

Doch immer weiter führ ich Krieg,
verschaffe meinem Willen Sieg.
Im Umschlingen,
festem Ringen
bind ich ihr
Hände drängend,
Küsse zwängend
geb ich ihr.
So wird von mir
der Venus Schloß zerbrochen.

Das gefiel uns beiden sehr,
die Geliebte schalt nicht mehr,
immer sanfter ward sie schier,

gab Küsse mir
ganz liebe.
Und indem ihr Augenpaar
zitternd halb geschlossen war,
lachte sie, als schlief sie ein
mit Seufzerlein
noch trübe.

(13. Jahrhundert)

Johann Wolfgang Goethe: Augustinus und die Götter der Liebe

Amor muß also, wie wir meinen, neidlos an die erste Stelle gesetzt werden. Nachdem nun die Seelen verbunden worden sind, folgt die Sehnsucht, an irgendeinem sicheren Ort zusammenzukommen, sich sorglos zu unterhalten und seinen Gefühlen in wechselseitiger Gemeinsamkeit Ausdruck zu geben. Diesen Akt pp schützt der **Gott Domiducus**. Nachdem er aber die zwei Seelen entflammt hat, ist jener geflügelte und wendige Eros schon wieder anderswohin enteilt. Damit aber nicht schnell entschwindet, was schnell zum Vorschein gekommen ist, verbindet der **Gott Jugatinus** die Seelen. **Domiducus.** Sobald du aber ein Mädchen nach Hause geführt hast, wird sie von einer gewissen Scham und Angst ergriffen. Damit sie nun nicht wegläuft, muß die **Göttin Manturna** angerufen werden; diese wird deine Liebkosungen unterstützen, das Vergnügen am Küssen vergrößern; sie wird das auf deinen Knien sitzende Mädchen festschmieden und sie bändigen, wenn du sie zum Brautbett geführt hast. Dann wird plötzlich die **Göttin Virginensis** herantreten, die dem beisteht, der den Gürtel löst; sie wird den Widerstand des sich weigernden Mädchens durch Flüstern beschwichtigen und die auf dem Bett ausgestreckten Glieder allerliebst ordnen, sie wird die unnütze Kleidung entfernen, dich Verlangenden leiten und die Schenkel spreizen für den, der sich darauf legt. Zu

diesem Zeitpunkt wird der **Gott Subigus** nicht fehlen, der dich, während du dich um den Eingang bewegst und den zarten Bauch mit deinem Bauch bedrängst, was die Griechen »gerben« oder »weich machen« nennen *** Wenn du das zart und nicht bäurisch gemacht hast, damit sie sich an die Last gewöhnt, wird die **Göttin Prema** der Jungfrau beistehen, damit sie dich, der du sie drückst und mit dem ganzen Körper auf ihr liegst, gern und mit Freude erträgt. Dann wird die **Göttin Pertunda** anwesend sein, deren Dienste, auch wenn sie der göttliche Augustinus nach der Hilfe des Gottes Subigus und der Göttin Prema für überflüssig hält (»Über den Gottesstaat«, Buch VII, Kapitel [9]) und sie heute selten angerufen werden muß, nach unserer Meinung dennoch nicht mißachtet werden dürfen, weil, was sehr selten ist, doch eintreten kann. Mit ihrer Hilfe möge also der **Gott Janus** das bedrängte Türchen öffnen.
Er möge das Türchen des wieder und wieder geliebten und zu verehrenden kleinen Heiligtums öffnen, damit die schuldigen Pflichten der Religion erfüllt werden. Nicht fehlen wird der **Gott Saturnus**, der den Samen herleiten wird. **Gott Liber** wird dich befreien, den vorn herausspritzenden Samen wird die **Göttin Libera** der Jungfrau entgegenbringen. Dann, wenn alles gut vonstatten geht, werden der **Gott Vitumnus** das Leben, der **Gott Sentinus** das Verständnis [für die Niederkunft spenden.]

(1790)

Longos: Hirtenspiele

Als aber der Lenz schon begann und der Schnee schmolz, die Erde ihre Hülle wieder abwarf und das Gras hervorsproßte, trieben alle Hirten ihre Herden auf die Weide, vor allen anderen aber Chloe und Daphnis, denn sie standen im Dienst eines höheren Hirten. Ihr erster Gang war zu den Nymphen und zur Grotte, von da zu Pan und zur Fichte und endlich zur Eiche; unter ihr ließen sie sich nieder, ließen ihre Herden weiden und küßten sich. Auch Blumen suchten sie, um die Götterbilder damit zu bekränzen; diese aber lockten der nährende Westwind und die wärmende Sonne eben erst hervor. Doch fanden sie schon Veilchen, Narzissen, Gauchheil und alle die ersten Kinder des Frühlings. Chloe und Daphnis hatten aber auch schon von einigen Ziegen und Schafen frische Milch und gossen davon Trankopfer aus, nachdem sie die Götterbilder bekränzt hatten. Auch die Syrinx weihten sie wieder ein, als wollten sie die Nachtigallen zum Singen ermuntern; und diese antworteten aus den Sträuchern und übten zaghaft ihre Klage um Itys ein, als ob sie sich nach langem Schweigen allmählich wieder ihres Gesanges erinnerten.

Da und dort blökten die Schafe, hüpften die Lämmer, drängten sich unter ihre Mütter und saugten an ihrem Euter; die Widder aber verfolgten die Schafe, die noch nicht geworfen hatten, brachten sie unter sich und besprangen sie, der eine dieses, der andere jenes. Ebenso liefen die Böcke den Geißen nach, sprangen buhlend um sie herum und fochten Kämpfe um sie aus; jeder hatte die seinigen und bewachte sie, damit sie kein anderer heimlich bespringe. Selbst Greise hätte ein solcher Anblick zur Liebeslust reizen können; Daphnis und Chloe aber, die jung und blühend waren und sich schon seit langer Zeit nach Befriedigung ihrer Liebe sehnten, erglühten beim Gesang der Vögel und vergingen beim Anblick jenes Treibens und verlangten nun auch selbst nach etwas mehr als nach Kuß und Umarmung, am meisten aber Daphnis; denn da er während des Winters durch das müßige Stillsitzen im Hause zu jugendlicher Manneskraft herangereift war, glühte er den Küssen entgegen, brannte nach Umarmungen und war zu jedem leidenschaftlichen Tun unternehmender und kühner.

Endlich bat er Chloe, ihm alles zu gewähren, was er wolle, und sich nackt zu ihm hinzulegen, und zwar länger, als sie bisher immer getan; denn nur das fehle noch von den Lehren des Philetas, damit endlich das einzig wirksame

Mittel angewandt werde, die Liebe zu stillen. Als sie aber fragte, was es noch mehr gebe als Kuß und Umarmung und das Liegen selbst und was er denn tun wolle, wenn er nackt bei ihr liege, sagte er: »Das, was die Widder den Schafen tun und die Böcke den Ziegen. Du siehst ja, wie hernach die einen nicht mehr vor den anderen davonlaufen und jene sich nicht mehr müde jagen, sondern wie sie nach dem Genuß gemeinsamer Lust von da an miteinander weiden. Wie es scheint, ist dieses Tun recht süß und vertreibt das Bittere in der Liebe.« »Aber siehst du denn nicht, Daphnis, daß die Böcke und Widder es stehend tun und die Ziegen und Schafe es sich stehend tun lassen, indem die einen aufspringen, die andern aber ihren Rücken bieten? Und du verlangst, daß ich mich zu dir legen soll und dazu noch nackt? Und sind nicht jene durch ihr Zottelfell noch mehr bedeckt als ich, wenn ich noch gar nicht ausgezogen bin?« Daphnis gab ihr nach, legte sich zu ihr hin und lag so lange Zeit, und da er das, wonach er so brünstig verlangte, nicht zu tun verstand, richtete er sie auf und umfing sie fest von hinten, wie er es den Böcken abgesehen hatte. Da er sich aber jetzt erst recht nicht zu helfen wußte, setzte er sich hin und klagte unter Tränen, daß er von der Liebe nicht einmal so viel wie die Böcke wisse.

Nun hatte er aber einen Nachbarn, einen Bauern mit eigenem Grund und Boden, Chromis mit Namen, der schon über die besseren Jahre hinaus war. Er hatte sich ein Stadtfräulein geholt, die war jung und hübsch und eigentlich viel zu fein für das Bauernwesen; sie hieß Lykainion. Da nun diese Lykainion den Daphnis Tag für Tag seine Ziegen vorbeitreiben sah, morgens auf die Weide, abends von der Weide, da bekam sie Lust, ihn durch Geschenke zu ködern und ihren Liebhaber aus ihm zu machen. Sie lauerte ihm also einmal auf, als er allein war, und schenkte ihm eine Syrinx, eine Honigwabe und eine Tasche aus Hirschfell; doch wagte sie nicht, etwas zu sagen, weil sie seine Liebe zu Chloe ahnte; sie hatte ja auch gesehen, wie sehr er an dem Mädchen hing. Das schloß sie zuerst aus ihrem Winken und Lachen; dann aber machte sie eines Morgens ihrem Chromis weis, sie gehe zu einer Wöchnerin in der Nachbarschaft, schlich ihnen nach, verbarg sich in einem Gebüsch, um nicht gesehen zu werden, und hörte alles, was sie sagten, und sah alles, was sie taten. Es entging ihr auch nicht, daß Daphnis weinte. Da bekam sie nun Mitleid mit den armen Kindern und meinte, die Gelegenheit sei doppelt günstig, weil sie ihnen helfen und zugleich ihre eigene Lust stillen könnte. Dazu dachte sie sich folgende List aus:

Am nächsten Tag ging sie wieder, unter dem Vorwand, jene Kindbetterin zu besuchen, von zu Hause weg, begab sich ganz offen zu der Eiche, unter der Daphnis und Chloe saßen, spielte täuschend echt die Bestürzte und rief: »Daphnis, hilf mir in meinem Unglück! Von meinen zwanzig Gänsen hat mir der Adler die allerschönste geraubt, doch konnte er die schwere Last nicht wie sonst durch die Luft zu seinem hohen Felsenhorst tragen, sondern mußte mit ihr in das niedrige Gesträuch dort herabgehen. Geh also, um der Nymphen und des Pan dort willen, mit mir in den Wald – denn allein traue ich mich nicht –, rette mir meine Gans und laß die Herde nicht geschmälert werden! Vielleicht kannst du gar den Adler selber umbringen, dann wird er auch nicht mehr so viele Lämmer und Böckchen bei euch rauben. Deine Herde kann ja Chloe solange hüten; die Ziegen kennen sie ja ganz genau, weil sie immer mit dir zusammen hütet.«

Ohne Ahnung von dem, was ihn erwartete, stand Daphnis sogleich auf, nahm seinen Hirtenstecken und ging hinter Lykainion drein. Die aber führte ihn möglichst weit von Chloe weg, und als sie in das dickste Gebüsch gekommen waren, ließ sie ihn an einer Quelle niedersitzen und sagte: »Du liebst Chloe, Daphnis. Das habe ich heute nacht von den Nymphen erfahren. Im Traum erzählten sie mir auch von deinen gestrigen Tränen und befahlen mir, dir zu helfen und dich zu lehren, was man tun muß, wenn man liebt. Das sind aber nicht Küsse und Umarmungen und das, was Widder und Böcke tun, nein, es sind andere Sprünge, noch viel süßer als jene, und diese Wonnen dauern länger. Willst du also deiner Not ledig sein und die Freuden, die du suchst, kennenlernen, so komm und ergib dich mir als erfreulichen Schüler! Ich aber will dir darin Unterricht geben, um den Nymphen zu willfahren.«

Daphnis wußte sich vor Freude nicht mehr zu fassen, sondern als unerfahrener Ziegenhirt und verliebt und jung, wie er war, fiel er Lykainion zu Füßen und flehte sie an, ihn so schnell wie möglich die Kunst zu lehren, mit Chloe zu tun, wonach er sich sehne. Und wie wenn er eine ganz erhabene und wahrhaft von Gott gesandte Wissenschaft inne werden sollte, versprach er ihr ein säugendes Böcklein, zarte Käse aus der fettesten Milch und die Ziege noch dazu. Da nun Lykainion eine so hirtenmäßige Freigebigkeit fand, wie sie nie erwartet hätte, fing sie ihren Unterricht bei Daphnis auf folgende Weise an. Sie hieß ihn, sich sogleich nahe zu ihr zu setzen und ihr Küsse zu geben, wie er es sonst auch tue, und, wie oft er es gewohnt sei, sie beim Küssen zu umarmen und sich auf den Boden sinken zu lassen. Wie er sich nun hingesetzt und sie geküßt hatte und neben ihr lag, fühlte sie, daß er zur Tat gerüstet sei und von drängender Liebeslust glühe; da richtete sie ihn aus der Seitenlage auf, schob sich geschickt unter ihn und führte ihn auf den so lange gesuchten Weg. Von da an brauchte sie nicht mehr zu künsteln, denn die Natur selbst lehrte ihn, was er noch weiter zu tun habe.

Als er nun die Liebesschule absolviert hatte, wollte Daphnis, noch immer voll Hirteneinfalt, sofort zu Chloe laufen, um seine neue Weisheit gleich anzubringen, gerade als ob er befürchtete, sie zu vergessen, wenn er säume. Aber Lykainion hielt ihn zurück und sagte: »Du mußt jetzt noch etwas dazulernen, Daphnis. Ich habe jetzt keine Schmerzen gehabt, weil ich eine Frau bin; denn diesen Unterricht hat mir schon längst ein anderer Mann gegeben, der dafür meine Jungfernschaft zum Lohn bekam. Wenn aber Chloe diesen Kampf mit dir kämpft, dann wird sie jammern und weinen und viel Blut verlieren, wie wenn sie ermordet wäre. Du brauchst dich aber vor dem Blut nicht

zu fürchten, sondern wenn du sie überredet hast, dir anzugehören, dann führe sie an diesen Platz, wo niemand sie hört, auch wenn sie schreit, und niemand es sieht, wenn sie weint, und wo sie sich an der Quelle waschen kann, wenn sie blutet. Und du denke immer daran, daß ich dich vor Chloe zum Mann gemacht habe!«
Nach solchen Ermahnungen ging nun Lykainion in einen andern Teil des Waldes, wie wenn sie immer noch ihre Gans suchte. Daphnis aber, der ihre Worte überdachte, bezwang sein erstes Ungestüm und fürchtete sich, von Chloe mehr zu verlangen als Kuß und Umarmung, weil er nicht wollte, daß sie seinetwegen schreie wie über einen Feind, oder vor Schmerz weine oder blute wie eine Ermordete. Denn als Neuling scheute er das Blut und meinte, daß Blut nur aus einer Wunde fließe. Er beschloß also, sich mit ihr auf die gewohnte Weise zu ergötzen, verließ den Wald und eilte zu dem Platz, wo sie saß und einen Veilchenkranz flocht; er gab vor, die Gans den Fängen des Adlers entrissen zu haben, umarmte sie dann und küßte sie, wie er es im Liebesspiel mit Lykainion getan hatte; denn das gestattete er sich als ein ungefährliches Vergnügen. Sie aber setzte ihm den Kranz auf und küßte sein Haar, das ihr schöner dünkte als die Veilchen. Dann holte sie aus ihrer Hirtentasche ein Stück Feigenkuchen und ein paar Scheiben Brot und gab ihm zu essen; und während er aß, pflückte sie ihm die Bissen vom Mund weg und ließ sich von ihm füttern wie ein junger Vogel im Nest.

(um 200 n. Chr.)

Die drei Tornados: Maria und Joseph

Joseph: Maria, Mary, deine Haare leuchten ja wieder wie Gold und deine Augen sind wie Sterne am Firmament. Du siehst aus wie die Madonna von Michelangelo.
Maria: Und du, Joseph, guck dich doch mal selber an. Du siehst ja aus wie 'ne holzgeschnitzte Figur aus'm Krippenspiel.

Joseph: Das ist ja auch kein Wunder, ich bin ja auch von Beruf Tischler. Du, sag mal, Maria, woll'n wir beide mal zusammen?
Maria: Was heißt das, Joseph, deinen Daumen durch die Finger?
Joseph: Ich meine doch nur, woll'n wir beide mal, »tock, tock, tock«?
Maria: Versteh ich nicht, »tock, tock, tock«.
Joseph: Ich meine, Maria – woll'n wir beide mal, du weißt schon!
Maria: Ach! Bumsen, was? Also ehrlich, Joseph, ihr Männer denkt doch immer nur an das Eine. Du weißt ganz genau, daß ich das nicht will, jedenfalls, solange wir nicht ordentlich verheiratet sind.
Joseph: Also, Maria, du benimmst dich ja wie 'ne Heilige. Na gut, dann geh ich eben zu Bett. Nacht!
Maria: Joseph!
Joseph: Ja, hier!
Maria: Joseph, ich weiß auch nicht, wie ich's dir sagen soll – ich habe meine Tage nicht gekriegt.
Joseph: Wie bitte? Wer war das?
Maria: Tja, ich weiß auch nicht, wie das zugehn konnte, sintemal ich von keinem Manne weiß.
Joseph: Wie heißt der Typ? Manne? Dem polier ich die Fresse!
Maria: Nein, Joseph, das war alles ganz anders. Der Heilige Geist ist mir erschienen.
Joseph: Ach, der Heilige Geist! Na, das muß ja'n schöner Heiliger Geist sein, der meine Verlobte hinter meinem Rücken von hinten bumst.
Maria: Nein, Joseph, das war nicht so, wie du gleich wieder denkst, mit Sex und so. Der Hl. Geist ist zu mir gekommen und hat mir erzählt, irgendein Herr hätte mich ausgewählt und dieser Herr wollte gerne mit mir sein. »Der Herr sei mit dir« hat er gesagt. Und ich würde auch 'n Kind kriegen, aber als Jungfrau.
Joseph: Ach, Maria, du hast 'ne Macke! Das ist doch die letzte Ausrede. Die Story kauft dir doch kein Schwein ab.

Maria: Doch, Joseph, die kaufen sie uns ab. Da war'n doch schon 2 Typen da, die woll'n da ein Buch drüber schreiben, soll'n Bestseller werden!

Joseph: Also, wer das glaubt, wird selig. Nun erzähl mal lieber, wie's wirklich war.

Maria: Tja, das war so: Ich lag hier abends allein in der Hütte – du bist ja auch immer bis 12 Uhr in deiner dämlichen Werkstatt und hobelst deine Bretter, du Dünnbrettbohrer! Ich war wieder mal ganz allein, mit einem Mal geht hier inner Bude die volle Beleuchtung an, da kommt so'n Typ zum Fenster rein und sagt: »Hey, ich bin der Gabriel.« Und er sagt, er wär von Beruf Engel. Erzengel, mit Abschluß. Ja, jetzt biste aber platt, was?

Joseph: Erzengel? Erzganove meinst du! Und dann?

Maria: Tja, dann kam er über mich, und dann überkam es mich. Auf einmal hörte ich im Himmel die Glocken läuten und da wußte ich, wo Gott wohnt. Und als ich wieder zu mir gekommen bin, war der Budenzauber vorbei und der Typ war weg. Tote Hose!

Joseph: Tote Hose! Und ich sitz jetzt hier in der Patsche. Hoffentlich wird's überhaupt 'n richtiges Kind und kein Leuchtstab. Und wie soll das Gör heißen?

Maria: Tja, ich dachte, wenn's ein Mädchen wird, vielleicht Petra.

Joseph: Ach und wenn's ein Junge wird? Herbert oder Willi oder Jens-Uwe oder Owie?

Maria: Wieso Owie?

Joseph: Ja, du kennst doch das Lied »Stille Nacht, heilige Nacht, Gottes Sohn, Owie lacht«.

Maria: Och, das find ich blöd.

Joseph: Ach, das findest du blöd. Jesses, ist das eine Scheiß-Zweierbeziehungskiste!

Maria: Genau! So nennen wir ihn: Jesses.

Joseph: Da gibt's aber noch einige Probleme zu lösen. Wer z. B. sagt den Heiligen Drei Königen Bescheid?

Maria: Das ist alles abgeklärt. Die Formalitäten erledigt der Gabriel, der sagt den Hirten persönlich Bescheid. Und wenn's dann soweit ist, läßt er für die Hl. 3 Könige über der Wiege 'ne Leuchtrakete los. Wir müssen uns eigentlich nur noch um 'ne Wohnung kümmern.

Joseph: Wohnung kümmern! Du weißt genau, daß die Sozialwohnungen von Nazareth alle weg sind. Und in so 'ner Scheißsatellitenstadt will ich nicht wohnen. Aber da fällt mir ein: Ich kenn da noch so'n paar Freaks in Bethlehem. Die hab'n da 'ne alternative Kneipe. Da könnt ich doch den Schuppen umbauen, da würd ich extra die vierte Wand rausbrechen, damit die Weltöffentlichkeit zusehn kann, wie wir beide unsern Rotzlöffel in die Weltgeschichte setzen. Und dann sollste mal sehn, 2000 Jahre später, da hörste die Fans von deinem Gör immer noch rumjockeln.

Maria und Joseph: Johannes Paul der Zweite, wir stehn an deiner Seite!

(1982)

Sappho: Hochzeitslied

(Braut)
Jungfernschaft du, Jungfernschaft du: wo eilst du hin, verläßt mich?

(Jungfernschaft)
Niemals mehr komm nah ich dir, niemals komm ich.

(um 600 v. Chr.)

Nachwort

Einmal ist keinmal! Was sich sonst so leicht dahinsagt, gilt hier ganz offensichtlich nicht: Das erste Mal läßt sich nicht ungeschehen machen. Doch ist es in unserer durchsexualisierten Gesellschaft überhaupt noch ein »Höhepunkt«? Das globale Medienspektakel präsentiert unentwegt körperliche Reize und Lustpraktiken jeder Art: Kein Spielfilm ohne Koitus, kein Hochglanzmagazin ohne Pin-up-Girls (und neuerdings auch -Boys), keine Talkshow ohne intimste Bekenntnisse. Sexualität wird längst als »Ware Liebe« vermarktet und ist dem Bürger zur liebsten aller »Sünden« geworden. Mit der modernen Videotechnik kann sich jeder seine Privatorgie auf den heimischen Bildschirm holen oder gar selbst produzieren (in Heimarbeit gefertigte Pornos sind inzwischen ein nicht unerheblicher Wirtschaftsfaktor). Man gibt sich tolerant; Schau- und Zeigelust werden nicht mehr als perverse Fixierungen einzelner verurteilt, sondern kollektiv ausgelebt. Ob die Sexualrevolutionäre der 60er Jahre, die die Entwicklung einst lostraten, sich diese Art »befreiter Gesellschaft« erträumt haben, steht dahin. Auf jeden Fall hat die Pharmaindustrie mit dem »Verhütungswunder« Pille einen substantiellen Beitrag dazu geleistet, und mit so unsäglichen Filmen wie denen des Herrn Kolle konnte damals eine Aufklärungswelle anrollen, deren Informationsflut weiterschäumt und im AIDS-Zeitalter neue Höchstmarken erreicht. Waren die Herausgeberinnen zu ihren Zeiten noch auf Auskünfte angewiesen, die Mitschülerinnen unter der Hand austauschten oder verlegene Mütter (immer zu spät) weitergaben, so beginnt heutzutage die Sexualaufklärung bereits im Kindergarten. Welche Fragen dennoch offen bleiben (und wie sie sich in den letzten Jahrzehnten verändert haben) läßt sich in der Bravo nachlesen – hier betreuen Dr. Sommer und sein Team inzwischen eine eigene Rubrik »Mein erstes Mal«. Das Durchschnittsalter, in dem Jugendliche »es« erleben, ist seit 1970 von 17 auf 15,4 Jahre gesunken, und in den Me-

dien wird bereits das Verschwinden der Pubertät konstatiert. Durch die permanente Zurschaustellung habe der Sex sein Geheimnis verloren. Und eine jüngste Emnid-Umfrage will belegen, daß die letzten Bedenken, die die Jugend hinsichtlich des ersten Males noch hegt, sich darum ranken, ob man denn gut »dabei« aussehe. Letztlich stehe in Frage, inwieweit sich die Beteiligten beim ersten Mal nicht nur als Darsteller bereits hundertfach reproduzierter Szenen fühlten. Doch sind damit wirklich alle Höhepunkte nivelliert?
In dieser Anthologie stellen wir literarische Texte vor, die nicht nur an Zeiten erinnern, in denen der hohe Stellenwert des ersten Mals noch unbestritten war, sondern auch zeigen, daß seine initiatorische Wirkung bis heute nicht verlorengegangen ist. Der Sturm der Medien auf die Sinne vermag zu suggerieren, simulieren, stimulieren, den Partner oder die Partnerin ersetzt er nicht. Unmittelbarkeit und Intensität körperlicher Lust entziehen sich dem medialen Zugriff. Wie gemeinsamer Sex sich anfühlt, kann selbst die Cybertechnologie nicht reproduzieren. Das erste Mal ist noch immer eines der zentralen Ereignisse einer menschlichen Biographie, vielleicht sogar das tiefgehendste: *The first cut is the deepest* (Rod Stewart). Es besiegelt das Ende einer Lebensphase und den Eintritt in eine neue. Mit dem flüchtigen Moment dazwischen befaßt sich unser Lesebuch.
Das einführende Kapitel präsentiert die jahrhundertealte Debatte um Sexualität und Enthaltsamkeit, um freie Entfaltung der Fleischeslust oder Bewahrung der »Unschuld«. Shakespeares marktwirtschaftlich argumentierendes »Weg damit!« mag zu spätelisabethanischer Zeit ebenso provokant gewesen sein wie Brechts ironisches »Hüte dich davor« in den 20er Jahren unseres Jahrhunderts. Noch überraschender ist die neoromantische Prüderie, mit der heutzutage der Verein »Wahre Liebe wartet« vor verfrühter Hingabe warnt. Manches erste Mal scheitert jedoch an anderen als moralischen Bedenken. So hängt die starke Brunhilde, wenig überzeugt von Gunthers »zartem De-

gen«, den Bräutigam kurzerhand an den Nagel – statt *rite de passage: rite de blamage.*

Kapitel zwei handelt von Frauen, die ihre Unerfahrenheit als peinlich, die Jungfernschaft als Makel empfinden. Die Zielstrebigkeit, mit der sie Abhilfe schaffen, spottet allen Klischees von weiblicher Schamhaftigkeit und Passivität. Mit der Leidenschaft einer Nina Hagen (»wenn du scharf bist, mußt du rangehn«) macht sich jedoch nur Esther Tusquets' lesbisches Paar ans Werk. Ansonsten herrschen bei der Inszenierung der eigenen Initiation eher nüchterne Entschlossenheit vor oder gar ökonomisches Kalkül: Doris Dörries Angelina tut's für eine »Bitexbrille«, und im Marokkotrip muß das Hymen den Drogenpäckchen Platz machen.

Peter Maffays unvergeßliches Sommerlied gab den Impuls zum dritten Kapitel. Hier werden unbedarfte Knaben von erfahrenen Frauen in die Kunst des Liebens eingeführt. Die Begegnungen erzählen von milchbärtigen Jünglingen, die – mal linkisch, mal ungestüm – zur Eroberung des dunklen Kontinents aufbrechen, von reifen Damen, die sich ein Knäblein pflücken, von der professionellen Erledigung der Angelegenheit im Bordell. Dorthin führt der Vater den Sohn und die Neugier den Debutanten.

Das vierte Kapitel widmet sich den ungeschickten oder verunglückten, den angestrebten, aber nicht vollzogenen ersten Malen. Hier dominieren Unlust und Frust, körperlicher Ekel, schulterzuckende Belanglosigkeit. Zum Alptraum wird das erste Mal sowohl für die völlig ahnungslose Braut als auch für die Klosterschülerin, die aufgrund einer Wette skrupellos zum Beischlaf genötigt wird. Andere finden statt Zuneigung und Leidenschaft nur lieblose Abfertigung oder »lächerliches Gestochere«.

Doch glücklicherweise geht es beim ersten Mal nicht immer freudlos und desillusionierend zu. Kapitel fünf zelebriert die verliebten Anfänge, die erzählte Leidenschaft, die zärtliche Verführung, das ersehnte, grenzauflösende Verschmelzen. Auch das gelingt natürlich nicht immer reibungslos: So droht die sorgfältig geplante »Hochzeit« im letzten Augenblick an der russischen Wasserkur zu scheitern, und erst spät (aber nicht weniger glücklich) vereinigt sich die dicke Antonia mit dem pickligen Hauswartsneffen. Der kubanische Autor Senel Paz (»Erdbeer und Schokolade«) rückt dem Machismo auf den Leib: »Sag ihr ja nicht, daß du sie liebst« – so lautet der Rat des besten Freundes, den David im entscheidenden Moment bedenkenlos in den Wind schlägt.

Auf der Suche nach dem allerersten Mal schließt unser Lesebuch mit einem Rückwärtslauf durch die Jahrhunderte. Kafkaeske Metaphorik spinnt sich um Brücke und Spazierstockspitze, Flaubert liefert Spätromantisches, Boccaccios Schelmengeschichte führt in die frühe Neuzeit. Mit Worten aus Salomons Hohemliede schildert Eco das einzige Mal, das er seinen Novizen mit einer (namenlosen) Rose erleben läßt. Im aktuellen Goethejahr sollte auch der literarische Übervater nicht übergangen werden. Seine lateinischen Ergüsse zur augustinischen Götterlehre präsentieren wir hier jedoch verständlicherweise in deutscher Übersetzung. Erst recht nicht fehlen darf das einzige Mal der Weltgeschichte, das wundersamerweise keines war – Marias unbefleckte Empfängnis. Mit der Schäferdichtung des Longos oder Longus gelangen wir schließlich in die klassische Antike, aus der auch unser allererstes Mal stammt: Sappho, die größte Dichterin des griechischen Altertums, besingt schon 600 Jahre vor unserer Zeitrechnung in einem Hochzeitslied den Abschied von der Jungfernschaft.

Für literarische Tips und aktive Unterstützung danken wir – nicht nur zum ersten Mal – Miriam Bäzner, Walter Brinkmann, Tom Drücker, Reinhard Ibler, Regina Kratzer, Nina Kuhn, Simone Reinstädler, Joachim Stübben, Siegfried Ulbrecht und dem unbekannten Praktikanten.

Trudel Meisenburg/Janett Reinstädler

Quellenverzeichnis

Die mit Sternchen versehenen Überschriften wurden von den Herausgeberinnen formuliert.

José Luis Alonso de Santos: Der Marokkotrip (Auszug). Aus dem Spanischen von Anne Halfmann. © THEATERSTÜCKVERLAG · Brigitte Korn-Wimmer & Franz Wimmer, München 1993.

Giovanni Boccaccio: Alibech wird Einsiedlerin … In: G. B.: Das Dekameron. Übers. von Ruth Macchi. Berlin/Weimar 1975, S. 408–413. © Aufbau-Verlag, Berlin.

Bertolt Brecht: Sehet die Jungfraun. In: B. B.: Gedichte über die Liebe. Frankfurt a. M. 1982, S. 7. © Suhrkamp Verlag Frankfurt am Main 1982.

Bertolt Brecht: Tue es nicht.* In: B. B.: Baal. Drei Fassungen. Kritisch ediert und kommentiert von Dieter Schmidt. Frankfurt a. M. 1966, S. 89–91. © Suhrkamp Verlag Frankfurt am Main 1966.

Bertolt Brecht: Zu eng!* In: B. B.: Gedichte über die Liebe. Frankfurt a. M. 1982, S. 26. © Suhrkamp Verlag Frankfurt am Main 1982.

Harold Brodkey: Lauter Schlappschwänze.* In: H. B.: Erste Liebe und andere Sorgen. Erzählungen. Aus dem Amerikanischen von Elizabeth Gilbert. Zürich 1968, S. 50–53. © 1968 by Diogenes Verlag AG Zürich.

Brüder Grimm: Der Froschkönig oder der Eiserne Heinrich. In: Die Märchen der Brüder Grimm. Kinder- und Hausmärchen. München: Goldmann, o. J., S. 16–19.

Thomas Brussig: Happiness is a warm gun.* In: T. B.: Helden wie wir. Berlin 1995, S. 127–130. © Verlag Volk und Welt, Berlin 1995.

Camilo José Cela: Das Leichenbegängnis.* In: C. J. C.: Pascual Duartes Familie. Übers. von Georg Leisewitz, überarbeitet von Gerda Theile-Bruhns unter Mitwirkung des Autors. Zürich 1989, S. 72–78. © 1960, 1989 by Verlags AG Die Arche, Zürich.

Coronis: Arundel-Sammlung 10, auch Carmen Buranum 72. In: Vagantendichtung. Lateinisch und deutsch. Hrsg. und übertragen von Karl Langosch. Leipzig: Dieterich 1984, S. 61–67.

Doris Dörrie: Bin ich schön? In: D. D.: Bin ich schön? Erzählungen. Zürich 1994, S. 311–333. © 1994 by Diogenes Verlag AG Zürich.

Die drei Tornados: Maria und Joseph. In: Roter Kalender gegen den grauen Alltag. 1983. S. 151–152. © 1982 Rotbuch Verlag Berlin.

Marguerite Duras: Echolos.* In: M. D.: Der Liebhaber. Übers. von Ilma Rakusa. Frankfurt a. M. 1986, S. 48–51, 53–57, 59–60. © Suhrkamp Verlag Frankfurt am Main 1986.

Umberto Eco: Der Novize.* In: U. E.: Der Name der Rose. Übers. von Burkhart Kroeber. München/Wien 1982, S. 312–318. © 1982 Hanser Verlag, München/Wien.

Gustave Flaubert: Ich wußte wohl, wohin ich ging.* In: G. F.: November. Übers. von Dr. E. W. Fischer. Leipzig: Kurt Wolff, 1916, S. 74–83.

Johann Wolfgang Goethe: Augustinus und die Götter der Liebe.* In: J. W. G.: Erotische Gedichte. Gedichte, Skizzen und Fragmente. Hrsg. von Andreas Ammer. Frankfurt a. M./Leipzig: Insel, 1991, S. 87–91.

Günter Grass: In der Damenabteilung.* In: G. G.: Die Blechtrommel. Werkausgabe Bd. 3. Göttingen 1996, S. 200–201.© Steidl Verlag, Göttingen 1993.

Gurke des Tages. In: taz, 16. 11. 98.

Anna-Leena Härkönen: Jede Menge einschlägige Erfahrung.* In: A.-L. H.: Aquariumsliebe. Übers. von Anu Pyykönen-Stohner. München 1994, S. 25–27. © Piper Verlag GmbH, München 1984 (deutsche Übersetzung). © Otava Publishing Company, Helsinki.

Heldenhochzeit.* In: Das Nibelungenlied. In der Übertragung von Karl Simrock. Berlin: Bard, 1910, S. 94–96.

Bohumil Hrabal: Ejakulatio prekoks.* In: B. H.: Reise nach Sondervorschrift, Zuglauf überwacht. Übers. von Peter Künzel. Frankfurt a. M. 1968, S. 66–74. © Suhrkamp Verlag Frankfurt am Main 1968.

Franz Kafka: Die Brücke. In: F. K.: Sämtliche Erzählungen. Frankfurt a. M./Hamburg: Fischer, 1970, S. 284.

Pierre Choderlos de Laclos: Der Briefbote.* In: P. Ch. de L.: Gefährliche Liebschaften. Übers. von Hans Kauders. München 1959, S. 277–285. © Artemis & Winkler Verlag, Düsseldorf/Zürich.

Longos: Hirtenspiele.* In: L.: Hirtengeschichten von Daphnis und Chloë. Übers. von Otto Schönberger. Berlin 1960, S. 107–113. © Akademie Verlag GmbH, Berlin 1960.

Peter Maffay: Und es war Sommer. Musik: Joachim Heider. Text:

Christian Heilburg. © TOLEDO MUSIK PRODUKTION GMBH c/o Sony/ATV Music Publishing (Germany) GmbH.

Luigi Malerba: Die jungfräuliche Eselin.* In: L. M.: Pataffio. Übers. von Moshe Kahn. Berlin 1988, S. 117–119. © Verlag Klaus Wagenbach, Berlin.

Guy de Maupassant: Verheiratet!* In: G. de M.: Ein Leben. In: G. de M.: Romane. Erster Band. Übers. von Josef Halperin. München, 1974, S. 56–66. © Artemis & Winkler Verlag, Düsseldorf/Zürich.

Mary McCarthy: Das höchste Gut.* In: M. M.: Die Clique. Übers. von U. v. Zedlitz. München/Zürich 1964, S. 37–43. Deutsche Ausgabe © 1964 Droemer Knaur Verlag, München.

Carson McCullers: Rote Ohren.* In: C. M.: Das Herz ist ein einsamer Jäger. Aus dem Amerikanischen von Susanna Rademacher. Zürich 1963, S. 238–241. © 1963 by Diogenes Verlag AG Zürich.

Rosa Montero: Sie wußte, daß es Sünde war.* In: R. M.: Ich werde dich behandeln wie eine Königin. Übers. von Susanne Ackermann. Wuppertal 1990, S. 17–21, 127–133. © Peter Hammer Verlag GmbH, Wuppertal 1990.

Vladimir Nabokov: Ada und Van.* In: V. N.: Ada oder Das Verlangen. Aus den Annalen einer Familie. Übers. von Uwe Friesel und Marianne Therstappen. Reinbek 1977, S. 92–98, 103. © 1974 by Rowohlt Verlag GmbH, Reinbek.

Emine Sevgi Özdamar: Der hinkende Sozialist.* In: E. S. Ö.: Die Brücke vom goldenen Horn. Köln 1998, S. 162–165. © 1998 by Verlag Kiepenheuer & Witsch Köln.

Senel Paz: Sag ihr ja nicht, daß du sie liebst. In: Fábula de ángeles. La Habana: Editiorial Letras Cubanas, 1994, S. 19–29. Übers. von Gabriele Knauer. © Reclam Verlag Leipzig 1999.

Pitigrilli (Dino Segre): Die Jungfrau von 18 Karat. In: P.: Die Jungfrau von 18 Karat. Übers. von Maria Gagliardi. Reinbek 1987, S. 80–84. © 1987 by Rowohlt Taschenbuch Verlag GmbH, Reinbek.

Sylvia Plath: Der Keuschheit eine Lanze.* In: S. P.: Die Glasglocke. Übers. von Reinhard Kaiser. Frankfurt a. M. 1997, S. 73–77, 84–93. © Suhrkamp Verlag Frankfurt am Main 1997.

Manuel Puig: Nur für einen Moment.* In: M. P.: Der Kuß der Spinnenfrau. Übers. von Anneliese Botond. Frankfurt a. M. 1979, S. 228–234. © Suhrkamp Verlag Frankfurt am Main 1979.

Paul Rauber: Huri. Originalbeitrag. 1998.

Carme Riera: Und laß als Pfand, mein Liebling, Dir das Meer. In: Und laß als Pfand, mein Liebling, Dir das Meer, und vierzehn weitere Erzählungen aus dem Katalanischen. Ausgewählt und aus dem Katalanischen übertragen von Angelika Maass. Frankfurt a. M. 1988, S. 90–91. – Mit Genehmigung von IBEROAMERICANA, K. D. Vervuert, Frankfurt am Main.

Joachim Ringelnatz: Vergebens.* In: J. R.: Das Gesamtwerk in sieben Bänden. Hrsg. von Walter Pape. Band I: Gedichte I. Zürich 1994. © 1994 by Diogenes Verlag AG Zürich.

Christiane Rochefort: Amore!* In: Chr. R.: Kinder unserer Zeit. Übers. von Walter Maria Guggenheimer. Frankfurt a. M. 1962, S. 43–46. © Suhrkamp Verlag Frankfurt am Main 1962.

Pantelejmon Romanov: Ohne Blüten. In: Russische Frauen. Erzählungen aus dem alten und neuen Rußland. Hrsg. und übertragen von Johannes Harder. Düsseldorf/Köln: Eugen Diederichs, 1964, S. 224–238.

Sappho: Hochzeitslied. In: S.: Strophen und Verse. Übersetzt und herausgegeben von Joachim Schickel. Frankfurt a. M.: Insel, 1978, S. 54.

William Shakespeare: Weg damit!* In: W. Sh.: Ende gut, alles gut oder Gewonnene Liebesmüh. Übers. von Philipp Kaufmann. Stuttgart: Cotta/Kröner, o. J., S. 130–131.

Michail Sostschenko: Die Hochzeit. In: Ein wildes Herz. Russische Liebesgeschichten von Gorki bis Rasputin. Hrsg. von Antje Leetz. Übers. von Thomas Reschke. Berlin 1980, S. 289–295. © Verlag Volk und Welt, Berlin 1980 (deutschprachige Ausgabe). © Russische Autorengesellschaft (RAO), Wien.

Esther Tusquets: Sumpfblüte.* In: E. T.: Aller Sommer Meer. Übers. von Monika López. Reinbek: Rowohlt, 1981, S. 92–97.

Verein Wahre Liebe. In: DIE ZEIT, Nr. 29 vom 9. Juli 1998, S. 58. © Gernot Kramper, Hamburg.

Frank Wedekind: Debutant. In: F. W.: Dramen 2. Gedichte. Hrsg. von Manfred Hahn. Berlin/Weimar: Aufbau, 1969, S. 396–397.

Frank Wedekind: Ilse. In: F. W.: Dramen 2. Gedichte. Hrsg. von Manfred Hahn. Berlin/Weimar: Aufbau, 1969, S. 404.

Christian Felix Weisse: Die Unschuld. In: Chr. F. W.: Scherzhafte Lieder. Faksimiledruck nach der Ausgabe von 1758. Stuttgart: Metzler, 1965, S. 103–104.

Abbildungsverzeichnis

Seiten 13/14: **Claire Bretécher:** Bio-Dynamik (1982). In: C. B.: Die Mütter. Reinbek 1983. © 1983 by Rowohlt Verlag GmbH, Reinbek.

Seite 101: **Paul Gauguin:** Nevermore (1897). Courtauld Gallery, London, Samuel Courtauld Trust.

Seiten 138–140: **Robert J. Gernhardt / F. K. Waechter:** Der Froschkönig (1966). In: Die Wahrheit über Arnold Hau. Hrsg. von R. Gernhardt, F. W. Bernstein und F. K. Waechter. Frankfurt a. M. 1974, S. 30–33. © Robert Gernhardt und F. K. Waechter

Seite 75: **Isabelle Mars:** Homo erectus – 004. © Planlos International Hamburg/Isabelle Mars.

Seite 95: **Henri Matisse:** Der Maler und sein Modell im Spiegelbild (1937). Tintenzeichnung, The Baltimore Museum of Art, Maryland. Sammlung Cone. © Succession H. Matisse/VG Bild-Kunst, Bonn 1999.

Seite 17: **Susanne Rösser und Heidrun Merk (Hg.):** Bemühe Dich keusch zu bleiben! In: »Unterrichtssammlung über Geschlechtskrankheiten«, Katalog der Ausstellung »Hauptsache Gesund« des Deutschen Hygiene-Museums Dresden.

Seite 157: Schäferstunde. Aus den Illustrationen zu Longus: Daphnis und Chloë, in der *Édition du Regent* (1718) von Philippe d'Orleans und Charles-Antoine Coypel, Stadt- und Universitätsbibliothek Frankfurt a. M.

Seite 25: **van Straaten:** »Gut – wer beginnt?« In: Roter Kalender 1998. © Peter van Straaten, Amsterdam.